KB136058

마음

こころ(1914)
夏目漱石

나쓰메 소세키 소설 전집 12
마음

초판 1쇄 발행 2016년 6월 25일
초판 16쇄 발행 2024년 3월 15일

지은이 | 나쓰메 소세키
옮긴이 | 송태욱
펴낸이 | 조미현

편집주간 | 김현림
교정교열 | 장미향
디자인 | 나윤영

펴낸곳 | (주)현암사
등록 | 1951년 12월 24일 · 제10-126호
주소 | 04029 서울시 마포구 동교로12안길 35
전화 | 365-5051 · 팩스 | 313-2729
전자우편 | editor@hyeonamsa.com
홈페이지 | www.hyeonamsa.com

ISBN 978-89-323-1796-0 04830
ISBN 978-89-323-1674-1 04830(세트)

이 도서의 국립중앙도서관 출판예정도서목록(CIP)은 서지정보유통지원시스템(http://seoji.nl.go.kr)과
국가자료종합목록시스템(http://www.nl.go.kr/kolisnet)에서 이용하실 수 있습니다.
(CIP제어번호 CIP2016014077)

나쓰메 소세키 소설 전집 ⑫

마음

송태욱 옮김

현암사

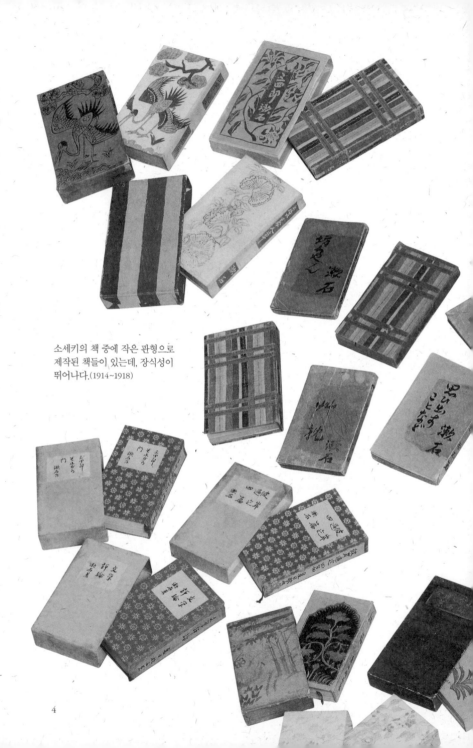

소세키의 책 중에 작은 판형으로
제작된 책들이 있는데, 장식성이
뛰어나다.(1914~1918)

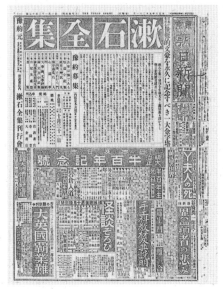

소세키 전집 발간 기사(《아사히 신문》)

소세키 사후 1주년 기념으로 출간된
최초의 소세키 전집(이와나미쇼텐, 1917)

소세키 산방 서재에서(1907). 소세키는 이곳에서 『우미인초』, 『산시로』, 『마음』 등을 집필했다.

도쿄제국대학 강사 시절. 졸업생과 함께(1906)

다섯 살 무렵의 소세키(1872)

도쿄제국대학 재학
시절의 소세키(1892)

1889년 발매된 마사오카 시키의 시문집《나나쿠사슈》에 비평과 함께
9편의 칠언절구 시를 덧붙이면서 처음으로 '소세키'라는 호를 사용한다.

소세키가 『나는 고양이로소이다』와 『도련님』을 집필한 집(1903~1906년 거주)

소세키는 슬하에 2남 5녀를
두었다.(1915)

두 아들과 소세키(1914)

소세키 산방의 서재 모습(1917)

소세키 산방에서(1912)

소세키가 애용한 문방구와 특별히
디자인한 원고용지·판목

"ars longa, vita brevis"(예술은 길고 인생은 짧다.)
소세키가 소장한 『마음』(이와나미쇼텐, 1914)에서

소세키가 소장했던 연필

소세키가 그린 그림을 목판화로 만들어
중앙에 배치한『마음』속표지

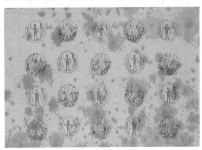

소세키가 직접 장정한『마음』원화. 위에서부터 모란
문양 케이스, 표지, 중국 주나라의 석고문(石鼓文)

소세키가 직접 장정한『마음』

센다기 서재에서(1906)

마음

상。선생님과 나　016

중。부모님과 나　104

하。선생님과 유서　148

해설 ———

마음은 어디에 있는 것일까? · 강유정　275

나쓰메 소세키 연보　283

『마음』 자서(自序)

『마음』은 1914년 4월부터 8월까지 도쿄와 오사카의 《아사히 신문》
에 동시에 연재한 소설이다.

당시 예고에는 여러 편의 단편을 모아 거기에 『마음』이라는 표제를
달 생각이라고 독자에게 알렸는데, 그 첫 번째 단편에 해당하는 「선생
님의 유서(先生の遺書)」를 써나가는 중에 예상대로 빨리 매듭지어지
지 않아 결국 그 한 편만을 단행본으로 발표하기로 했다.

그러나 이 「선생님의 유서」도 서로 독립된 듯한, 또 관계가 깊은 듯
한 세 편의 자매편으로 구성되어 있는 이상 그것을 「선생님과 나」,
「부모님과 나」, 「선생님과 유서」로 구별하고 전체적으로 『마음』이라
는 제목을 붙여도 별 지장이 없을 것 같아서 제목을 원래대로 두었다.
다만 내용을 상·중·하로 구분한 것이 신문에 발표할 때와 다르다.

장정은 지금까지 전문가에게 의뢰했지만 이번에는 우연한 동기에
서 직접 만들어볼 마음이 들어 상자, 표지, 면지, 속표지 및 판권 면의
도안 및 제자(題字), 인장, 검인을 모두 내가 고안하고 그렸다.

목판을 새기는 일은 이가미 본코쓰(伊上凡骨) 씨에게 부탁했다. 그리고 교정은 이와나미 시게오(岩波茂雄)* 군의 손을 빌렸다. 두 사람의 호의에 감사한다.

1914년 9월

<hr />

* 이와나미쇼텐(岩波書店)의 창업자. 헌책방에서 출발하여 1914년에 출판한 나쓰메 소세키의 『마음』이 이와나미쇼텐의 첫 책이다. 소세키가 세상을 떠난 후에는 『소세키 전집』을 간행했다.

상。선생님과 나

1

나는 그분을 늘 선생님이라 불렀다. 그러니 여기서도 그냥 선생님이라고만 쓰고 본명을 밝히지는 않겠다. 이는 세상 사람들을 의식해서 삼간다기보다 나로서는 그렇게 부르는 게 자연스럽기 때문이다. 나는 그분을 떠올릴 때마다 바로 '선생님'이라고 부르고 싶어진다. 글을 쓸 때도 그런 마음은 같다. 어색한 이니셜 따위는 도무지 쓸 마음이 들지 않는다.

내가 선생님을 알게 된 것은 가마쿠라[1]에서였다. 그때[2] 나는 아직

---

1 당시에는 피서지로 유명했다. 시치리가하마(七里ヶ浜), 유이가하마(由比ヶ浜) 등의 해수욕장도 있다. 소세키도 1912년 여름 아이들의 피서를 위해 이곳의 별장을 빌렸고 자신도 몇 차례 방문했다.

2 나중에 그려지는 천황의 사망(1912)과 노기 마레스케(乃木希典)의 순사(殉死)를 기준으로 볼 때 '나'와 '선생님'이 처음 만난 것은 1907년 전후로 추측된다.

생기발랄한 학생이었다. 여름방학을 이용해 해수욕[3]을 간 친구에게서 꼭 오라는 엽서를 받은 나는 얼마간의 돈을 마련해서 가기로 했다. 돈을 마련하는 데 이삼일이 걸렸다. 그런데 내가 가마쿠라에 도착한 지 사흘도 되지 않아 나를 부른 친구는 갑자기 고향으로 돌아오라는 전보를 받았다. 전보에는 어머니가 편찮다고 쓰여 있었지만 친구는 믿지 않았다. 고향에 있는 그의 부모는 진작부터 그가 내켜하지 않는 결혼을 강요하고 있었던 것이다. 현대의 관습에서 볼 때 그는 결혼하기에 너무 어린 나이였다. 게다가 무엇보다 상대가 마음에 들지 않았다. 그래서 여름방학에 당연히 돌아가야 하는데도 일부러 도쿄 근처에서 놀며 피하고 있었던 것이다. 그는 내게 전보를 보여주며 어떻게 하면 좋겠느냐고 물었다. 나는 어떻게 해야 좋을지 알 수 없었다. 하지만 어머니가 정말 편찮으시다면 그는 말할 것도 없이 돌아가야 할 터였다. 그래서 결국 그는 돌아갔다. 애써 찾아온 나만 혼자 남았다.

학교 수업이 시작되려면 아직 상당한 기간이 남아 있었기에 가마쿠라에 있어도 좋고 돌아가도 좋은 처지였던 나는 당분간 원래 묵고 있던 여관에 머물기로 했다. 친구는 주고쿠 지방의 한 자산가의 아들로, 돈에는 부족함이 없었지만 학교도 그렇고 나이도 어렸기에 생활 정도는 나와 그리 다르지 않았다. 따라서 혼자가 된 나는 굳이 내게 적당한 여관을 다시 찾아야 하는 번잡함도 없었던 것이다.

여관은 가마쿠라에서도 외진 곳에 있었다. 당구[4]나 아이스크림[5] 같

---

3 운동이나 오락으로서의 해수욕은 메이지 시대에 들어와 널리 퍼진 새로운 풍속으로, 소세키의 『나는 고양이로소이다』에서도 풍자적으로 언급되었다.
4 메이지 유신 이전부터 거류지의 외국인들 사이에서 유행했는데 메이지 시대에 들어와 당구대를 놓은 레스토랑이나 전문 당구장이 생겼으며 이내 학생들 사이에 널리 퍼졌다.

은 하이칼라[6]한 것을 접하려면 일단 긴 논두렁길을 건너야 했다. 인력
거로 가도 20전은 들었다. 하지만 개인 별장은 여기저기에 많이 들어
서 있었다. 게다가 바다가 아주 가까워 해수욕을 하기에는 무척 편한
위치였다.

나는 날마다 해수욕을 하러 바다로 나갔다. 아주 낡고 그을린 초가
집 사이를 빠져나가 해변으로 내려가면, 이 근처에 이렇게 많은 도회
인이 살고 있나 싶을 만큼 모래사장은 피서하러 온 남녀로 북적였다.
어떤 때는 바닷속이 공중목욕탕처럼 까만 머리로 너저분해지는 일도
있었다. 그중에 아는 사람이 한 사람도 없는 나도 그렇게 시끌벅적한
풍광에 둘러싸여 모래에 엎드려 있거나 파도를 무릎으로 차며 그 근
방을 뛰어다니는 일은 유쾌했다.

나는 그렇게 많은 사람들로 북적이는 가운데서 선생님을 발견했다.
그때 해안에는 찻집[7]이 두 군데 있었다. 나는 어쩌다가 그중 한 집에
자주 드나들어 친숙해졌다. 하세(長谷) 해안 주변에 커다란 별장을 가
진 사람들과 달리 각자 옷을 갈아입을 전용 공간이 없는 이 근방의 피
서객에게는 반드시 이런 공동 탈의장 같은 곳이 필요했다. 그들은 여

---

5 메이지 시대에 들어와 요코하마나 도쿄에서 제조되고 판매되어 점차 보급된 고가의 새로운
과자였다.

6 문명개화의 시대인 메이지 시대에 유행한 말이다. 서양에서 귀국한 사람 또는 서양풍의 문
화를 좋아하는 사람이 주로 옷깃(high collar)을 높이 세운 셔츠를 입은 데서 유래한 말이다. 서양
물이 들었다는 의미의 속어로 탄생했다가 나중에는 일반적으로 널리 사용되는 말이 되었다. 서양
물이 들거나 유행을 좇으며 새로운 것을 좋아하는 것 또는 그런 사람이나 모습, 요컨대 서양식의
머리 모양이나 복장, 사고방식을 의미했다가 나중에는 새롭고 세련된 것이라는 일반적인 의미로
도 쓰였다.

7 갈대발로 둘러친, 간단한 구조의 찻집. 해수욕객을 위해 임시로 만든 것으로, 쉬거나 차를
마시거나 옷을 갈아입을 수 있었다.

기서 차를 마시거나 휴식을 취할 뿐 아니라 해수욕복을 빨아달라고 하기도 하고, 소금기 묻은 몸을 씻기도 하고, 모자나 양산을 맡기기도 했다. 해수욕복을 갖고 있지 않은 나도 소지품을 도난당할 염려가 있어 바다에 들어갈 때마다 그 찻집에 모든 걸 맡겼다.

2

내가 그 찻집에서 선생님을 봤을 때 선생님은 마침 옷을 벗고 바다에 들어가려던 참이었다. 그때 나는 선생님과 반대로 젖은 몸에 바람을 맞으며 물에서 나온 참이었다. 두 사람 사이에는 시야를 가릴 만큼 많은 까만 머리들이 움직이고 있었다. 특별한 사정이 없는 한 나는 선생님을 못 보고 그냥 지나쳤을지도 모른다. 그만큼 해변이 혼잡했고, 그만큼 내 머리가 산만했는데도 내가 바로 선생님을 발견한 것은 선생님이 한 서양인과 동행하고 있었기 때문이다.

그 서양인의 눈에 띄게 하얀 피부색이 찻집에 들어서자마자 바로 내 주의를 끌었다. 순수한 일본 유카타[8]를 입고 있던 그는 그걸 접의자 위로 휙 내던지고는 팔짱을 끼고 바다 쪽을 향해 서 있었다. 그는 우리가 입는 팬츠 하나 외에 아무것도 몸에 걸치지 않고 있었다. 내게는 그게 제일 이상했다. 나는 그 이틀 전에 유이가하마[9]까지 가서 모래사장에 쭈그리고 앉아 오랫동안 서양인이 바다로 들어가는 모습을 바라보았다. 내가 엉덩이를 내려놓은 곳은 약간 높은 언덕 위였고, 바

---

8 일본의 무명 홑옷으로 주로 잠잘 때나 목욕한 뒤에 입는다.
9 가마쿠라에서 일찍부터 인기 있던 해수욕장.

로 그 옆이 호텔[10] 뒷문이어서 내가 가만히 있는 동안 상당히 많은 남자들이 해수욕을 하러 나왔는데 몸통이나 팔, 허벅지를 드러낸 사람은 아무도 없었다. 여자는 특히 더 살을 감추는 경향이었다. 대개는 머리에 고무로 만든 두건을 쓰고 있어 적갈색이나 감색, 남색 머리가 파도 사이에 떠 있었다. 바로 그런 모습을 목격하고 나온 내 눈에는 팬츠 하나만 입고 태연히 사람들 앞에 서 있는 그 서양인이 무척 희한하게 보였다.

그는 얼마 후 자기 옆을 돌아보며 거기에 쭈그리고 있는 일본인에게 뭐라고 한두 마디 건넸다. 그 일본인은 모래밭에 떨어진 수건[11]을 줍는 참이었는데 그것을 줍자마자 바로 머리에 두르고는 바다 쪽으로 걸어갔다. 그 사람이 바로 선생님이었다.

나는 단지 호기심 때문에 나란히 해변을 내려가는 두 사람의 뒷모습을 지켜보고 있었다. 그러자 그들은 곧장 파도 속에 발을 집어넣었다. 그리고 멀리까지 수심이 얕은 해변 근처에서 와글와글 떠들고 있는 많은 사람들 사이를 빠져나가 비교적 널찍한 곳으로 나가더니 두 사람 다 헤엄을 치기 시작했다. 그들은 머리가 조그맣게 보일 때까지 먼 바다를 향해 나아갔다. 그러고는 뒤로 돌아 다시 일직선으로 해변으로 돌아왔다. 찻집으로 돌아와서는 우물물도 끼얹지 않고 바로 몸을 닦더니 옷을 걸치고는 지체 없이 어딘가로 가버렸다.

그들이 가고 난 후 나는 여전히 원래의 접의자에 앉아 담배를 피웠다. 그때 나는 멍하니 선생님에 대해 생각했다. 아무래도 어디선가 본적이 있는 얼굴 같았다. 하지만 아무리 생각해도 언제 어디서 만난 사

---

10 당시 유이가하마에 있던 가힌인(海浜院) 호텔이다. 외국인 손님이 많았다.
11 머리카락이나 머리를 보호하는, 얇은 고무로 된 수영모를 말한다.

람인지 도통 기억이 나지 않았다.

그때의 나는 걱정이나 염려할 일이 없다기보다 오히려 무료함을 견디지 못하고 있었다. 그래서 다음 날도 선생님을 만났던 그 시각을 가늠하여 일부러 찻집으로 나가보았다. 그런데 서양인은 오지 않고 선생님 혼자 밀짚모자를 쓰고 나타났다. 선생님은 안경을 벗어 탁자 위에 놓고 바로 수건으로 머리를 싸고는 총총히 해변의 모래사장으로 내려갔다. 선생님이 어제처럼 북적이는 해수욕객 사이를 빠져나가 혼자 헤엄을 치기 시작했을 때 나는 문득 그의 뒤를 쫓아가고 싶었다. 나는 얕은 물을 머리 위까지 튀기면서 상당히 깊은 데까지 갔고, 거기서부터는 선생님을 목표로 양손을 번갈아 휘저으며 헤엄쳐나갔다. 그런데 선생님은 어제와 달리 원호를 그리며 묘한 방향으로 해변으로 돌아갔다. 그래서 나는 결국 목적을 달성하지 못했다. 뭍으로 나와 물이 뚝뚝 떨어지는 손을 털면서 찻집으로 들어서자 선생님은 이미 옷을 다 갈아입고는 나와 엇갈리며 밖으로 나갔다.

3

나는 다음 날도 같은 시각에 해변으로 가서 선생님의 얼굴을 보았다. 그다음 날도 같은 일을 되풀이했다. 하지만 우리 두 사람 사이에는 말을 붙일 기회도, 인사를 하는 일도 없었다. 게다가 선생님의 태도는 오히려 비사교적이었다. 일정한 시간에 초연히 나왔다가 다시 초연히 돌아갔다. 주위가 아무리 시끌벅적해도 거기에는 거의 주의를 기울이는 것 같지 않았다. 처음에 같이 온 서양인은 그 후 전혀 모습을 드러내지 않았다. 선생님은 늘 혼자였다.

그러던 어느 날 선생님이 여느 때처럼 총총히 바다에서 나와 평소의 그곳에 벗어놓은 유카타를 입으려고 하는데 어찌 된 일인지 거기에 모래가 잔뜩 묻어 있었다. 선생님은 모래를 떨어내기 위해 등을 돌리고 유카타를 두세 번 떨었다. 그러자 옷 밑에 놓여 있던 안경이 판자 틈새로 떨어졌다. 선생님은 흰색 바탕에 비백 무늬의 유카타 위로 헤코오비[12]를 매고 나서 안경이 없어진 것을 알았는지 갑자기 주변을 살피기 시작했다. 나는 바로 걸상 밑으로 머리와 손을 집어넣어 안경을 주웠다. 선생님은 고맙다고 말하며 내 손에서 안경을 받아 들었다.

다음 날 나는 선생님 뒤를 따라 바다에 뛰어들었다. 그리고 선생님과 같은 방향으로 헤엄쳐갔다. 2백 미터쯤 먼 바다로 나가자 선생님은 뒤를 돌아보며 나에게 말을 걸었다. 넓고 파란 바다 위에 떠 있는 사람은 그 주변에 우리 둘 말고는 없었다. 그리고 강렬한 햇빛이 눈이 닿는 모든 물과 산을 비추고 있었다. 나는 자유와 환희에 가득 찬 근육을 움직여 바다에서 미친 듯이 날뛰었다. 선생님은 다시 손발의 움직임을 뚝 그치고 하늘을 향해 물결 위에 누웠다. 나도 선생님을 흉내 냈다. 파란 하늘빛이 반짝반짝 눈부시게 비치듯이 통렬한 색을 내 얼굴에 내던졌다. "기분 좋네요" 하고 나는 큰 소리로 말했다.

잠시 후 바다에서 일어나는 듯이 자세를 바꾼 선생님은 "이제 돌아갈까요?" 하며 나를 재촉했다. 비교적 체력이 강한 나는 바다에서 좀 더 놀고 싶었다. 하지만 선생님이 돌아가자고 했을 때 곧바로 "예, 돌아가죠" 하고 유쾌하게 대답했다. 그리고 둘이서 왔던 길을 따라 다시

12 바탕이 쪼글쪼글 주름진 비단을 꿰매지 않고 바싹 당겨서 몸에 두 번 감은 다음 뒤에서 묶어 늘어뜨리는 끈. 남자와 여자 어린아이만 사용했다.

해변으로 돌아왔다.

나는 그때부터 선생님과 친해졌다. 하지만 선생님이 어디에 머물고 있는지는 아직 몰랐다.

그러고 나서 이틀이 지나 사흘째 되는 날 오후였을 것이다. 찻집에서 만난 선생님이 돌연 나를 향해 "자넨 앞으로도 계속 이곳에 머물 생각인가?" 하고 물었다. 아무 생각이 없었던 나는 머릿속에 그런 질문에 답할 만한 준비를 해두고 있지 않았다. 그래서 "어떻게 될지 모르겠습니다" 하고 대답했다. 하지만 히죽히죽 웃고 있는 선생님의 얼굴을 보았을 때 나는 갑자기 쑥스러워졌다. "선생님은요?" 하고 되묻지 않을 수 없었다. 내 입에서 선생님이라는 말이 나온 건 그때가 처음이었다.

나는 그때 선생님이 묵고 있는 여관으로 찾아갔다. 여관이라고 해도 보통의 여관과 달리 널찍한 절의 경내에 있는 별장 같은 건물이었다. 그곳에 살고 있는 사람이 선생님의 가족이 아니라는 것도 알 수 있었다. 내가 선생님, 선생님, 하고 부르자 선생님은 쓴웃음을 지었다. 나는 그게 연장자에 대한 내 말버릇이라고 변명했다. 나는 저번에 본 서양인에 대해 물어보았다. 선생님은 그의 색다른 점이나 이제 가마쿠라에 없다는 것 등 이러저러한 이야기 끝에 일본인조차 그다지 만나지 않는데 그런 외국인과 친해진 것은 신기한 일이라고 했다. 나는 마지막으로 선생님에게, 어디선가 선생님을 뵌 적이 있는 것 같은데 도저히 생각이 나지 않는다고 말했다. 당시 어렸던 나는 은근히 상대도 나와 같은 느낌을 갖고 있지 않을까 궁금했던 것이다. 그리고 속으로 선생님의 대답을 기대했다. 그런데 선생님은 잠시 생각하더니 "아무리 생각해도 자네를 본 기억이 없네. 자네가 사람을 잘못 본 거 아닌가?" 하고 말해서 나는 이상하게 가벼운 실망감을 느꼈다.

4

나는 그달 말에 도쿄로 돌아왔다. 선생님이 피서지를 떠난 것은 그보다 훨씬 전이었다. 나는 선생님과 헤어질 때 "앞으로 이따금 댁으로 찾아뵈어도 되겠습니까?" 하고 물었다. 선생님은 간단하게 그저 "그럼, 오게"라고만 할 뿐이었다. 그 무렵 나는 선생님과 꽤 친해졌다고 생각했기 때문에 선생님으로부터 좀 더 자상한 말을 기대했던 것이다. 그래서 어딘가 부족한 대답이 내 자신감에 약간 타격을 주었다.

나는 이런 일로 자주 선생님에게 실망감을 느꼈다. 선생님은 그것을 아는 것 같기도 하고 또 전혀 모르는 것 같기도 했다. 나는 또 거듭 가벼운 실망감을 느꼈지만, 그렇다고 선생님을 멀리할 마음은 들지 않았다. 오히려 그와는 반대로 불안감에 흔들릴 때마다 좀 더 앞으로 나아가고 싶었다. 좀 더 앞으로 나아가면 내가 기대하는 것이 언젠가 눈앞에 만족스러운 모습으로 나타날 거라고 생각했다. 나는 어렸다. 하지만 모든 인간에 대해 젊은 피가 이렇게 고분고분하게 돌 거라고는 생각하지 않았다. 왜 선생님에게만 이런 마음이 드는지 알 수 없었다. 선생님이 돌아가신 지금에야 비로소 그걸 깨달았다. 선생님은 처음부터 나를 싫어한 것이 아니었다. 선생님이 이따금 내게 보여준 쌀쌀맞은 인사나 냉담해 보이는 행동은 나를 멀리하려는 불쾌감의 표현이 아니었다. 가엾은 선생님은 자신에게 다가오려는 사람에게, 가까이할 만한 사람이 아니니 그만두라는 경고를 보냈던 것이다. 남이 반

가워하는 것에 응하지 않는 선생님은 남을 경멸하기 전에 먼저 자신을 경멸한 것 같다.

　나는 물론 선생님을 찾아뵐 생각으로 도쿄로 돌아왔다. 돌아오고 나서 수업이 시작되기까지 2주일의 시간이 남아 있어서 그사이에 한 번 찾아가려고 생각했다. 하지만 돌아오고 나서 이삼일 지나는 사이에 가마쿠라에 있었을 때의 기분이 점차 옅어져 갔다. 게다가 화려하게 채색된 대도시의 분위기가 기억의 부활에 따르는 강한 자극과 함께 내 마음을 짙게 물들였다. 나는 길거리에서 학생들을 볼 때마다 새로운 학년[13]에 대한 희망과 긴장을 느꼈다. 나는 한동안 선생님을 잊고 있었다.

　수업이 시작되고 한 달쯤 지나자 마음이 다시 좀 느슨해졌다. 나는 뭔가 불만스러운 얼굴로 거리를 걸어 다녔다. 뭔가를 갈구하듯이 방 안을 둘러보았다. 머릿속에 다시 선생님 얼굴이 떠올랐다. 나는 다시 선생님이 보고 싶어졌다.

　처음으로 선생님을 찾아갔을 때 선생님은 집에 안 계셨다. 두 번째로 찾아간 것은 다음 일요일이었다고 기억한다. 맑게 갠 하늘이 몸속 깊숙이 스며들 것 같은 화창한 날이었다. 그날도 선생님은 집에 안 계셨다. 가마쿠라에서 나는 선생님의 입을 통해 대개는 집에 있다는 말을 들었다. 오히려 외출을 싫어한다는 말도 들었다. 두 번을 찾아가서 두 번 다 만나지 못한 나는 그 말을 떠올리고 어딘가 이유 없는 불만을 느꼈다. 나는 곧장 현관 앞을 떠나지 못했다. 하녀의 얼굴을 보고 약간 망설이며 거기에 서 있었다. 며칠 전에 내 명함을 받은 기억이

---

13 당시 대학의 새로운 학년은 9월에 시작되었다.

있는 하녀는 나를 기다리게 하고는 안으로 들어갔다. 그러더니 사모님인 듯한 사람이 대신 나왔다. 아름다운 부인이었다.

사모님은 친절하게 선생님이 간 곳을 알려주었다. 선생님은 매달 이날이면 조시가야 묘지[14]에 있는 어느 고인에게 꽃을 바치러 가는 습관이 있다고 했다. "방금 나갔는데, 10분이나 될까 말까 할 거예요" 하고 사모님은 미안하다는 듯이 말했다. 나는 고개를 숙여 가볍게 인사하고는 밖으로 나왔다. 북적이는 시내 쪽으로 백 미터쯤 걷다 보니 나도 산보나 할 겸 조시가야 묘지로 가보자는 마음이 들었다. 선생님을 만날 수 있지 않을까 하는 호기심도 발동했다. 그래서 곧바로 발길을 돌렸다.

5

나는 묘지 바로 앞에 있는 묘목 밭 왼쪽으로 들어가 양쪽에 단풍나무를 심어놓은 넓은 길을 따라 안쪽으로 들어갔다. 그러자 그 끝에 보이는 찻집 안에서 선생님처럼 생긴 사람이 불쑥 나왔다. 나는 그 사람의 안경테가 햇빛에 반사되는 데까지 가까이 다가갔다. 그리고 불시에 "선생님" 하고 큰 소리로 불렀다. 선생님은 돌연 걸음을 멈추고 내 얼굴을 쳐다보았다.

"어떻게……, 어떻게……."

선생님은 같은 말을 두 번 되풀이했다. 그 말은 아주 고요한 대낮에

---

14 소세키의 다섯째 딸 히나코의 묘가 있고, 나중에 소세키 자신도 이곳에 묻혔다.

이상한 말투로 되풀이되었다. 나는 금방 뭐라고 대답할 수가 없었다.

"내 뒤를 쫓아온 건가? 왜……."

선생님의 태도는 오히려 침착했다. 목소리도 가라앉아 있었다. 하지만 표정에는 확실히 말할 수 없는 약간의 그늘이 있었다.

나는 내가 어떻게 여기에 왔는지를 선생님에게 이야기했다.

"누구 묘에 갔는지, 아내가 그 사람 이름을 말하던가?"

"아니요, 그런 말씀은 안 하셨습니다."

"그런가? 그래, 그건 말할 리 없겠지, 처음 만난 자네한테. 말할 필요가 없는 일이니까."

선생님은 그제야 납득한 모양이었다. 하지만 나는 그 의미를 전혀 이해할 수 없었다.

선생님과 나는 큰길로 나가려고 묘지 사이를 빠져나왔다. 이사벨라 아무개의 묘나 하느님의 종복 로긴의 묘 옆에 일체중생실유불생(一切衆生悉有佛生)[15]이라고 쓰인 팻말이 꽂혀 있었다. 전권공사[16] 아무개의 묘도 있었다. 나는 안득렬(安得烈)이라고 새겨진 조그만 묘 앞에서 "이건 어떻게 읽을까요?"라고 선생님에게 물었다. "앙드레쯤으로 읽으라는 거겠지" 하며 선생님은 쓴웃음을 지었다.

선생님은 이런 묘표가 나타내는, 사람마다 다른 양식에 대해 나처럼 우스꽝스러움이나 아이러니를 느끼지 않는 것 같았다. 내가 둥근 묘석이나 길쭉한 화강암 비석을 가리키며 자꾸만 이러쿵저러쿵 말하고 싶어 하는 것을 처음에는 가만히 듣고 있었으나 나중에는 "자네는

---

15 『열반경(涅槃經)』에 나오는 말로, 생명이 있는 모든 것은 부처가 될 가능성이 있다는 의미다. 다만 '불생'은 '불성(佛性)'이 옳다.

16 외교관으로서 대사 다음가는 지위. 정식명은 특명전권공사.

죽음이라는 것을 아직 진지하게 생각해본 적이 없나 보군" 하고 말했다. 나는 입을 다물었다. 선생님도 더는 아무 말도 하지 않았다.

묘지의 경계에 커다란 은행나무 한 그루가 하늘을 가리듯이 서 있었다. 그 밑으로 갔을 때 선생님은 높은 우듬지를 올려다보며 "조금만 있으면 아주 예뻐질 거네. 이 나무가 노랗게 물들어 이 근방 지면이 온통 금색 낙엽으로 뒤덮이거든" 하고 말했다. 선생님은 매달 한 번씩 반드시 이 나무 밑을 지나는 것이다.

건너편에서 울퉁불퉁한 지면을 평평히 골라 새로운 묘지를 만들고 있던 남자가 괭이질을 멈추고 우리를 보고 있었다. 우리는 거기서 왼쪽으로 꺾어 곧바로 큰길로 나왔다.

앞으로 어디로 갈지 목적지도 없던 나는 그저 선생님이 걷는 방향으로 걸었다. 선생님은 평소보다 말수가 적었다. 그래도 나는 그다지 답답함을 느끼지 않아서 어슬렁어슬렁 함께 걸었다.

"바로 댁으로 돌아가십니까?"

"응, 특별히 들를 데도 없으니까."

우리는 잠자코 남쪽으로 언덕길을 내려갔다.

"선생님 댁의 묘지도 거기에 있습니까?" 내가 다시 입을 열었다.

"아니."

"그럼 누구 묘입니까? 친척 묘인가요?"

"아니네."

선생님은 그 외에는 아무 대답도 하지 않았다. 나도 그 이야기는 그것으로 끝냈다. 그런데 백 미터쯤 걸은 후 선생님이 갑자기 그 이야기로 돌아갔다.

"그곳에는 내 친구 묘가 있네."

"친구분 묘에 매달 찾아가는 건가요?"

"그렇다네."

선생님은 그날 그 이상의 말은 하지 않았다.

6

나는 그 이후로 종종 선생님을 찾아갔다. 갈 때마다 선생님은 집에 계셨다. 선생님을 만나는 횟수가 늘어남에 따라 나는 점점 더 뻔질나게 선생님 댁 현관으로 발길을 옮겼다.

하지만 나를 대하는 선생님의 태도는 처음으로 인사를 했을 때나 친해진 후나 그리 달라지지 않았다. 선생님은 늘 조용했다. 어떤 때는 너무 조용해서 쓸쓸할 정도였다. 나는 처음부터 선생님에게는 다가가기 힘든 신비함이 있다고 생각했다. 그런데도 어떻게든 다가가지 않을 수 없다는 느낌이 어딘가에서 강하게 작동했다. 선생님에게 이런 느낌을 가진 사람은 많은 사람들 중에 어쩌면 나뿐일지도 모른다. 하지만 그 직감이 나중에 나에게만은 사실로 입증되었기 때문에 나는 너무 어리다는 말을 들어도, 바보 같다는 비웃음을 당해도, 아무튼 그 것을 내다본 자신의 직감을 미덥고 기쁘게 생각한다. 인간을 사랑할 수 있는 사람, 사랑하지 않을 수 없는 사람, 그러면서도 자신의 품으로 들어오려는 사람을 손을 벌려 안아줄 수 없는 사람, 그가 바로 선생님이었다.

지금 말한 대로 선생님은 늘 조용했다. 그리고 차분했다. 하지만 때로는 얼굴에 이상한 그늘이 드리워지는 일이 있었다. 창에 검은 새 그림자가 비치듯이. 비치는가 싶다가 곧 사라지기는 했지만. 내가 처음으로 "선생님" 하고 미간에서 그 그늘을 본 것은 조시가야 묘지에서 갑자기 선생님을 불렀을 때였다. 예사롭지 않은 그 순간에 나는 지금까지 기분 좋게 흐르고 있던 심장의 피가 좀 둔해진 느낌이었다. 하지만 그것은 단지 일시적으로 맥박이 난조를 보인 것에 지나지 않았다. 내 심장은 5분도 지나지 않아 평소의 탄력을 회복했다. 나는 그 이후로 어두워 보이는 그 구름의 그림자를 잊고 말았다. 뜻하지 않게 그걸 떠올린 것은 음력 10월도 거의 끝나가던 어느 날 밤이었다.

선생님과 이야기를 나누던 나는 문득 선생님이 일부러 말해준 커다란 은행나무를 눈앞에 떠올렸다. 헤아려보니 선생님이 매달 묘지에 가는 날이 그날로부터 꼭 사흘 후였다. 사흘 후의 그날은 수업이 오전에 끝나는 마음 편한 날이었다. 나는 선생님에게 이렇게 말했다.

"선생님, 조시가야의 은행나무는 벌써 잎이 다 졌을까요?"

"아직 다 지지는 않았겠지."

선생님은 이렇게 대답하면서 내 얼굴을 유심히 쳐다보았다. 그리고 잠시 동안 내 얼굴에서 눈을 떼지 않았다. 나는 바로 말했다.

"다음에 묘에 가실 때 저도 따라가면 안 될까요? 선생님과 그 근방을 산보하고 싶어서요."

"난 묘에 가는 거지 산보하러 가는 게 아니네."

"하지만 가시는 김에 산보라도 하면 좋지 않을까요?"

선생님은 아무 대답도 하지 않았다. 잠시 후 "나는 정말 묘에만 가는 거라서" 하며 어디까지나 묘에 가는 것과 산보를 분리하려는 것처럼 말했다. 나와 함께 가고 싶지 않은 구실인지 뭔지 모르지만 내게는 그때의 선생님이 정말이지 어린애 같아서 이상하다고 생각했다. 나는 더욱 밀어붙여 볼 생각이 들었다.

"그럼 묘에 가는 거라도 좋으니까 저를 데려가 주세요. 저도 묘에 참배할 테니까요."

사실 나에게는 묘에 가는 것과 산보하러 가는 것의 구별이 거의 무의미한 것처럼 여겨졌던 것이다. 그러자 선생님은 다소 걱정스러운 표정을 지었다. 눈도 예사롭지 않은 빛을 띠었다. 그 눈빛은 성가심이라고도 혐오라고도 두려움이라고도 치부할 수 없는, 희미한 불안 같은 것이었다. 나는 불현듯 조시가야에서 "선생님" 하고 불렀을 때의 기억을 강렬하게 떠올렸다. 그때와 표정이 완전히 같았던 것이다.

"나는" 하고 선생님이 말했다. "자네한테 말할 수 없는 어떤 이유로 다른 사람하고는 그 묘에 가고 싶지 않은 거네. 아직 아내조차 데려간 적이 없어."

7

나는 이상하게 생각했다. 하지만 나는 선생님을 연구해볼 요량으로 선생님 댁에 드나드는 건 아니었다. 나는 그저 그런가 보다 하고 지나갔다. 지금 생각하면 그때의 내 태도는 나의 생활 속에서 오히려 소중히 여길 만한 것 가운데 하나였다. 나는 바로 그 때문에 선생님과 인간적인 따뜻한 교제가 가능했다고 생각한다. 만약 내 호기심이 다소라도 선생님의 마음을 탐색하는 쪽으로 작용했다면 두 사람 사이를 이어주는 공감의 실은 그때 가차 없이 뚝 끊어지고 말았을 것이다. 어린 나는 자신의 태도를 전혀 자각하지 못했다. 그랬기에 소중한 것인지도 모르지만, 만약 잘못하여 반대로 했다면 두 사람 사이에 어떤 결과가 초래되었을까? 상상만 해도 소름이 끼친다. 그렇지 않아도 선생님은 차가운 눈으로 탐색당하는 것을 늘 두려워했다.

나는 한 달에 두세 번은 반드시 선생님 댁을 찾았다. 내 발길이 점점 잦아지던 어느 날 선생님은 돌연 내게 물었다.

"자네는 왜 나 같은 사람을 그렇게 자주 찾아오는 건가?"

"뭐, 그렇게 특별한 의미는 없습니다. ……그런데 제가 혹시 귀찮게 해드린 건가요?"

"귀찮다고는 하지 않았네."

실제로 선생님에게서는 귀찮아하는 모습을 전혀 찾아볼 수 없었다. 나는 선생님의 교제 범위가 극히 좁다는 사실을 알고 있었다. 그 무렵에는 선생님의 동창생 중에서 도쿄에 사는 사람이 두세 명밖에 없다는 사실도 알고 있었다. 선생님과 고향이 같은 친구 중에는 더러 응접실에서 자리를 같이하는 경우도 있었지만 그들 중 누구도 나만큼 선생님에게 친밀감을 느끼는 것 같지는 않았다.

"난 외로운 사람이네." 선생님이 말했다. "그러니 자네가 와주는 건 기쁜 일이지. 그래서 왜 그렇게 자주 오는 거냐고 물었던 거네."

"그건 또 왜죠?"

내가 이렇게 반문했을 때 선생님은 아무 대답도 하지 않았다. 그냥 내 얼굴을 보며 "자넨 몇 살인가?" 하고 물었을 뿐이다.

이 문답은 나에게 도무지 요령부득이었지만 나는 그때 끝까지 추궁하지 않고 돌아오고 말았다. 그런데도 그로부터 나흘도 지나지 않아 다시 선생님을 찾아갔다. 선생님은 응접실로 나오자마자 웃었다.

"또 왔군그래" 하고 말했다.

"네, 왔습니다" 하며 나도 웃었다.

나는 다른 사람에게 이런 말을 들었다면 아마 비위가 상했을 것이다. 하지만 선생님에게 그런 말을 들었을 때는 정반대였다. 비위에 거슬리지 않았을 뿐 아니라 오히려 기분이 좋았다.

"난 외로운 사람이네." 선생님은 그날 밤 다시 일전에 했던 말을 되풀이했다. "난 외로운 사람이지만, 어쩌면 자네도 외로운 사람 아닌가? 난 외로워도 나이를 먹었으니까 움직이지 않고 가만히 있을 수 있지만 젊은 자네는 그럴 수도 없겠지. 움직일 수 있을 만큼 움직이고 싶겠지. 움직여서 뭔가에 부딪치고 싶을 거야……."

"전 조금도 외롭지 않습니다."

"젊을 때만큼 외로운 시기도 없다네. 그렇다면 자네는 왜 그렇게 자주 나를 찾아오는 건가?"

여기서도 다시 선생님은 일전의 말을 되풀이했다.

"자네는 아마 나를 만나도 여전히 어딘가 외로운 기분이 들 거네. 나한테는 자네를 위해 그 외로움을 근본적으로 없애줄 만한 힘이 없으니까 말이야. 자네는 조만간 다른 방향으로 팔을 벌려야 하겠지. 그러면 곧 이 집으로는 발길이 향하지 않을 거네."

선생님은 이렇게 말하며 쓸쓸하게 웃었다.

8

다행히 선생님의 예언은 결국 실현되지 않았다. 경험이 없던 당시의 나는 그 예언에 포함되어 있는 명백한 의미조차 이해할 수 없었다.

나는 여전히 선생님을 만나러 갔다. 그러다가 어느덧 선생님의 식탁에서 밥을 먹게 되었다. 자연스럽게 사모님과도 이야기를 주고받게 되었다.

보통 사람으로서 나는 여자에게 냉담하지 않았다. 하지만 나이가 어렸던 나는 그때까지 여자와 교제다운 교제를 해본 일이 거의 없었다. 그게 원인인지 어떤지는 모르지만 내 흥미는 주로 길거리에서 스치는 알지도 못한 여자들에게 쏠릴 뿐이었다. 선생님의 사모님을 전에 현관에서 만났을 때 나는 아름답다는 인상을 받았다. 그러고 나서 만날 때마다 아름답다는 인상을 받지 않은 적이 없었다. 하지만 그 외에 사모님에 대해 특별히 말할 만한 것은 아무것도 갖고 있지 않은 것 같았다.

사모님에게 특색이 없다기보다는 특색을 보여줄 기회가 없었다고 해석하는 것이 타당할지도 모른다. 하지만 나는 언제나 선생님에게 부속된 일부분 같은 마음으로 사모님을 대했다. 사모님도 남편을 찾아오는 학생이니까, 하는 호의에서 나를 대했던 것 같다. 그러므로 중간에 선 선생님을 제외하면 나와 사모님은 아무 관계도 없었다. 그래서 처음 알았을 때의 사모님에 대해서는 그냥 아름답다는 느낌 말고는 아무것도 남아 있지 않았다.

어느 날 나는 선생님 댁에서 술을 마시게 되었다. 그때 사모님이 나와 옆에서 술을 따라주었다. 선생님은 평소보다 기분이 좋아 보였다. 사모님에게 "당신도 한잔하지?" 하며 자신이 비운 잔을 내밀었다. 사모님은 "전……" 하며 사양하려다가 난처하다는 듯이 잔을 받아 들었다. 사모님은 예쁜 눈썹을 찡그리며 내가 절반쯤 따라준 잔을 입술로 가져갔다. 사모님과 선생님 사이에 다음과 같은 대화가 시작되었다.

"별일이네요. 저한테 마시라고 한 일은 좀처럼 없었잖아요."

"당신이 싫어하니까 그렇지. 하지만 가끔 마시면 좋아. 기분이 좋아지거든."

"전혀 안 그래요. 괴롭기만 하고. 하지만 당신은 무척 기분이 좋아 보여요, 술이 좀 들어가면요."

"때에 따라서는 아주 기분이 좋아지지. 하지만 늘 그런 건 아니야."

"오늘 밤은 어떠세요?"

"오늘은 기분이 좋은데."

"앞으로 밤마다 조금씩 드시면 되겠네요."

"그럴 수는 없지."

"마시세요. 그래야 쓸쓸하지 않고 좋잖아요."

선생님 댁은 내외분과 하녀뿐이었다. 갈 때마다 대개는 쥐 죽은 듯 조용했다. 큰 웃음소리가 들리는 일은 전혀 없었다. 어떤 때는 집 안에 있는 사람이 선생님과 나뿐인 것 같았다.

"아이라도 있었으면 좋겠지만" 하고 사모님은 나를 보며 말했다. 나는 "그러게요" 하고 대답했다. 하지만 내 마음에는 어떤 공감도 생기지 않았다. 아이를 가져본 적이 없는 그 무렵의 나는 아이를 그저 귀찮은 존재로만 생각했던 것이다.

"하나 데려올까?" 선생님이 말했다.

"데려온 아이는 좀" 하고 사모님은 다시 나를 보았다.

"아무리 시간이 지나도 아이는 안 생겨." 선생님이 말했다.

사모님은 잠자코 있었다. "어째서요?" 하고 내가 대신 묻자 선생님은 "천벌이니까" 하며 크게 웃었다.

9

내가 아는 한 선생님과 사모님은 금실 좋은 부부였다. 나는 물론 가정의 일원으로서 함께 살아본 적이 없어 깊은 속내까지는 알 수 없었지만, 응접실에서 나와 마주 앉아 있을 때 선생님은 무슨 일을 하다가 하녀를 부르지 않고 사모님을 부른 일이 있었다.(사모님의 이름은 시즈였다.) 선생님은 "이봐, 시즈" 하며 언제나 장지문 쪽을 돌아보았다. 그렇게 부르는 것이 내게는 아주 다정하게 들렸다. 대답을 하며 나오는 사모님의 모습도 무척 다소곳했다. 이따금 식사 대접을 받아 사모님이 자리를 함께할 때는 그런 관계가 두 사람 사이에 더욱 명료하게 그려지는 것 같았다.

선생님은 때때로 사모님과 함께 음악회나 극장에 갔다. 그리고 내 기억에 의하면 부부 동반으로 일주일 안짝의 여행을 간 것도 두세 번이 넘었다. 나는 하코네에서 보내온 그림엽서를 아직도 간직하고 있다. 닛코에 갔을 때는 단풍잎 하나를 동봉한 우편물도 보냈다.

당시의 내 눈에 비친 선생님과 사모님 사이는 일단 위와 같은 것이었다. 그중에 딱 하나 예외가 있었다. 어느 날 내가 평소처럼 선생님 댁 현관에서 안내를 청하려고 하자 응접실 쪽에서 누군가 이야기하는 소리가 들렸다. 유심히 들어보니 예사로운 이야기가 아니라 아무래도 다투는 소리 같았다. 선생님 댁은 현관 옆이 바로 응접실이라 현관 격자문 앞에 서 있던 나도 다투는 소리라는 것만은 대충 알 수 있었다. 그리고 때때로 높아지는 남자의 목소리로 그중 한 사람이 선생님이라는 것도 알 수 있었다. 상대는 선생님보다 낮은 음성이라 누군지 확실치 않았지만 아무래도 사모님인 것 같았다. 울고 있는 것 같기도 했다. 나는 어찌 된 일일까 하며 현관 앞에서 망설였지만, 이내 결심을 하고 그대로 하숙으로 돌아왔다.

묘하게 불안한 마음이 나를 엄습했다. 나는 책을 읽어도 이해하는 능력을 잃어버렸다. 한 시간쯤 지나자 선생님이 창문 아래로 와서 내 이름을 불렀다. 나는 깜짝 놀라 창문을 열었다. 선생님은 산보나 하자며 나를 불러냈다. 조금 전 허리띠 사이에 찔러둔 시계를 꺼내 보니 벌써 8시가 지난 시각이었다. 나는 돌아온 그대로 아직 하카마[17]를 입고 있었다. 그 차림 그대로 곧장 밖으로 나갔다.

그날 밤 나는 선생님과 함께 맥주[18]를 마셨다. 선생님은 원래 주량이 적은 사람이다. 어느 정도까지 마셔보고 그래도 취하지 않으면 취할 때까지 마셔보는 모험을 할 사람이 아니었다.

"오늘은 술이 안 받는군." 선생님은 쓴웃음을 지었다.

"기분이 좋아지지 않으십니까?" 나는 안됐다는 듯이 물었다.

조금 전에 본 일이 내내 마음에 걸렸다. 생선 가시가 목에 걸렸을 때처럼 괴로웠다. 그냥 말해버릴까, 그만두는 게 좋지 않을까, 하는 생각의 동요가 묘하게 나를 안절부절못하게 만들었다.

"자네, 오늘 좀 이상하군그래." 선생님이 말을 꺼냈다. "실은 나도 좀 이상하다네. 자네도 알겠나?"

나는 아무런 대답도 할 수 없었다.

"실은 조금 전에 아내와 좀 다퉜다네. 그래서 괜히 신경이 날카로워졌어." 선생님이 다시 말했다.

17 기모노 위에 덧입는 주름 폭이 넓은 하의.
18 에도 시대 말기에 이미 외국제 맥주가 수입되었고 메이지 시대 초기에는 일본에서도 본격적으로 양조되고 판매되었다. 그리고 1899년에는 최초의 비어홀이 개점했다.

"무슨 일로……."

나는 다퉜다는 말이 입 밖에 나오지 않았다.

"아내가 나를 오해한 거네. 그걸 오해라고 말해도 도무지 들으려고
해야 말이지. 그래서 그만 화를 내고 말았다네."

"선생님을 어떻게 오해하신 건데요?"

선생님은 나의 이 물음에 대답하려고 하지 않았다.

"아내가 생각하는 그런 사람이라면 나도 이렇게 괴로워하지는 않을
거네."

내게는 선생님이 얼마나 괴로워하는가도 상상이 가지 않는 문제였다.

10

돌아오는 길에 두 사람의 침묵은 백 미터, 2백 미터를 걸을 때까지
이어졌다. 돌연 선생님이 입을 열었다.

"못된 짓을 했네. 화를 내고 나왔으니 아마 아내가 걱정하고 있을
거야. 생각하면 여자란 가엾은 존재지. 아내는 나 말고 의지할 데가
전혀 없는 사람이니까."

선생님의 말은 거기서 잠깐 끊겼지만, 특별히 내 대답을 기대하는
것 같지도 않았고 바로 이야기를 이어나갔다.

"그렇게 말하면 남편들이 정말 마음 든든한 사람들인 것 같아 좀 우
습지만, 자네 눈에는 내가 어떻게 비치나? 강한 사람으로 보이나 약
한 사람으로 보이나?"

"중간 정도로 보입니다" 하고 나는 대답했다. 이 대답은 선생님에게

다소 의외였던 모양이다. 선생님은 다시 입을 다물고 묵묵히 걸었다.

선생님 댁으로 돌아가려면 내 하숙 바로 옆을 지나야 했다. 나는 하숙까지 와서 그곳 모퉁이에서 헤어지는 것이 선생님에게 죄송하다는 생각이 들었다. "여기까지 온 김에 댁까지 같이 갈까요?" 하고 말했다. 선생님은 순식간에 손으로 나를 가로막았다.

"벌써 늦었으니까 얼른 들어가게. 나도 금방 돌아갈 테니까, 아내를 위해서."

선생님이 마지막에 덧붙인 '아내를 위해서'라는 말은 그때 묘하게 내 마음을 따뜻하게 해주었다. 나는 그 말 때문에 들어가서 안심하고 잘 수 있었다. 나는 그 후로도 오랫동안 '아내를 위해서'라는 말을 잊지 않았다.

선생님과 사모님 사이에 일어난 파란이 대단한 게 아니라는 것은 그것으로도 알 수 있었다. 또한 좀처럼 일어나지 않는 일이었다는 것도 그 후 쭉 드나들면서 대충 짐작할 수 있었다. 그뿐 아니라 선생님은 어느 날 내게 이런 감상까지 털어놓았다.

"나는 세상에서 여자를 딱 한 사람밖에 모르네. 아내 이외의 여자는 거의 여자로 보이지 않는다네. 아내도 나를 천하에 한 사람밖에 없는 남자로 생각해주고 있지. 그런 의미에서 보면 우린 가장 행복하게 태어난 한 쌍이어야 할 거네."

나는 지금 앞뒤 사정을 잊어버려서 선생님이 무엇 때문에 이런 고백을 했는지 확실히 말할 수 없다. 하지만 선생님의 태도가 진실했다는 것과 어조가 침울했다는 것은 아직도 기억에 남아 있다. 다만 그때 내 귀에 심상치 않게 들린 것은 '가장 행복하게 태어난 한 쌍이어야 할 거네'라는 마지막 한 구절이었다. 선생님은 왜 행복한 한 쌍이라고 단언하지 않고 행복한 한 쌍이어야 할 거라고 했을까? 선생님은 과연 실제로 행복한 것일까, 아니면 행복해야 하지만 그다지 행복하지 못한 것일까? 나는 마음속으로 의심하지 않을 수 없었다. 하지만 그 의심은 한때뿐이었고 금세 어딘가로 사라져버렸다.

얼마 후 댁으로 찾아간 나는 선생님이 안 계셔서 사모님과 마주 앉아 이야기를 나눌 기회를 얻었다. 그날 선생님은, 요코하마에서 출항하는 기선을 타고 외국으로 떠나는 친구를 신바시[19]까지 배웅하러 나가 집을 비운 것이었다. 요코하마에서 배를 타는 사람은 아침 8시 반 기차로 신바시를 떠나는 것이 그 무렵의 관행이었다. 나는 어떤 책에 대해 선생님에게 물어보려고 미리 허락을 얻어 약속한 대로 9시에 찾아간 것이다. 선생님이 신바시로 나간 것은 전날 일부러 작별 인사를 하러 찾아온 친구에 대한 예의로서 그날 갑자기 생긴 일이었다. 선생님은 곧 돌아올 테니 집에서 기다리고 있으라는 말을 남기고 나갔다고 했다. 그래서 나는 응접실로 들어가 선생님을 기다리는 동안 사모님과 이야기를 나누었다.

11

그때 나는 이미 대학생[20]이었다. 처음으로 선생님 댁을 찾았던 무렵에 비하면 훨씬 어른이 된 기분이었다. 사모님과도 꽤 친해졌다. 나는 사모님을 전혀 거북하게 여기지 않았다. 마주 앉아 이런저런 이야기

<hr />

19 당시는 도카이도선의 시발역이었다. 『마음』이 발표된 1914년 12월 도쿄 역에 그 역할을 물려줄 때까지 일본 철도 교통의 중심이었다.

를 나누었지만 별 특색이 없는 평범한 이야기여서 지금은 깡그리 잊어버렸다. 다만 그중 딱 한 가지는 내 귓가에 남아 있다. 하지만 그 이야기를 하기 전에 미리 말해두어야 할 것이 있다.

선생님은 대학을 나온 사람[21]이다. 이는 처음부터 알고 있던 사실이다. 하지만 선생님이 아무 일도 하지 않고 놀고 있다는 것을 안 것은 도쿄로 돌아오고 좀 지나서였다. 나는 그때 왜 놀고 있을까 하고 생각했다.

선생님은 세상에 전혀 이름이 알려지지 않은 사람이었다. 그래서 선생님과 밀접한 관계를 맺고 있는 나 이외에 선생님의 학문이나 사상에 경의를 표하는 사람이 있을 리 없었다. 나는 그게 항상 안타까운 일이라고 말했다. 선생님은 또 "나 같은 사람이 세상에 나가 떠드는 건 죄스러운 일이지"라고만 할 뿐 상대해주지 않았다. 내게는 그 대답이 너무 겸손해서 오히려 세상을 냉담하게 평하는 것으로 들리기도 했다. 실제로 선생님은 이따금 예전에 동창생이었고 지금은 유명해진 이 사람 저 사람을 들먹이며 아주 가차 없는 비평을 한 일이 있었다. 그래서 나는 그 모순을 들며 노골적으로 이러쿵저러쿵 말해보았다. 나로서는 반항의 의미에서라기보다는 세상 사람들이 선생님의 존재를 모르고도 아무렇지 않은 것이 안타까워서였다. 그때 선생님은 폭

---

20 당시 대학이라고 하면 제국대학, 특히 가장 오래된 도쿄제국대학을 가리켰다. '나'의 경우 졸업식에 천황의 '순행'이 있었다는 것(「부모님과 나」 참조) 등에서도 도쿄제국대학의 학생이라는 것을 알 수 있다. '나'가 입학한 1909년 당시 도쿄제국대학 외에 교토제국대학과 도호쿠제국대학이 있었다.

21 대학의 소재지나 고등학교에서 진학했다는 것(「선생님과 유서」 참조) 등으로 볼 때 선생님이 도쿄제국대학 출신이라는 것을 알 수 있다. 또한 대학령이 시행되어 사립대학이 정식으로 인가받은 것은 1919년이고, 당시 그냥 대학이라고 하면 제국대학, 특히 도쿄제국대학을 가리켰다.

가라앉은 어조로 "아무튼 나는 세상으로 나가 활동할 자격이 없는 사람이라 어쩔 수 없네"라고 말했다. 선생님의 얼굴에는 다소 깊이 있는 표정이 생생하게 새겨져 있었다. 나는 그 표정이 실망인지 불평인지 비애인지 알 수 없었지만 아무튼 다음 말이 안 나올 만큼 강렬한 것이어서 더 이상 뭐라고 말할 용기가 나지 않았다.

사모님과 이야기를 나누다 보니 자연스럽게 화제는 선생님이 왜 놀고 있는가 하는 것으로 옮아갔다.

"선생님은 왜 그렇게 댁에서 생각하거나 공부만 하시고 세상에 나가 일하시지 않는 건가요?"

"그 사람은 안 돼요. 그런 일을 싫어하거든요."

"말하자면 하찮은 일이라고 깨달으신 걸까요?"

"그야 전 여자라서 잘 모르지만, 깨닫고 말고 하는 그런 의미는 아닐 거예요. 역시 뭔가 하고 싶겠지요. 그런데도 할 수 없는 거고요. 그래서 딱한 거예요."

"하지만 선생님은 건강이라는 면에서는 특별히 안 좋은 데도 없지 않습니까?"

"물론 건강하지요. 지병도 전혀 없어요."

"그런데 왜 활동할 수 없는 걸까요?"

"그걸 모르겠어요. 그걸 알면 저도 이렇게 걱정하지 않겠지요. 모르니까 정말 딱해 죽겠어요."

사모님의 말에는 무척 동정하는 기색이 있었다. 그래도 입가에만은 미소가 보였다. 겉으로 보기에는 오히려 내가 더 진지했다. 나는 심각한 얼굴로 잠자코 있었다. 그러자 사모님이 불쑥 입을 열었다.

"젊었을 때는 그런 사람이 아니었어요. 지금하고는 전혀 달랐지요.

그런데 완전히 변한 거예요."

"젊었을 때라면 언제를 말하는 건가요?" 내가 물었다.

"학생이었을 때요."

"학생이었을 때부터 선생님을 알고 계셨던 건가요?"

사모님의 얼굴이 갑자기 발그스름해졌다.

12

사모님은 도쿄 사람이었다. 그것은 예전에 선생님으로부터, 그리고 사모님으로부터 직접 들어 알고 있었다. 사모님은 "사실 전 혼혈아[22] 예요" 하고 말했다. 사모님의 부친은 돗토리인가 어디 출신인데 모친은 아직 에도라고 불리던 시절의 도쿄 이치가야 출신이어서 농담 삼아 그렇게 말한 것이었다. 그런데 선생님은 전혀 다른 곳인 니가타 사람이었다. 그래서 사모님이 만약 선생님의 학창 시절을 알고 있다면 고향과 관련된 것이 아니라는 것은 분명했다. 하지만 얼굴이 발그스름해진 사모님이 그 이상의 이야기는 하고 싶어 하지 않는 것 같아서 나도 자세히 캐묻지 않았다.

선생님을 알고 나서부터 그가 세상을 떠날 때까지 나는 꽤 여러 가지 문제로 선생님의 사상이나 심리를 접해봤지만 결혼 당시의 상황에 대해서는 거의 아무것도 들을 수 없었다. 나는 때에 따라 그걸 선의로 해석하기도 했다. 나이가 지긋한 선생님이라 젊은 사람에게 색정적인

---

22 보통은 다른 인종 사이에서 태어난 아이를 가리키지만 여기서는 다른 지역 출신인 일본인 사이에서 태어난 아이를 말한다.

이야기 같은 걸 일부러 삼가는 걸 거라고 생각했다. 경우에 따라서는 또 그걸 안 좋게 받아들였다. 선생님과 사모님 모두 나에 비하면 한 세대 전의 인습 아래 성장했기 때문에 그런 색정적인 일에서는 솔직하게 자신을 드러낼 만한 용기가 없는 걸 거라고 생각했다. 하지만 어느 것이나 추측에 지나지 않았다. 그리고 어느 추측에도 두 사람이 결혼한 배경에는 화려한 로맨스가 존재할 것이라는 가정이 있었다.

역시 내 가정은 틀리지 않았다. 하지만 나는 그저 사랑의 한쪽 면만을 상상한 것에 지나지 않았다. 선생님은 아름다운 연애 뒤에 무서운 비극을 숨기고 있었다. 그리고 그 비극이 선생님에게 얼마나 비참한 것이었는가는 상대인 사모님에게도 전혀 알려지지 않았다. 사모님은 지금도 그 비극을 모르고 있다. 선생님은 사모님에게 끝까지 숨긴 채 세상을 떠난 것이다. 선생님은 사모님의 행복을 파괴하기 전에 먼저 자신의 생명을 파괴해버렸다.

나는 지금 그 비극에 대해 아무 말도 하지 않을 것이다. 오히려 그 비극 때문에 생겨났다고도 할 수 있는 두 사람의 연애는 조금 전에 말한 대로였다. 두 사람 다 내게는 거의 아무 말도 해주지 않았다. 사모님은 조심스러움 때문에, 선생님은 또 그 이상의 말 못 할 이유 때문에.

다만 한 가지 내 기억에 남아 있는 일이 있다. 꽃이 필 무렵의 어느날 나는 선생님과 함께 우에노[23]에 갔다. 그리고 거기서 아름다운 남녀 한 쌍을 보았다. 그들은 바싹 달라붙은 채 꽃 아래를 정답게 걷고 있었다. 장소가 장소인 만큼 꽃보다도 그들을 지켜보는 사람이 더 많

---

23 우에노 공원을 중심으로 한 일대를 가리킨다. 원래는 간에이지(寬永寺) 경내로 에도 시대 이래 벚꽃의 명소다. 이 무렵(메이지 말기)에는 박물관 외에 우에노 동물원, 도쿄미술학교·음악학교(현재의 도쿄예술대학) 등이 들어서 있었다.

왔다.

"신혼부부인가 보군." 선생님이 말했다.

"사이가 좋아 보이네요." 내가 대답했다.

선생님은 쓴웃음조차 짓지 않았다. 두 남녀가 안 보이는 곳으로 발길을 돌렸다. 그러고 나서 나에게 이렇게 물었다.

"자넨 사랑을 해본 적이 있나?"

나는 없다고 대답했다.

"사랑을 하고 싶지 않나?"

나는 대답하지 않았다.

"하고 싶지 않은 건 아니겠지?"

"예."

"자넨 방금 그 남녀를 보고 놀리지 않았나? 그렇게 놀린 데는 사랑을 하고 싶지만 상대를 구하지 못했다는 불만이 포함되어 있었을 거야."

"그런 식으로 들렸습니까?"

"그렇게 들렸네. 사랑의 만족을 맛본 사람한테서는 좀 더 따뜻한 말이 나오는 법이거든. 하지만……, 하지만 사랑은 죄악이네. 알고 있나?"

나는 깜짝 놀랐다. 아무 대답도 하지 않았다.

13

우리는 군중 속에 있었다. 군중은 모두 즐거운 표정을 짓고 있었다. 그곳을 빠져나와 꽃도 사람도 보이지 않는 숲 속으로 들어갈 때까지 그 문제를 입에 담을 기회가 없었다.

"사랑이 죄악인가요?" 내가 불쑥 물었다.

"죄악이지. 분명히" 하고 대답했을 때 선생님의 어조는 조금 전과 마찬가지로 강했다.

"그건 어째서죠?"

"어째선지 곧 알게 되겠지. 곧이 아니라 이미 알고 있을 거네. 자네 마음은 진작부터 사랑으로 움직이고 있는 거 아닌가?"

나는 일단 가슴속을 점검해보았다. 하지만 내 가슴속은 의외로 공허했다. 짚이는 것은 하나도 없었다.

"제 가슴속에는 이렇다 할 대상이 전혀 없습니다. 전 선생님께 숨기는 게 아무것도 없을 겁니다."

"대상이 없으니까 움직이는 거라네. 있으면 마음이 가라앉을 거라고 생각하니까 움직이고 싶어지는 거지."

"지금 그렇게까지 움직이고 있지 않은데요."

"자네는 어딘가 부족하다고 느껴서 나한테 온 거 아닌가?"

"그럴지도 모릅니다. 하지만 그건 사랑과는 다릅니다."

"사랑에 이르는 단계라네. 이성과 껴안기 전에 먼저 동성인 나한테 온 거지."

"저한테는 그 둘의 성격이 전혀 다른 것으로 보이는데요."

"아니, 같은 거네. 난 남자라 도저히 자네를 만족시켜줄 수 없는 사람이지. 그리고 특별한 사정이 있어 더더욱 자네를 만족시켜줄 수 없다네. 실제로 나는 미안하게 생각해. 자네가 나한테서 다른 데로 가는 건 어쩔 수 없어. 나는 오히려 그걸 바라지. 하지만……."

나는 이상하게 슬퍼졌다.

"제가 선생님을 떠나갈 거라고 생각하시는 건 어쩔 수 없는 일이지만, 전 아직 그런 생각을 한 적이 없습니다."

선생님은 내 말에 귀를 기울이지 않았다.

"하지만 조심하지 않으면 안 되네. 사랑은 죄악이니까. 나한테서는 만족을 얻을 수 없겠지만 그 대신 위험도 없지. ……자넨 검고 긴 머리카락으로 결박당했을 때의 심정을 알고 있나?"

나는 상상으로 알고 있었다. 하지만 실제로는 알지 못했다. 어쨌든 선생님이 말하는 죄악의 의미는 몽롱해서 제대로 이해할 수 없었다. 게다가 나는 다소 불쾌해졌다.

"선생님, 죄악의 의미를 좀 더 명확히 말씀해주시죠. 아니면 이 문제를 여기서 끝내주시든가요. 저 자신이 죄악이라는 말의 의미를 확실히 이해할 때까지요."

"미안하네. 난 자네한테 진실을 말하고 있다고 생각했네. 그런데 실은 자네를 초조하게 한 모양이로군. 내가 잘못했네."

선생님과 나는 박물관[24] 뒤에서 우구이스다니(鶯渓)[25] 쪽으로 조용히 걸었다. 울타리 틈으로, 넓은 정원 한쪽에 우거져 있는 얼룩조릿대가 그윽해 보였다.

"자네는 내가 왜 매달 조시가야의 묘지에 묻혀 있는 친구의 묘에 가는지 알고 있나?"

선생님의 물음은 너무나 갑작스러웠다. 게다가 선생님은 내가 그 물음에 답할 수 없다는 것도 잘 알고 있었다. 나는 잠시 대답하지 않

24 우에노 공원 내의 제실(帝室)박물관을 말한다. 현재의 도쿄국립박물관의 전신으로 일본에서 가장 먼저 설립된 근대식 박물관이다. 이곳은 소세키의 다른 작품에도 등장한다.
25 우에노 공원의 북쪽 언저리를 부르는 옛날 명칭으로 보통은 '鶯谷'이라고 쓴다.

았다. 그러자 선생님은 비로소 깨달았다는 듯이 말했다.

"내가 또 잘못했군. 초조하게 하는 게 안 좋을 거 같아서 설명하려고 하면 또 그 설명이 자네를 초조하게 만드는군그래. 아무래도 어쩔 도리가 없네. 이 문제는 여기서 그만두기로 하세. 아무튼 사랑은 죄악이네. 알겠나? 그리고 신성한 거지."

나는 선생님의 이야기를 점점 이해할 수 없었다. 하지만 선생님은 더 이상 사랑이라는 말을 입에 담지 않았다.

14

나이가 어렸던 나는 자칫 외골수가 되기 쉬웠다. 적어도 선생님 눈에는 그렇게 비쳤던 것 같다. 나에게는 학교 강의보다 선생님의 이야기가 더 유익했다. 교수의 의견보다는 선생님의 사상이 더 뛰어났다. 결론을 말하자면 교단에 서서 나를 지도해주는 대단한 사람들보다 그저 혼자를 고수하며 많은 것을 말하지 않는 선생님이 더 대단해 보였던 것이다.

"나한테 너무 빠져서는 안 되네." 선생님이 말했다.

"냉정하게 생각한 결과입니다"라고 대답했을 때의 나에게는 충분한 자신감이 있었다. 그 자신감을 선생님은 받아주지 않았다.

"자네는 지금 열에 들떠 있네. 열이 식으면 지겨워지겠지. 지금 자네가 그렇게 생각해주는 게 난 마음 아프네. 하지만 앞으로 자네한테 일어날 변화를 생각하면 더욱 마음이 아프다네."

"저를 그렇게까지 경박한 사람으로 생각하십니까? 그렇게까지 믿을 수 없는 겁니까?"

"난 미안하게 생각하네."

"미안하지만 믿을 수 없다는 건가요?"

선생님은 성가시다는 듯이 뜰을 바라보았다. 뜰에는, 얼마 전까지 묵직해 보이는 붉고 강렬한 색깔을 뚝뚝 점 찍고 있던 동백꽃은 이제 하나도 보이지 않았다. 선생님은 응접실에서 그 동백꽃을 바라보는 버릇이 있었다.

"믿지 않는다는 건 특별히 자네를 믿지 않는다는 뜻이 아니네. 인간 전체를 믿지 않는다는 거지."

그때 산울타리 너머에서 금붕어 장수인 듯한 사람의 목소리가 들렸다. 그 외에는 아무 소리도 들리지 않았다. 한길에서 2백 미터나 안으로 들어온 골목길은 의외로 조용했다. 집 안은 여느 때처럼 쥐 죽은 듯 고요했다. 나는 옆방에 사모님이 있다는 걸 알고 있었다. 묵묵히 바느질이나 뭔가를 하고 있을 사모님의 귀에 내 말소리가 들린다는 것도 알고 있었다. 하지만 나는 그걸 완전히 잊고 있었다.

"그럼 사모님도 믿지 못하십니까?" 선생님에게 물었다.

선생님은 다소 불안한 표정을 지었다. 그리고 직접적인 대답을 피했다.

"나는 나 자신조차 믿지 못하네. 말하자면 자신을 믿지 못하니까 남들도 믿을 수 없게 된 거지. 자신을 저주하는 것 외에 달리 방법이 없는 거네."

"그렇게 어렵게 생각하면 믿을 수 있는 사람은 아무도 없겠지요."

"아니, 그렇게 생각한 게 아니네. 그렇게 해버린 거지. 그렇게 하고 나서 깜짝 놀랐네. 그리고 굉장히 두려워졌지."

나는 좀 더 앞으로 같은 길을 더듬어 가고 싶었다. 그런데 장지문 뒤에서 "여보, 여보" 하고 부르는 사모님 목소리가 두 번 들렸다. 선생님은 두 번째에 "왜?" 하고 대꾸했다. 사모님은 "잠깐만요" 하고 선생님을 옆방으로 불렀다. 두 사람 사이에 어떤 볼일이 생긴 건지 나는 알 수 없었다. 그걸 상상할 여유도 주지 않을 만큼 선생님은 이내 응접실로 돌아왔다.

"아무튼 날 너무 믿으면 안 되네. 곧 후회할 테니까. 그리고 자신이 속은 앙갚음으로 잔혹한 복수를 하게 되는 법이니까."

"그건 또 무슨 뜻이지요?"

"예전에 그 사람 앞에서 무릎을 꿇었다는 기억이 이번에는 그 사람 머리 위에 발을 올리게 하는 거라네. 나는 미래의 모욕을 받지 않기 위해 지금의 존경을 물리치고 싶은 거지. 난 지금보다 한층 외로울 미래의 나를 견디는 대신에 외로운 지금의 나를 견디고 싶은 거야. 자유와 독립과 자기 자신으로 충만한 현대[26]에 태어난 우리는 그 대가로 모두 이 외로움을 맛봐야 하는 거겠지."

나는 이런 생각을 갖고 있는 선생님에게 무슨 말을 해야 할지 몰랐다.

---

26 소세키에게는 일찍부터 이런 경향을 동시대의 기본적 성격으로 파악하는 인식이 있었고 이는 소세키 문학의 일관된 주제라고도 할 수 있다. 『마음』과 같은 해에 있었던 강연 「나와 개인주의」는 이에 대한 소세키의 사색을 가장 명확하게 말한 것인데, 이것이 개인의 인격이나 자립의 기반인 동시에 고독이나 독선의 원천이기도 하다는 것을 지적했다. 「부모님과 나」에서 '선생님'을 '에고이스트'라고 비판하는 형에게 '나'가 그 말의 의미를 아느냐고 내심 반발하는 장면도 강연에서 보인 인식과 통한다고 볼 수 있다.

15

그 후 나는 사모님을 뵐 때마다 신경이 쓰였다. 선생님은 사모님에게도 늘 이런 태도를 보이는 걸까? 만약 그렇다면 사모님은 그런 태도에 만족하는 걸까?

사모님의 모습을 보면 만족한다고도 안 한다고도 할 수 없었다. 나는 그만큼 가까이서 사모님을 접할 기회가 없었다. 그리고 사모님은 나를 만날 때마다 예사로웠다. 무엇보다 선생님이 있는 자리가 아니면 나와 사모님이 얼굴을 마주할 기회는 좀처럼 없었다.

나의 의혹은 그 밖에도 또 있었다. 인간에 대한 선생님의 그런 생각은 어디서 온 것일까? 단지 냉철한 눈으로 자신을 돌아보거나 현대를 관찰한 결과일까? 선생님은 앉아서 생각하는 타입의 사람이었다. 선생님 같은 머리만 있다면 앉아서 세상을 생각해도 자연스럽게 그런 태도가 나오는 것일까? 나에게는 그렇게 생각되지만은 않았다. 선생님의 생각은 살아 있는 생각 같았다. 불에 탔다가 차갑게 식어버린 석조 가옥의 윤곽과는 달랐다. 내 눈에 비친 선생님은 확실히 사상가였다. 하지만 그 사상가가 정리한 주의(主義)에는 강력한 사실이 포함되어 있는 것 같았다. 자신과 분리된 타인의 사실이 아니라 자기 자신이 통절하게 맛본 사실, 피가 뜨거워지거나 맥박이 멈출 만큼의 사실이 들어 있는 것 같았다.

이는 내가 마음속으로 추측할 것까지도 없는 것이었다. 선생님 자신이 이미 그렇다고 고백했다. 다만 그 고백이 구름 덮인 봉우리 같았다. 내 머리 위에 정체를 알 수 없는 두려운 것을 뒤집어씌웠다. 그리고 그것이 왜 두려운지는 나 역시 알 수 없었다. 고백은 어렴풋했다.

그런데도 분명히 내 신경에 거슬렸다.

나는 선생님의 이런 인생관의 기점에 어떤 강렬한 연애 사건(물론 선생님과 사모님 사이에 일어난)이 있었을 거라고 가정해보았다. 선생님이 예전에 사랑은 죄악이라고 말한 것에 비춰보면 그것이 약간은 실마리가 되기도 했다. 하지만 선생님은 실제로 사모님을 사랑하고 있다고 말했다. 그러면 두 사람의 사랑에서 그런 염세적인 것에 가까운 생각이 나올 리 없다. "예전에 그 사람 앞에서 무릎을 꿇었다는 기억이 이번에는 그 사람 머리 위에 발을 올리게 하는 거라네"라고 했던 선생님의 말은 현대의 일반 사람들에게 쓸 수 있을지 몰라도 선생님과 사모님 사이에는 들어맞지 않은 것 같기도 했다.

조시가야에 있는 누군지 알 수 없는 사람의 묘, 이것도 이따금 내 기억에 떠올랐다. 나는 그 묘가 선생님과 깊은 연고가 있음을 잘 알고 있었다. 선생님의 생활에 가까이 다가가고 있으면서도 가까이 다가갈 수 없는 나는 선생님의 머릿속에 있는 생명의 단편으로서 그 묘를 내 머릿속에도 받아들였다. 하지만 나에게 그 묘는 완전히 죽은 것이었다. 두 사람 사이에 있는 생명의 문을 열 수 있는 열쇠가 되지는 못했다. 오히려 두 사람 사이에 서서 자유로운 왕래를 방해하는 요물 같았다.

그럭저럭하는 사이에 다시 사모님과 마주 앉아 이야기를 나눌 기회가 찾아왔다. 그 무렵은 해가 짧아져가는 분주한 가을로, 누구나 으스스하게 추위를 느끼는 계절이었다. 선생님 댁 부근에 사나흘 계속해서 도둑이 들었다. 도둑이 든 시간은 모두 초저녁이었다. 대단한 물건을 도둑맞은 집은 거의 없었지만 도둑이 든 집에서는 반드시 뭔가 없어졌다. 사모님은 어쩐지 무서워했다. 그러던 어느 날 밤 선생님이 집을 비워야 할 사정이 생겼다. 지방 병원에 근무하는 고향 친구가 상경해서 선생님은 다른 두세 친구와 함께 식사를 해야 했다. 선생님은 사정을 말하고 내게 당신이 돌아올 때까지 집을 좀 봐달라고 부탁했다. 나는 바로 알겠다고 했다.

16

내가 갔을 때는 불이 하나둘 켜지기 시작하는 해 질 무렵이었는데 꼼꼼하고 빈틈없는 선생님은 벌써 나가고 집에 없었다. "약속 시간에 늦으면 안 된다며 방금 나갔어요"라고 말한 사모님은 선생님의 서재로 나를 안내했다.

서재에는 테이블과 의자 외에 아름다운 양장의 많은 책이 유리 너머에 전등[27] 빛을 받고 늘어서 있었다. 사모님은 화로 앞에 놓은 방석에 나를 앉게 하고 "잠깐 여기 있는 책이라도 읽고 계세요"라고 말하고는 나갔다. 나는 마치 주인이 돌아오기를 기다리는 손님 같아서 송구스러웠다. 불편한 자세로 앉아 담배를 피웠다. 사모님이 거실에서 하녀에게 뭐라고 하는 소리가 들렸다. 서재는 거실 툇마루의 막다른 곳에서 꺾어지는 모퉁이에 있어서 위치에서 보면 오히려 응접실보다 떨어져 있어 조용했다. 한차례 들리던 사모님의 말소리가 그치자 쥐

---

27 도쿄전등회사가 개업한 것은 1883년이다. 전등은 지금까지 없던 아주 밝은 등불이었다. 소세키의 부인 나쓰메 교코의 『나쓰메 소세키 평전(漱石の思ひ出, 근간)』에 따르면 소세키의 집에 전등이 들어온 것은 1911년이다. 고루한 소세키가 전등을 '사치'라며 허락하지 않았기 때문에 그가 입원했을 때 부인이 혼자 결정하여 전기를 끌어왔다고 한다.

죽은 듯 고요했다. 나는 도둑을 기다리는 듯한 심정으로 꼼짝 않고 어딘가에 주의를 기울이고 있었다.

30분쯤 지나자 사모님이 다시 서재 입구에 얼굴을 내밀었다. "어머" 하며 살짝 놀란 눈으로 나를 보았다. 그리고 손님으로 온 사람처럼 점잔을 빼고 대기하고 있는 나를 우습다는 듯이 바라보았다.

"그렇게 있으면 답답하지 않아요?"

"아뇨, 답답하지 않습니다."

"그래도 무료하지요?"

"아니요, 언제 도둑이 들지 몰라 긴장해서 그런지 무료하지는 않습니다."

사모님은 손에 홍차 잔을 든 채 웃으면서 그 자리에 서 있었다.

"여기는 구석진 곳이라 도둑을 지키기에는 안 좋네요." 내가 말했다.

"실례지만 그럼 좀 더 가운데로 나오세요. 무료할 것 같아서 차를 내왔는데, 거실이 괜찮으면 그쪽으로 가져갈 테니까요."

나는 사모님을 따라 서재를 나갔다. 거실에는 직사각형의 멋진 목제 화로가 있고 그 위에서는 쇠 주전자가 끓는 소리를 내고 있었다. 나는 거기서 차와 과자를 대접받았다. 사모님은 잠이 안 오면 안 된다며 찻잔에 손을 대지 않았다.

"선생님은 역시 그런 모임에 더러 나가시나요?"

"아뇨, 좀체 안 나가요. 요즘에는 점점 사람 얼굴 보는 게 싫어진 모양이에요."

이렇게 말한 사모님이 그다지 곤란해하는 것처럼 보이지 않아서 나는 그만 대담해졌다.

"그럼 사모님만 예외인가요?"

"아뇨, 저 역시 그이가 싫어하는 사람 중 한 사람이에요."

"그건 아니겠지요." 내가 말했다. "사모님 자신도 아니라는 걸 알면서 그렇게 말씀하시는 거죠?"

"그건 어째서죠?"

"제가 보기에 사모님을 좋아해서 세상이 싫어진 것 같으니까요."

"학문을 하는 사람이라 그런지 입에 발린 말을 꽤 잘하네요. 알맹이도 없는 이치를 능숙하게 가져다 쓰는 것이오. 세상이 싫어져서 나까지 싫어졌다고도 할 수 있지 않나요? 같은 이치로요."

"둘 다 맞는다고 할 수 있겠지만 이건 제가 맞을 겁니다."

"논쟁은 싫어요. 남자들은 툭하면 논쟁을 벌인다니까요, 재미있다는 듯이요. 빈 잔으로 어쩌면 그렇게 질리지도 않고 술잔을 잘도 주고받을 수 있는 건지."

사모님의 말은 좀 따끔했다. 하지만 그 말은 듣기에 아주 심한 것은 결코 아니었다. 자신에게도 두뇌가 있다는 것을 상대에게 인식시키고 거기서 일종의 자긍심을 찾아낼 만큼 사모님은 현대적이지 않았다. 사모님은 그런 것보다 좀 더 밑바닥에 가라앉아 있는 마음을 소중히 여기는 것처럼 보였다.

17

나는 아직 할 말이 남아 있었다. 하지만 사모님에게 쓸데없이 논쟁을 벌이는 남자처럼 보여서는 곤란할 것 같아 삼갔다. 사모님은 다 마신 홍차 잔 바닥을 들여다보며 잠자코 있는 나를 놓치지 않고 "한 잔

더 드시겠어요?" 하고 물었다. 나는 바로 잔을 사모님에게 건넸다.

"몇 개요? 하나? 둘?"

묘한 물건으로 각설탕을 집은 사모님은 내 얼굴을 보며 잔에 넣을 설탕 개수를 물었다. 사모님의 태도는 교태를 부린다고 할 정도는 아니었지만 조금 전의 강한 말을 애써 지우려는 애교로 가득 차 있었다.

나는 묵묵히 차를 마셨다. 마시고 나서도 잠자코 있었다.

"입을 꼭 다물어버렸네요." 사모님이 말했다.

"무슨 말을 하면 또 논쟁을 벌인다고 야단맞을 것 같아서요." 내가 대답했다.

"설마요." 사모님이 다시 말했다.

우리는 그걸 계기로 다시 이야기를 나누기 시작했다. 그리고 다시 두 사람에게 공통의 관심사인 선생님이 화제에 올랐다.

"사모님, 조금 전에 하던 이야기를 마저 하겠습니다. 사모님께는 공허한 이치로 들릴지도 모르겠습니다만 저는 그렇게 건성으로 하는 말이 아니거든요."

"그럼 말해보세요."

"지금 사모님이 갑자기 사라지면 선생님은 지금처럼 살아갈 수 있을까요?"

"그야 모르지요. 그런 건 선생님께 여쭤보는 수밖에 없지 않나요? 저한테 물을 문제는 아닌 것 같은데요."

"사모님, 저는 진지해요. 그러니까 피하지 마세요. 솔직히 대답해주셔야죠."

"솔직해요. 솔직히 말해서 제가 그걸 어떻게 알겠어요?"

"그럼 사모님은 선생님을 얼마나 사랑하고 계시죠? 이건 선생님께 묻는 것보다 오히려 사모님께 물어야 할 질문이라서 묻는 겁니다."

"굳이 그렇게 정색하고 묻지 않아도 되잖아요?"

"그렇게 심각하게 물어볼 필요도 없이 당연한 거라는 뜻인가요?"

"뭐, 그렇지요."

"선생님께 그만큼 충실한 사모님께서 갑자기 사라지면 선생님은 어떻게 되실까요? 세상 어느 쪽에도 흥미가 없는 것 같은 선생님은 사모님이 갑자기 사라지면 그 뒤에 어떻게 되실까요? 선생님이 보시기에 어떠냐는 게 아니라 사모님이 보시기에 어떠냐는 겁니다. 사모님께서 보시기에 선생님은 행복해질까요, 불행해질까요?"

"그야 제가 보는 거라면 알고 있어요. (그이는 그렇게 생각하지 않을지도 모르지만요.) 그이는 저를 떠나면 불행해질 거예요. 어쩌면 살아갈 수 없을지도 모르지요. 이렇게 말하면 너무 우쭐해하는 것 같지만, 저는 지금 그이를 인간으로서 최대한 행복하게 해주고 있다고 믿고 있어요. 누구도 저만큼 그이를 행복하게 해줄 수 없다고 믿고 있거든요. 그러니까 이렇게 차분히 있을 수 있는 거예요."

"그 신념이 선생님 마음에 좋게 비칠 거라고 생각합니다."

"그건 또 다른 문제예요."

"역시 선생님이 싫어한다는 말씀인가요?"

"그이가 절 싫어한다고는 생각하지 않아요. 싫어할 이유가 없으니까요. 하지만 그이는 세상을 싫어하거든요. 세상이라기보다 요즘은 인간이 싫어진 걸 거예요. 그러니 인간의 한 사람인 저를 좋아할 리 없지 않겠어요?"

선생님이 사모님을 싫어한다는 의미를 그제야 이해할 수 있었다.

18

나는 사모님의 이해력에 감탄했다. 사모님의 태도가 일본의 구식 여성답지 않은 점도 약간의 자극을 주었다. 그런데도 사모님은 그 무렵 유행하기 시작한 이른바 새로운 말 같은 건 거의 쓰지 않았다.

나는 여성과 깊은 교제를 해본 경험이 없는, 세상 물정에 어두운 청년이었다. 남자인 나는 이성에 대한 본능에서 여성을 항상 동경의 대상으로 꿈꿔왔다. 하지만 그건 그리운 봄날의 구름을 바라보는 듯한 심정으로 그저 막연하게 꿈꾸었던 것에 지나지 않았다. 그래서 실제 여자 앞에 나서면 내 감정이 돌연 변하는 일이 더러 있었다. 나는 내 앞에 나타난 여성에게 끌리는 대신 즉석에서 오히려 이상한 반발심을 느꼈다. 사모님에 대해서는 전혀 그런 느낌이 들지 않았다. 보통 남녀 사이에 가로놓인 사상의 불균형이라는 생각도 거의 들지 않았다. 나는 사모님이 여자라는 사실을 잊었다. 그저 선생님에 대한 성실한 비판자이자 이해자로서 사모님을 바라보았다.

"사모님, 제가 얼마 전에 선생님이 왜 세상에서 좀 더 활동하지 않으시냐고 물었을 때 이렇게 말하셨지요? 원래는 그렇지 않았다고요."

"네, 그렇게 말했어요. 실제로 그렇지 않았으니까요."

"어땠습니까?"

"학생이 바라고 또 제가 바라는 믿음직한 사람이었지요."

"그런데 왜 갑자기 변하신 겁니까?"

"갑자기 그런 건 아니에요. 점점 그렇게 되었지요."

"사모님은 그사이 내내 선생님과 함께 계셨겠네요?"

"물론이지요. 부부인걸요."

"그럼 선생님께서 그렇게 변한 원인을 정확히 알고 계실 텐데요."

"그러니까 난감한 거예요. 그런 말을 들으면 정말 괴롭지만, 저로서는 아무리 생각해도 도무지 알 수가 없거든요. 지금까지 그이한테 제발 털어놔보라고 몇 번이나 부탁했는지 몰라요."

"선생님께서는 뭐라고 하시던가요?"

"할 말은 전혀 없다, 걱정할 것도 전혀 없다, 나는 이런 성격이 되었을 뿐이다, 이런 말만 하고 전혀 상대해주지 않았지요."

나는 잠자코 있었다. 사모님도 입을 다물었다. 하녀 방에서는 숨소리조차 들리지 않았다. 나는 도둑에 대해서는 깡그리 잊어먹고 있었다.

"저한테 책임이 있다고 생각하는 거 아니에요?" 사모님이 불쑥 물었다.

"아니요." 내가 대답했다.

"제발 숨기지 말고 얘기해주세요. 그렇게 생각하는 건 창자가 끊어지는 것보다 고통스러우니까요." 사모님이 다시 말했다. "이래 봬도 저는 그이를 위해 할 수 있는 일이라면 다 했다고 생각하거든요."

"그거야 선생님도 그렇게 알고 계시니까 괜찮습니다. 안심하세요, 제가 보증합니다."

사모님은 화로의 재를 뒤적거렸다. 그러고 나서 물병의 물을 쇠 주전자에 부었다. 쇠 주전자의 물 끓는 소리가 순식간에 그쳤다.

"저는 결국 참지 못하고 그이한테 물었어요. 저한테 나쁜 점이 있으면 꺼리지 말고 말해달라, 고칠 수 있는 결점이라면 고치겠다고요. 그러자 그이는, 당신한테 결점 같은 건 없다, 결점은 나한테 있을 뿐이다, 하는 거예요. 그런 말을 들으니 저는 슬퍼서 견딜 수가 없었어요. 눈물이 나면서 더더욱 저의 나쁜 점을 물어보고 싶어졌지요."

사모님 눈에는 눈물이 그렁그렁했다.

19

처음에 나는 사모님을 이해력이 있는 여성으로 대했다. 그렇게 생각하고 이야기를 나누다 보니 사모님의 모습이 점차 바뀌었다. 사모님은 내 머리에 호소하는 대신 내 심장을 움직이기 시작했다. 자신과 남편 사이에는 어떤 응어리도 없다, 또한 없어야 하는데, 그래도 역시 뭔가 있다, 그래서 눈을 크게 뜨고 찾아보려고 하면 역시 아무것도 없다. 사모님의 고민은 여기에 있었다.

사모님은 처음에 세상을 보는 선생님의 눈이 염세적이라 자신을 싫어하는 거라고 단언했다. 그렇게 단언하면서도 그 결론을 전혀 납득할 수 없었다. 선생님이 속마음을 털어놓으면 오히려 그 반대로 생각했다. 선생님은 자신을 싫어한 나머지 결국 세상까지 싫어졌을 거라고 추측했다. 하지만 아무리 애를 써도 그 추측을 사실로 밝힐 수가 없었다. 선생님의 태도는 어디까지나 남편다웠다. 친절하고 다정했다. 의혹 덩어리를 그날그날의 정분으로 싸서 살짝 가슴속 깊이 묻어둔 사모님은 그날 밤 그 의혹의 보따리를 내 앞에 풀어놓았다.

"학생은 어떻게 생각해요?" 하고 물었다. "나로 인해서 그렇게 된 것인지, 아니면 학생이 말한 대로 인생관인가 뭔가로 인해 그렇게 된 것인지, 숨기지 말고 말해주세요."

나는 아무것도 숨길 생각이 없었다. 하지만 거기에 내가 모르는 어떤 것이 존재한다면 내 대답이 어떻든 그것이 사모님을 만족시킬 리는 없었다. 그리고 나는 거기에 내가 모르는 무언가가 있다고 믿었다.

"저는 잘 모르겠습니다."

순간적으로 사모님은 예상이 빗나갔을 때 보이는 가여운 표정을 드러냈다. 나는 바로 말을 보탰다.

"하지만 선생님께서 사모님을 싫어하지 않는다는 것만은 보증할 수 있습니다. 저는 선생님께 직접 들은 대로 사모님께 전할 뿐입니다. 선생님은 거짓말을 할 분이 아니니까요."

사모님은 아무 대답도 하지 않았다. 잠시 후 이렇게 말했다.

"실은 좀 짚이는 일이 있긴 한데……."

"선생님께서 그렇게 된 원인에 대해선가요?"

"네. 혹시 그게 원인이라면 제 책임만은 아닌 거니까 그것만으로도 저는 무척 편해지겠지만……."

"무슨 일인가요?"

사모님은 머뭇거리며 무릎 위에 놓은 손을 바라보았다.

"한번 듣고 판단해주세요. 말할 테니까요."

"제가 할 수 있는 판단이라면 해보겠습니다."

"전부 말할 수는 없어요. 다 말하면 혼날 테니까요. 혼나지 않을 만큼이에요."

나는 긴장하고 침을 삼켰다.

"선생님이 대학에 다닐 때 무척 친한 친구가 한 분 있었어요. 그분은 졸업하기 직전에 돌아가셨어요. 갑자기 돌아가신 거지요."

사모님은 내 귀에 속삭이듯 조그만 목소리로 "실은 변사(變死)였어요"라고 말했다. 그건 "왜요?"라고 되물을 수밖에 없는 말투였다.

"그것밖에 말할 수 없어요. 하지만 그 일이 있고 나서예요. 선생님의 성격이 점점 변한 건요. 그분이 왜 죽었는지 저는 잘 몰라요. 그이도 아마 모를 거예요. 하지만 그 이후로 그이가 변했다고 생각하면 그렇게 생각하지 못할 것도 없어요."

"조시가야에 있는 게 그분의 묘인가요?"

"그것도 말하지 않기로 했으니까 말하지 않을게요. 하지만 친구 한 사람이 죽었다고 사람이 그렇게 변할 수도 있는 걸까요? 저는 그게 알고 싶어서 견딜 수가 없어요. 그래서 그걸 일단 학생이 판단해주었으면 해요."

내 판단은 오히려 부정적인 쪽으로 기울었다.

20

나는 내가 파악한 사실로 최대한 사모님을 위로하려고 했다. 사모님 또한 가능하다면 나에게 위로받고 싶어 하는 것처럼 보였다. 그래서 우리는 같은 문제를 두고 언제까지고 이야기를 나누었다. 하지만 나는 정작 사건의 진상을 파악하지 못했다. 사모님의 불안도 실은 거기에 떠도는 옅은 구름 비슷한 의혹에서 나온 것이었다. 사모님 자신도 사건의 진상을 많이 알고 있지는 못했다. 알고 있는 것도 나에게 다 이야기할 수가 없었다. 따라서 위로하는 나도, 위로를 받는 사모님도 모두 물결 위에 떠서 흔들리고 있었다. 흔들리면서도 사모님은 끝까지 손을 내밀어 미덥지 못한 내 판단에 매달리려고 했다.

10시경에 현관에서 선생님의 발소리가 들리자 사모님은 지금까지의 모든 것을 잊은 듯이 앞에 앉아 있는 나를 거들떠보지도 않고 벌떡 일어섰다. 그리고 현관 격자문을 여는 선생님을 서둘러 맞이했다. 홀로 남겨진 나도 사모님의 뒤를 따라 나갔다. 하녀만은 선잠이라도 자는지 끝내 나오지 않았다.

선생님은 오히려 기분이 좋아 보였다. 하지만 사모님이 더 좋아 보였다. 조금 전에 사모님의 아름다운 눈에 그렁했던 눈물과 검은 눈썹이 이루는 팔자를 기억하고 있던 나는 그 변화를 이상한 것이라도 되는 양 주의 깊게 바라보았다. 만약 그런 변화가 거짓이 아니라면 (사실 거짓으로는 보이지 않았지만) 지금까지 했던 사모님의 호소는 감상을 즐기기 위해 특별히 나를 상대로 한 여성의 짓궂은 유희로도 볼 수 있을 것이다. 하지만 그때 나는 사모님을 그렇게 비판적으로 볼 마음은 들지 않았다. 나는 사모님의 태도가 갑자기 밝아진 것을 보고 오히려 안심했다. 이런 거라면 그리 걱정할 필요도 없는 거였다고 생각을 고쳐먹었다.

선생님은 웃으면서 "참 고생 많았네. 도둑은 안 들었나?" 하고 내게 물었다. 그러고 나서 "오지 않아서 김이 샌 건 아닌가?" 하고 말했다.

돌아갈 때 사모님은 "미안하네요" 하며 고개를 숙여 인사했다. 그 말투는 바쁜데 시간을 낭비하게 해서 미안하다기보다는 애써 왔는데 도둑이 들지 않아서 미안하다는 농담처럼 들렸다. 사모님은 그렇게 말하면서 조금 전에 내놓은 서양과자 남은 것을 종이에 싸서 내 손에 쥐여주었다. 나는 과자를 소맷자락에 넣고 인적이 드문 쌀쌀한 밤 골목길을 돌아 번화한 시내 쪽으로 발길을 재촉했다.

나는 그날 밤의 일을 기억에서 끄집어내 여기에 상세히 썼다. 이는 쓸 만한 필요가 있어서 쓴 것인데, 사실 사모님에게 과자를 받아 돌아올 때의 기분에서는 그날 밤의 대화가 그다지 중요해 보이지 않았다.

나는 다음 날 점심을 먹으러 학교에서 돌아와 어젯밤 책상 위에 올려 놓은 과자 꾸러미를 보고는 바로 그 안에서 초콜릿을 바른 다갈색 카스텔라[28]를 꺼내 볼이 미어지게 입에 넣었다. 그리고 카스텔라를 먹을 때는, 이 과자를 내게 준 두 남녀는 필경 행복한 한 쌍으로 세상에 존재하는 거라고 자각하면서 맛을 음미했다.

가을이 깊어지고 겨울이 오기까지 별다른 일은 없었다. 나는 선생 님 댁에 드나드는 김에 옷을 빨아 풀을 먹이는 일이나 바느질 등을 사모님께 부탁했다. 그때까지 주반[29]이라는 걸 입어본 적이 없는 내가 언더셔츠 위에 까만 옷깃이 달린 것을 겹쳐 입게 된 것도 이때부터다. 아이가 없는 사모님은 이런 시중을 드는 것이 심심풀이가 되어 오히려 몸에 약이 된다는 정도로 말했다.

"이건 손으로 짠 거네요. 이렇게 감이 좋은 옷은 지금까지 바느질해 본 적이 없어요. 그 대신 바느질하기 힘들어요. 바늘이 도통 들어가지 가 않거든요. 덕분에 바늘을 두 개나 부러뜨렸지 뭐예요."

이런 푸념을 늘어놓을 때조차 사모님은 특별히 귀찮은 얼굴을 하지 않았다.

---

28 포르투갈에서 전래되었다. 17세기 전반에 이미 나가사키에서 만들어졌는데 여기서는 '초 콜릿을 바른' 것이 새롭다. 초콜릿도 메이지 초기에 일본에서 제조되고 판매되었는데 카카오 열 매를 가지고 생산하게 된 것은 다이쇼 시대에 들어와서다.

29 일본 옷 속에 입는 속옷이다. 이어서 "까만 옷깃이 달린 것"이라고 한 것이 주반이다. 주반 을 입지 않고 일본 옷을 입는 것은 되는대로 입는 것이거나 멋을 부리는 방식이다. 뒤에서도 '여 자용 한에리'를 고르는 데 고생하는 '나'의 모습이 그려져 있는데 복장에 무관심해서일 것이다.

21

겨울이 왔고 나는 우연히 고향에 돌아가야 할 일이 생겼다. 어머니에게서 받은 편지에, 아버지의 병세가 좋지 않다며 지금 당장 걱정할 정도는 아니지만 나이가 나이인 만큼 되도록 시간을 내서 돌아오라는 부탁이 덧붙어 있었던 것이다.

아버지는 전부터 신장병을 앓고 있었다. 중년을 넘긴 사람에게 흔히 보이듯이 아버지의 이 병은 만성이었다. 그 대신 조심하기만 하면 갑자기 악화하는 일은 없을 거라고 당사자도, 가족도 믿어 의심치 않았다. 실제로 아버지는 손님이 오면 오로지 건강관리를 잘한 덕분에 오늘까지 그럭저럭 버텨온 거라고 말했다. 어머니의 편지에 따르면 그런 아버지가 마당에 나가 뭔가를 하다가 돌연 현기증으로 쓰러졌다는 것이다. 식구들은 가벼운 뇌일혈이라고 착각하여 곧 그에 따른 처치를 했다. 나중에 의사가 아무래도 그게 아닌 것 같다, 역시 지병 때문일 거다, 라고 해서 비로소 졸도와 신장병을 결부해 생각한 것이다.

겨울방학이 되려면 아직은 좀 더 있어야 했다. 나는 학기가 끝날 때까지 기다려도 별 지장이 없을 거라고 생각하고 하루 이틀 그대로 있었다. 그러자 그 하루 이틀 동안 누워 있는 아버지의 모습이며 걱정하는 어머니의 얼굴이 가끔 눈앞에 떠올랐다. 그럴 때마다 다소 마음이 괴로워 결국 돌아가기로 결심했다. 고향에서 여비를 보내는 데 드는 수고와 시간을 덜기 위해 나는 작별 인사도 할 겸 선생님 댁으로 가서 필요한 만큼의 돈을 잠시 빌리기로 했다.

선생님은 살짝 감기 기운이 있어 응접실로 나오는 것이 내키지 않는다며 나를 서재로 오게 했다. 겨울에 들어 드물게 보는 정겹고 부드러운 햇빛이 서재 유리문을 통해 책상보 위를 비추었다. 선생님은 이렇게 햇살이 좋은 방 안에 큼직한 화로를 놓고 삼발이 위에 올려둔 쇠대야에서 피어오르는 김으로 숨 쉬기 힘들어지는 것을 막고 있었다.

"중병은 괜찮은데 사소한 감기 같은 게 오히려 지겹군그래" 하고 말한 선생님은 쓴웃음을 지으며 내 얼굴을 보았다.

선생님은 병다운 병을 앓은 적이 없는 사람이었다. 선생님의 말을 들은 나는 웃고 싶었다.

"저는 감기 정도라면 참겠지만 그 이상의 병은 딱 질색입니다. 선생님께서도 그렇지 않습니까? 시험 삼아 앓아보면 금방 아시게 될걸요."

"그럴까? 나는 병에 걸린다면 차라리 죽을병에 걸리고 싶네."

나는 선생님이 한 말에 특별히 주의를 기울이지 않았다. 곧바로 어머니의 편지 이야기를 하고 돈을 빌려달라고 했다.

"그것 참 곤란하겠군. 그 정도라면 지금 집에 있을 테니 가져가게."

선생님은 사모님을 불러 필요한 금액을 내 앞에 내놓게 했다. 그 돈을 안쪽의 찻장인가 뭔가의 서랍에서 꺼내온 사모님은 하얀 반지(半紙) 위에 공손히 놓으며 "참 걱정되겠네요" 하고 말했다.

"몇 번이나 쓰러지신 건가?" 선생님이 물었다.

"편지에는 그런 말이 없었습니다만, ……그렇게 몇 번씩이나 쓰러지는 겁니까?"

"네."

사모님의 어머니도 우리 아버지와 같은 병으로 돌아가셨다는 것을 나는 그제야 알았다.

"어차피 낫기 힘들겠죠?" 내가 물었다.

"글쎄, 내가 대신할 수만 있다면 그래도 좋겠는데, ……구역질도 하시나?"

"글쎄 어떨지요, 아무것도 쓰여 있지 않아서요. 아마 안 하지 싶은데요."

"구역질만 안 하면 그래도 아직 괜찮은 거예요." 사모님이 말했다.

나는 그날 밤 기차로 도쿄를 떠났다.

22

아버지의 병세는 생각만큼 나쁘지는 않았다. 그래도 도착했을 때는 이부자리 위에 책상다리를 하고 앉아 "다들 걱정하니까 그냥 참고 이렇게 꼼짝 않고 있는 거다. 이제는 뭐 일어나도 되는데 말이야" 하고 말했다. 하지만 다음 날부터 어머니가 말리는 것도 듣지 않고 결국 이부자리를 치우게 했다. 어머니는 굵은 실로 짠 비단 이불을 마지못해 개면서 "아버지는 네가 돌아왔다고 갑자기 오기를 부리시는 거야" 하고 말했다. 아버지의 거동이 그다지 허세를 부리는 것으로는 보이지 않았다.

형은 직장 때문에 멀리 규슈에 있었다. 만일의 경우가 아니라면 섭사리 부모의 얼굴을 볼 자유가 없는 몸이었다. 여동생은 다른 지방으로 시집을 가서 급한 일에 맞춰 쉽게 불러들일 수 있는 형편이 아니었다. 세 형제 중에 가장 편한 것은 역시 학생 신분인 나뿐이었다. 그런 내가 어머니 말대로 학교 수업을 팽개치고 방학도 하기 전에 돌아온 것이 아버지에게는 무척 만족스러운 일이었다.

"이까짓 병으로 학교를 쉬게 하다니 안됐구나. 네 어머니가 너무 과장해서 편지를 쓴 게 탈이야."

아버지는 입으로는 이렇게 말했다. 이렇게 말했을 뿐 아니라 지금까지 펴고 있던 이부자리를 치우게 하고 여느 때와 같은 건강한 모습을 보여주었다.

"너무 가볍게 여기다가 병이 도지기라도 하면 어쩌시려고요?"

나의 이런 주의를 아버지는 기분 좋다는 듯이, 하지만 아주 가볍게 받아들였다.

"뭘, 괜찮아. 이렇게 평소처럼 조심하기만 하면."

사실 아버지는 괜찮은 것 같았다. 집 안을 자유롭게 돌아다녀도 숨차 하지도 않았을 뿐 아니라 현기증도 느끼지 않았다. 다만 안색은 보통 사람보다 훨씬 안 좋았는데, 이제 막 시작된 증상도 아니라서 우리는 특별히 신경 쓰지 않았다.

나는 선생님에게 돈을 빌려줘서 감사하다는 편지를 썼다. 정월에 상경할 때 가져갈 테니 그때까지 기다려달라고 양해를 구했다. 그리고 아버지의 병세는 생각보다 나쁘지 않다는 것, 이 정도면 당분간 안심할 수 있겠다는 것, 현기증도 욕지기도 전혀 없다는 것 등을 썼다. 마지막으로 선생님의 감기에 대해서도 슬쩍 한마디 덧붙였다. 선생님의 감기를 실제로 아주 가볍게 보고 있었기 때문이다.

나는 이 편지를 보낼 때 결코 선생님의 답장을 기대하지 않았다. 보낸 뒤 아버지나 어머니에게 선생님 이야기를 하면서 아득한 선생님의 서재를 상상했다.

"다음에 도쿄에 갈 때는 표고버섯이라도 가져다 드려라."

"예, 그런데 선생님이 말린 표고버섯을 드실지 모르겠네요."

"맛있지는 않지만 특별히 싫어하는 사람도 없을 거야."

나는 표고버섯과 선생님을 결부해 생각하는 게 이상했다.

선생님의 답장이 왔을 때 나는 좀 놀랐다. 더구나 특별한 내용을 담고 있지 않다는 걸 알고 다시 한번 놀랐다. 선생님은 단지 친절한 마음으로 답장을 써준 것이라고 생각했다. 그렇게 생각하자 그 간단한 편지 한 통이 큰 기쁨을 주었다. 하긴 이것이 내가 선생님으로부터 받은 첫 번째 편지이기는 했지만.

첫 번째라고 하면 나와 선생님 사이에 편지 왕래가 종종 있었던 것처럼 들리겠지만 사실은 전혀 그렇지 않다는 것을 미리 말해두고자 한다. 나는 선생님 생전에 딱 두 통밖에 받지 못했다. 한 통은 지금 말한 이 간단한 답장이고 나머지 한 통은 선생님이 죽기 전에 특별히 나에게 보낸 장문의 편지다.

아버지는 병의 특성상 운동을 삼가야 해서 이부자리를 치우고 나서도 거의 바깥출입을 하지 않았다. 날씨가 아주 포근한 어느 날 오후에 한 번 마당으로 나간 일이 있는데 그때는 만일의 사태를 대비하여 내가 옆에 바싹 붙어 있었다. 걱정스러워서 내 어깨에 손을 얹으라고 해도 아버지는 웃으며 응하지 않았다.

23

나는 무료해하는 아버지와 자주 장기를 두었다. 두 사람 다 꼼짝하기를 싫어하는 성격이라 고타쓰[30]에 장기판을 올려놓고 말을 움직일 때만 이불에서 손을 꺼냈다. 때로는 잡은 말을 잃어버리고도 다음 판을 시작할 때까지 둘 다 모르고 있기도 했다. 그걸 어머니가 재 속에서 발견하고 부젓가락으로 끄집어내는 웃지 못할 일도 있었다.

"바둑은 판이 너무 높은 데다 다리가 달려 있어 고타쓰 위에서는 못 하는데 거기에 비하면 장기판은 좋구나, 이렇게 편하게 둘 수 있어서. 게으른 사람한테는 안성맞춤이야. 한 판 더 둘까?"

아버지는 이겼을 땐 반드시 한 판 더 두자고 했다. 그런데 졌을 때도 한 판 더 두자고 했다. 요컨대 이기건 지건 고타쓰에 앉아 장기를 두고 싶어 했던 것이다. 처음에는 색다른 일이라 노인네나 할 것 같은 이 오락이 내게도 상당히 흥미로웠지만 시간이 좀 지나자 젊은 내 기력은 그 정도의 자극으로 만족할 수 없었다. 나는 이따금 장이나 차를 쥔 주먹을 머리 위로 뻗고 늘어지게 하품을 했다.

나는 도쿄를 생각했다. 그리고 흘러넘치는 심장의 핏속에서 활동, 활동, 하며 뛰는 고동 소리를 들었다. 이상하게도 그 고동 소리가 어떤 미묘한 의식 상태에서 선생님의 힘으로 강해지는 것 같았다.

나는 마음속으로 아버지와 선생님을 비교했다. 둘 다 세상에서 보면 살아 있는 건지 죽은 건지 알 수 없을 만큼 조용한 사람들이었다. 남에게 인정받는다는 점에서 보면 두 사람 다 빵점이었다. 그런데도 장기를 두고 싶어 하는 아버지는 단순한 오락 상대로서도 나에게는 어딘가 부족했다. 일찍이 내가 유흥을 위해 왕래한 기억이 없는 선생님은 환락의 교제에서 생기는 친밀함 이상으로 어느새 내 머리에 영향을 미치고 있었다. 다만 머리라고 하면 너무 차가운 느낌이라 가슴이라는 말로 바꿔 말하고 싶다. 살 속에 선생님의 힘이 파고들어 있다

---

30 실내에서 열원 위에 탁자 같은 것을 놓고 그 위에 이불을 덮는 난방 기구. 지금은 열원으로 백열전구를 쓰나 과거에는 화로를 썼다.

고 해도, 핏속에 선생님의 생명이 흐르고 있다고 해도 그때의 나에게는 조금도 과장이 아니라고 생각되었다. 나는 아버지가 진짜 아버지고 말할 것도 없이 선생님은 생판 남이라는 명백한 사실을 새삼스럽게 눈앞에 늘어놓고는 비로소 커다란 진리라도 발견한 것처럼 깜짝 놀랐다.

몸을 비비 꼬며 지겨워할 때쯤 아버지와 어머니의 눈에도 지금까지 반갑기만 했던 내가 점차 익숙해지고 식상해졌다. 이는 여름방학 같은 때 고향으로 돌아가는 누구나가 똑같이 경험하는 기분일 거라고 생각하는데, 처음 일주일쯤은 극진하게 환대해주지만 여느 때처럼 그 고개를 넘어서면 슬슬 가족의 열기가 식어가고 끝내는 있어도 없어도 그만인 존재처럼 소홀히 다루어지기 십상인 법이다. 나도 고향에 있는 동안 그 고개를 넘어섰다. 게다가 고향으로 돌아갈 때마다 나는 도쿄에서 아버지에게도 어머니에게도 이해가 안 되는 이상한 것들을 가지고 갔다. 옛날로 비유하면 유교 집안에 그리스도교 냄새를 가지고 들어온 것[31]처럼 내가 가지고 들어온 것은 아버지와도 어머니와도 조화를 이루지 못했다. 물론 나는 그걸 숨기고 있었다. 하지만 드러내지 않으려고 해도 원래 몸에 붙어 있는 것이라 어느새 아버지와 어머니의 눈에 띄었다. 나는 그만 불쾌해졌다. 빨리 도쿄로 돌아가고 싶었다.

다행히 아버지의 병은 현상을 유지한 채 나빠질 기미 같은 건 전혀 보이지 않았다. 혹시나 하는 마음에 일부러 멀리서 용한 의사를 불러 신중하게 진찰을 받았지만 역시 내가 알고 있는 것 외에 별다른 이상은 없었다. 나는 겨울방학이 끝나기 며칠 전에 고향을 떠나기로 했다.

---

31 에도 시대의 가장 정통적인 학문인 유교와 금지된 종교인 그리스도교를 대조시켜 부모와 자식 사이의 부조화를 과장되게 표현한 것이다.

사람 마음이란 묘해서 막상 떠난다고 하자 아버지도 어머니도 반대
했다.

"벌써 돌아가려고? 너무 빠른 거 아니냐?" 어머니가 말했다.

"사오일 더 있어도 늦지 않겠지?" 아버지가 말했다.

하지만 나는 내가 정한 출발 날짜를 바꾸지 않았다.

24

도쿄로 돌아오니 소나무 장식[32]은 어느새 치워지고 없었다. 거리는
차가운 바람만 불 뿐, 어디를 봐도 딱히 설다운 분위기를 풍기는 것은
없었다.

나는 바로 선생님 댁으로 돈을 갚으러 갔다. 예의 표고버섯도 들고
갔다. 다만 그냥 내밀기가 뭐해서 일부러 어머니가 이걸 갖다 드리라
고 했다며 사모님 앞에 내놓았다. 표고버섯은 새 과자 상자에 넣어져
있었다. 정중히 감사를 표한 사모님은 옆방으로 갈 때 그 상자를 들어
보고는 너무 가벼워서 놀랐는지 "이거 무슨 과자예요?" 하고 물었다.
사모님은 친해지면 이런 때처럼 아주 솔직 담백한 어린애 같은 마음
을 보여주었다.

두 분 다 아버지의 병을 걱정하며 이런저런 것을 물어보다가 선생
님이 이런 말을 했다.

"역시 병세를 들어보니 당장 무슨 일이 일어날 것 같지는 않지만 병

---

32 도쿄에서는 1월 1일부터 7일까지 대문 옆에 소나무 가지를 장식한다. 따라서 이 장식이 치
워졌다는 것은 1월 8일 이후라는 뜻이다.

이 병인 만큼 아주 조심해야 하네."

선생님은 신장병에 대해 내가 모르는 것을 많이 알고 있었다.

"자신이 병에 걸렸으면서도 모른 채 아무렇지 않게 있는 게 그 병의 특색이지. 내가 알던 어떤 사관(士官)[33]은 결국 그 병에 걸렸는데 정말 이지 거짓말처럼 죽었다네. 아무튼 옆에서 자고 있던 아내가 간병할 틈도 없을 정도였으니까 말이야. 밤중에 좀 괴롭다며 아내를 깨우더니 다음 날 아침에는 이미 죽어 있더라네. 게다가 아내는 남편이 자고 있다고만 생각했다지 뭔가."

지금까지 낙천적인 생각에만 기울어져 있던 나는 갑자기 불안해졌다.

"아버지도 그렇게 될까요? 그렇게 되지 않는다는 보장도 없겠네요."

"의사는 뭐라던가?"

"도저히 낫지는 않는다고 했습니다. 하지만 당분간 걱정할 필요는 없을 거라고도 했습니다."

"그럼 괜찮겠지. 의사가 그렇게 말했다면. 내가 지금 말한 것은 아무것도 모르고 있던 사람의 일이고, 게다가 꽤 난폭한 군인이었으니까."

나는 좀 안심했다. 내 변화를 가만히 보고 있던 선생님은 이렇게 덧붙였다.

"하지만 건강하든 아니든 사람은 아무튼 약한 존재라네. 언제 무슨 일로 어떻게 죽을지 아무도 모르는 일이거든."

"선생님도 그런 걸 생각하고 계십니까?"

"아무리 건강한 나라도 전혀 생각 안 할 수는 없지."

---

33 소위 이상의 무관.

선생님의 입가에는 미소의 기미가 보였다.

"맥없이 덜컥 죽는 사람이 더러 있지 않나? 자연스럽게 말이네. 그리고 눈 깜짝할 사이에 죽는 사람도 있지. 부자연스러운 폭력으로 말이야."

"부자연스러운 폭력이란 무슨 뜻인가요?"

"그게 뭔지 나도 잘 모르겠지만 자살하는 사람은 다들 부자연스러운 폭력을 쓰는 거겠지."

"그러면 살해당하는 것 역시 부자연스러운 폭력 때문이겠군요."

"살해당하는 것은 전혀 생각해보지 않았네. 그러고 보니 역시 그렇겠군."

그날은 이런 말만 하고 돌아왔다. 돌아오고 나서도 아버지의 병은 그다지 걱정되지 않았다. 선생님이 말한 자연스럽게 죽는다거나 부자연스러운 폭력으로 죽는다거나 하는 말도 그 자리에서만 어렴풋한 인상을 남겼을 뿐이고 그다음에는 아무것도 마음에 걸리지 않았다. 나는 지금까지 몇 번인가 시작하려다가 그만둔 졸업논문을 이제 본격적으로 써야 한다는 생각을 했다.

25

그해 6월에 졸업할 예정인 나는 반드시 이 논문을 규정대로 4월 말까지는 다 써야 했다. 2, 3, 4 하고 손을 꼽아가며 남은 날짜를 헤아려본 나는 자신의 배짱을 다소 의심했다. 다른 학생들은 오래전부터 자료를 모으고 노트를 정리하느라 한눈팔 사이도 없어 보였는데 나만 아직 아무것도 손을 대지 못하고 있었다. 내게는 그저 새해가 되면 본격적으로 하자는 결심만 있었다. 나는 그 결심을 이행하기 시작했다. 그리고 순식간에 꼼짝할 수 없게 되었다. 지금까지 큰 주제를 허공에 그려놓고 골격만은 거의 완성했다는 정도로 생각했던 나는 머리를 싸매고 고민하기 시작했다. 그러고 나서 논문의 주제를 좁혔다. 그리고 다듬은 생각을 계통적으로 정리하는 수고를 덜기 위해 그냥 책 속에 있는 자료를 늘어놓고 거기에 어울리는 결론을 약간 덧붙이기로 했다.

내가 선택한 주제는 선생님의 전공과 깊이 관련된 것이었다. 전에 내가 그 주제에 대해 선생님에게 의견을 물었을 때 선생님은 괜찮지 않을까, 하고 말했다. 다급한 마음에 허둥지둥하던 나는 당장 선생님 댁으로 가서 내가 읽어야 할 참고 문헌을 물었다. 선생님은 자신이 알고 있는 모든 지식을 흔쾌히 나에게 전해준 데다 필요한 책까지 두세 권 빌려주겠다고 했다. 하지만 나를 지도할 책임을 떠맡을 생각은 추호도 하지 않았다.

"요즘은 별로 책을 읽지 않아서 새로운 건 모르겠네. 학교 선생님한테 물어보는 게 좋을 거야."

그때 문득 사모님에게서 들은 이야기가 떠올랐다. 선생님은 한때 엄청난 독서가였는데 무슨 까닭인지 언젠가부터 그 방면에 흥미가 없어진 것 같다고 했다. 나는 논문은 뒷전으로 돌리고 별 까닭도 없이 말문을 열었다.

"선생님은 왜 예전처럼 책에 흥미를 가질 수 없는 거죠?"

"딱히 이유는 없지만……, 말하자면 아무리 책을 읽어도 그만큼 훌륭해지지 않는다고 생각한 탓이겠지. 그리고……."

"그리고 또 있습니까?"

"또 있다고 할 만한 이유는 아니지만, 예전에는 사람들 앞에 나선다거나 사람들의 질문을 받고 모르면 수치인 것 같아서 거북했는데 요즘에는 모른다는 것이 그렇게 부끄러운 일이 아니라는 생각이 들어. 그러다 보니 무리해서라도 책을 읽어보려는 마음이 안 생기는 거겠지. 간단히 말하면 늙어빠졌다는 거네."

선생님의 어조는 의외로 차분했다. 세상을 등진 사람의 쓸쓸함을 띠지 않았던 만큼 내게는 별 느낌도 없었다. 나는 선생님을 늙어빠졌다고도 생각하지 않았고 훌륭하다고 감탄하지도 않은 채 돌아왔다.

그 후 나는 논문 때문에 거의 미친 사람처럼 벌게진 눈으로 괴로워했다. 1년 전에 졸업한 친구에게 이것저것 상황을 물어보기도 했다. 그중 한 명은 마감 날 인력거를 타고 사무실로 달려가 겨우 시간에 맞춰 제출할 수 있었다고 했다. 다른 한 명은 5시를 15분쯤 넘겨 가져간 바람에 하마터면 거절당할 뻔한 것을 지도교수의 호의로 겨우 제출할 수 있었다고 했다. 나는 불안한 동시에 배짱을 부렸다. 매일 책상 앞에 앉아 기력이 다할 때까지 작업을 했다. 그렇지 않으면 어둑어둑한 서고에 들어가 높은 책장 여기저기를 둘러보았다. 내 눈은 호사가가 골동품이라도 파낼 때처럼 책등의 금박 문자를 찾아 헤맸다.

매화가 피기 시작하자 찬바람은 점점 남쪽으로 방향을 바꾸었다. 한참을 지나자 벚꽃 소식이 드문드문 내 귀에 들려오기 시작했다. 그래도 나는 수레를 끄는 말처럼 정면만 바라보며 논문 작성에 박차를 가했다. 4월 하순이 되어 간신히 예정대로 논문을 완성할 때까지 나는 선생님 댁 문턱을 넘지 않았다.

26

내가 논문에서 해방된 것은 겹벚꽃이 진 가지에 어느새 푸르스름한 새순이 희미하게 돋아나는 초여름이었다. 새장을 빠져나온 작은 새 같은 심정으로 나는 드넓은 천지를 한눈에 바라보며 자유롭게 날갯짓을 했다. 나는 곧바로 선생님 댁으로 갔다. 탱자나무 울타리의 거무스름한 가지 위에 새순이 돋아나고 마른 석류나무 가지에서 윤기 나는 다갈색 잎이 보드랍게 햇빛을 반사하고 있는 것이 길을 걷는 내 시선을 끌었다. 그런 걸 태어나 처음 보는 것처럼 신기했다.

선생님은 기뻐하는 듯한 내 얼굴을 보고 "논문을 다 끝냈나 보군. 잘되었네" 하고 말했다. 나는 "덕분에 겨우 끝냈습니다. 이제 할 일은 아무것도 없습니다" 하고 말했다.

실제로 그때 나는 해야 할 일이 다 끝나 앞으로는 실컷 놀아도 상관없다는 홀가분한 마음이었다. 완성한 논문에 대해서도 나는 무척 자신감이 있었고 만족스럽게 생각했다. 나는 선생님 앞에서 자꾸만 논문 내용에 대해 떠들었다. 선생님은 여느 때와 같은 어조로 "그렇군"이라거나 "그런가?" 하고 말해주었지만 그 이상의 평은 전혀 하지 않았다. 나는 불만스럽다기보다는 다소 맥이 빠지는 기분이었다. 그래도 그날 나의 기력은 미적지근해 보이는 선생님의 태도에 역습을 시도할 만큼 생기가 넘쳤다. 나는 푸르게 소생하려는 대자연 속으로 선생님을 끌어내려고 했다.

"선생님, 어디로 산보나 가시지요. 밖으로 나가면 기분이 아주 좋습니다."

"어디로 말인가?"

마음 77

나는 어디라도 상관없었다. 그저 선생님을 모시고 교외로 나가고 싶었을 뿐이다. 한 시간 후 선생님과 나는 목적한 대로 도시를 벗어나 시골인지 읍내인지 구별되지 않는 한적한 곳을 정처 없이 걸었다. 나는 홍가시나무 산울타리에서 부드러운 어린잎을 따서 풀피리를 만들어 불었다. 어느 가고시마 출신 친구를 흉내 내다 자연스럽게 배워서 나는 풀피리를 꽤 능숙하게 불었다. 내가 신나게 풀피리를 불자 선생님은 모른 체하는 얼굴로 딴 데를 보며 걸었다.

잠시 후 새로 나온 연한 잎으로 갇힌 듯이 울창한 약간 높은 지대에 오르자 집이 한 채 있고 그 아래로 좁은 길이 나 있었다. 문기둥에 붙은 문패에 무슨 무슨 원(園)이라고 적혀 있는 걸로 보아 개인 저택이 아니라는 것은 금방 알 수 있었다. 선생님은 길게 오르막길을 이루고 있는 입구를 바라보며 "들어가볼까?" 하고 말했다. 나는 바로 "수목원이네요" 하고 대답했다.

정원수 사이를 한 번 돌아 안쪽으로 올라가자 왼쪽에 집이 있었다. 활짝 열린 장지문 안은 텅 비어 사람이라고는 그림자도 보이지 않았다. 그저 집 앞에 놓인 커다란 항아리 안에서 금붕어가 헤엄치고 있을 뿐이었다.

"조용하군. 말도 없이 들어가도 될지 모르겠네."

"뭐, 괜찮겠지요."

우리는 다시 안쪽으로 들어갔다. 하지만 거기에도 사람의 모습은 보이지 않았다. 철쭉꽃이 불타는 듯이 흐드러지게 피어 있었다. 선생님은 그중에서 키 큰 주황색 꽃을 가리키며 "저건 기리시마 철쭉일 거네" 하고 말했다.

열 평 남짓한 곳에 온통 작약이 심어져 있었는데 제철이 아니라서 아직 한 그루도 꽃을 달고 있지 않았다. 이 작약 밭 옆에 있는 낡은 평상 같은 것에 선생님은 큰대자로 누웠다. 나는 그 한쪽 끝에 앉아 담배를 피웠다. 선생님은 파랗고 투명한 하늘을 보고 있었다. 나는 나를 감싸는 어린잎의 색깔에 마음을 빼앗겼다. 그 어린잎의 색깔을 아주 자세히 바라보니 하나하나가 다 달랐다. 같은 단풍나무 가지라도 색이 같은 잎은 하나도 없었다. 가느다란 삼나무 묘목 끝에 걸쳐둔 선생님의 모자가 바람에 떨어졌다.

27

나는 곧 모자를 집었다. 군데군데 묻어 있는 붉은 흙을 손톱으로 튀겨 떨어내면서 선생님을 불렀다.

"선생님, 모자가 떨어졌네요."

"고맙네."

몸을 반쯤 일으키고 모자를 받아 든 선생님은 일어났다고도 누웠다고도 할 수 없는 자세로 나에게 이상한 걸 물었다.

"갑작스러운 질문이지만, 자네 집에는 재산이 많나?"

"많다고 할 만큼은 아닙니다."

"실례인 것 같지만, 그럭저럭 어느 정도나 되나?"

"어느 정도일지, 글쎄요, 산하고 전답이 좀 있을 뿐이고 돈은 전혀 없을 겁니다."

선생님이 우리 집 경제 사정을 제대로 물어본 건 이때가 처음이었다. 나는 아직 선생님의 살림살이에 대해 한 번도 물어본 적이 없었다. 선생님과 처음으로 알게 되었을 때 나는 선생님이 왜 놀고만 있는지 의아했다. 그 후에도 이 물음은 줄곧 내 가슴에서 떠나지 않았다. 하지만 나는 그런 노골적인 문제를 선생님 앞에 꺼내는 것이 무례하다고만 생각하여 늘 삼가고 있었다. 어린잎의 색으로 지친 눈을 쉬게 하고 있던 내 마음은 다시 그 의혹에 닿았다.

"선생님은 어떻습니까? 재산이 어느 정도나 됩니까?"

"재산이 많은 사람으로 보이나?"

평소에 선생님은 오히려 옷차림이 검소했다. 게다가 식구도 적었다. 따라서 집도 결코 넓지 않았다. 하지만 물질적으로 풍족한 생활을 하고 있다는 것은, 집안 사정을 잘 모르는 내 눈에도 분명해 보였다. 요컨대 선생님의 생활은 사치스럽다고까지는 할 수 없어도 옹색하게 아껴 쓰는, 여유 없는 것은 아니었다.

"그렇지 않나요?" 하고 내가 물었다.

"그야 어느 정도는 있지. 하지만 결코 재산가는 아니네. 재산가라면 좀 더 큰 집이라도 지었겠지."

이때 선생님은 일어나 평상 위에 책상다리를 하고 앉아 있었는데, 말을 마치더니 대나무 지팡이 끝으로 땅바닥에 동그라미 같은 것을 그리기 시작했다. 그게 끝나자 이번에는 지팡이를 푹 찌르듯이 똑바로 세웠다.

"이래 봬도 원래는 재산가였는데 말이지."

선생님의 말은 반쯤 혼잣말 같았다. 그래서 금방 대꾸하지 못한 나는 무심결에 잠자코 있었다.

"이래 봬도 원래는 재산가였다네" 하고 고쳐 말한 선생님은 이어서 내 얼굴을 보며 웃었다. 그래도 나는 아무 대답도 하지 않았다. 오히려 주변머리가 없어서 대답할 수 없었던 것이다. 그러자 선생님이 또 화제를 딴 데로 돌렸다.

"자네 아버님의 병환은 그 후 어떻게 되었나?"

나는 아버지의 병에 대해 정월 이후로는 전혀 모르고 있었다. 매달 고향에서 보내주는 우편환과 함께 온 간단한 편지는 여느 때처럼 아버지의 필적이었지만 병에 대한 이야기는 거의 없었다. 게다가 필체도 반듯했다. 이런 유의 병자에게 보이는 떨림이 붓의 움직임을 전혀 흐트러뜨리지 않았던 것이다.

"아무 말도 없지만, 이제 괜찮은 거겠지요."

"괜찮은 건 다행이네만, 병이 병이라서 말이네."

"역시 힘들까요? 하지만 당분간은 별일 없겠지요. 아무 말도 없는 걸 보면요."

"그런가?"

나는 선생님이 우리 집 재산을 묻거나 우리 아버지의 병에 대해 묻는 것을 보통의 대화, 그러니까 마음에 떠오른 것을 그대로 입에 담는 보통의 대화라고 생각하며 들었다. 그런데 선생님의 말 속에는 우리를 연결하는 커다란 의미가 있었다. 선생님의 경험을 갖지 못한 나는 물론 그걸 눈치채지 못했다.

28

"자네 집에 재산이 있다면 지금 분명히 해두는 게 좋을 거네. 쓸데없는 참견이겠지만 자네 아버님이 건강하실 때 받을 건 제대로 받아

두는 게 어떻겠나? 만일의 일이 있고 나면 가장 말썽이 되는 건 재산 문제니까 말이야."

"예에."

나는 선생님의 말에 그다지 주의를 기울이지 않았다. 우리 집에서 그런 걱정을 하는 사람은 나를 포함해 아버지든 어머니든 한 사람도 없을 거라고 생각했다. 게다가 선생님이 하는 말이 너무 현실적인 것에 약간 놀랐다. 하지만 연장자에 대한 평소의 존경심이 입을 다물게 했다.

"자네 아버님이 돌아가시는 것을 미리 예상하고 말해서 기분이 상했다면 용서하게. 하지만 누구나 언젠가는 죽는 법이네. 아무리 건강한 사람이라도 언제 죽을지 모르는 거니까 말이야."

선생님의 말투는 평소와 달리 씁쓸하게 들렸다.

"그런 건 전혀 신경 쓰지 않습니다." 나는 둘러댔다.

"자네 형제는 몇이나 되나?" 선생님이 물었다.

더군다나 선생님은 우리 가족이 몇 명인지, 친척이 있는지, 숙부나 숙모는 어떤 사람인지를 물었다. 그리고 마지막으로 이렇게 물었다.

"다들 좋은 분들인가?"

"특별히 나쁘다고 할 만한 사람은 없는 것 같습니다. 대부분 시골 사람들이니까요."

"왜 시골 사람들이 나쁘지 않다고 생각하나?"

나는 이 추궁에 애를 먹었다. 하지만 선생님은 대답을 생각할 여유도 주지 않았다.

"시골 사람들은 도회지 사람들보다 오히려 나쁘다고 해야 할 사람들이지. 그리고 지금 자네는 친척들 중에 이렇다 하게 나쁜 사람은 없는 것 같다고 말했지? 하지만 나쁜 사람이라는 부류가 세상에 존재한다고 생각하나? 세상에 그렇게 틀에 박은 듯한 나쁜 사람이 있을 리 없지. 평소에는 다들 착한 사람들이네. 다들 적어도 평범한 사람들이지. 그런데 막상 어떤 일이 닥치면 갑자기 악인으로 변하니까 무서운 거네. 그래서 방심할 수 없는 거지."

선생님은 여기서 말을 끊을 것 같지 않았다. 나는 다시 무슨 말을 하려고 했다. 그때 뒤쪽에서 느닷없이 개가 짖었다. 선생님도 나도 놀라 뒤를 돌아보았다.

평상 옆에서부터 뒤쪽으로 심어져 있는 삼나무 묘목 옆에 얼룩조릿대가 땅바닥을 감출 듯이 세 평쯤 무성하게 자라 있었다. 개는 얼굴과 등을 얼룩조릿대 위로 드러내고 맹렬하게 짖어댔다. 그러자 열 살쯤 되어 보이는 아이가 달려와 개를 나무랐다. 휘장이 달린 까만 모자를 쓴 아이가 선생님 앞으로 와서 인사를 했다.

"아저씨, 들어올 때 집에 아무도 없었어요?" 하고 물었다.

"아무도 없더라."

"누나랑 엄마가 부엌 쪽에 있는데."

"그래, 있었구나?"

"아이 참, 아저씨도, 안녕하세요, 하고 미리 말하고 들어왔으면 좋았을 텐데."

선생님은 쓴웃음을 지었다. 품에서 지갑을 꺼내 5전짜리 백동전을 아이의 손에 쥐여주었다.

"어머님께 여기서 잠깐 쉬었다 가게 해달라고 말씀드려."

아이는 영리해 보이는 눈에 웃음을 머금고 고개를 끄덕였다.

"지금 막 척후대장이 되었어요."

아이는 이렇게 말하며 철쭉 사이를 뚫고 아래쪽으로 달려갔다. 개도 꼬리를 높이 말고 아이 뒤를 쫓아갔다. 잠시 후 또래로 보이는 아이 두세 명이 척후대장이 내려간 곳으로 뛰어갔다.

29

선생님의 이야기는 개와 아이 때문에 끝까지 진행되지 않아 나는 결국 요점을 제대로 파악할 수 없었다. 그때의 나에게는 선생님이 걱정하는 재산 운운하는 불안이 전혀 없었다. 내 성격과 처지에서 볼 때 그때의 나에게는 이해(利害)에 관련된 생각으로 고민할 여지가 없었던 것이다. 생각건대 이는 내가 아직 사회에 나가지 않았기 때문이기도 하고 또 실제로 그런 처지에 당면하지 않았기 때문이기도 하겠지만, 아무튼 젊은 나에게는 왠지 돈 문제가 남 일처럼 멀게 느껴졌다.

선생님의 이야기에서 단 한 가지 끝까지 듣고 싶었던 것은 사람이 막상 어떤 일이 닥치면 누구라도 악인이 될 수 있다는 말의 의미였다. 단순한 의미는 그 말만으로도 이해할 수 있었지만 나는 그 말에 대해 좀 더 알고 싶었다.

개와 아이가 사라진 후 어린잎으로 뒤덮인 드넓은 수목원은 다시 원래의 정적을 되찾았다. 그리고 우리는 침묵에 갇힌 사람처럼 한동안 꼼짝하지 않았다. 그때 고운 하늘색이 점차 빛을 잃었다. 눈앞에 있는 나무는 대부분 단풍나무였는데, 그 가지에 물방울처럼 돋은 연둣빛 어린잎이 점점 어두워지는 것 같았다. 멀리 길에서 짐수레를 끌고 가는 덜커덩덜커덩하는 소리가 들려왔다. 나는 마을 남자가 정원수나 뭔가를 싣고 잿날 신불에 공양하러 가는 것이라고 상상했다. 선생님은 그 소리를 듣더니 갑자기 명상에서 깨어난 사람처럼 일어섰다.

"이제 슬슬 돌아가지. 해가 꽤 길어진 것 같지만 역시 이렇게 한가롭게 있으니 어느새 날이 저무는군."

선생님의 등에는 조금 전 평상에 드러누운 흔적이 잔뜩 묻어 있었다. 나는 두 손으로 그걸 떨어냈다.

"고맙네. 나뭇진이 들러붙지는 않았나?"

"깨끗이 떨어졌습니다."

"이 하오리[34]는 바로 얼마 전에 지어 입은 거라네. 그러니 함부로 더럽혀서 돌아가면 아내한테 야단맞거든. 고맙네."

우리는 다시 길게 뻗은 완만한 언덕 중턱에 있는 집 앞으로 나왔다. 들어올 때는 아무도 없는 것처럼 보였던 툇마루에 안주인이 열대여섯 살쯤 되어 보이는 딸을 상대로 실패에 실을 감고 있었다. 우리는 금붕어가 들어 있는 커다란 항아리 옆에서 "실례 많았습니다" 하고 인사했다. 안주인은 "아니에요, 대접도 못 해드렸는걸요" 하며 조금 전에 아이에게 백동전을 준 일에 대해 고맙다고 인사했다.

문을 나와 2, 3백 미터쯤 걸어 나왔을 때 나는 결국 선생님에게 말문을 열었다.

"아까 사람은 누구든지 막상 어떤 일이 닥치면 악인이 될 수 있다고 하셨는데, 그건 무슨 의미인가요?"

"의미라고 해봐야 깊은 의미가 있는 건 아니네. ……다시 말해 그냥 사실인 거지. 억지 이론이 아니네."

---

34 일본 옷 위에 걸치는 짧은 겉옷.

"사실이라고 해도 상관없습니다만, 제가 묻고 싶은 것은 막상 어떤 일이 닥치면, 이라는 말의 의미입니다. 대체 어떤 경우를 말하는 거죠?"

선생님은 웃음을 터뜨렸다. 마치 한참 시간이 지나가버린 지금 다시 열심히 설명할 의욕이 안 생긴다는 듯이.

"돈이지. 돈을 보면 그 어떤 군자라도 금세 악인이 된다네."

내게는 선생님의 대답이 너무나 평범해서 실망스러웠다. 선생님이 별로 신명이 나지 않듯이 나도 맥이 빠지는 느낌이었다. 나는 아무렇지 않은 척하며 성큼성큼 걷기 시작했다. 자연히 선생님은 살짝 뒤처졌다. 선생님은 뒤에서 "이보게, 자네" 하고 말을 걸었다.

"그것 보게."

"뭘요?"

"자네의 기분도 내 대답 하나에 금세 변하지 않았나?"

기다리려고 뒤돌아서 멈춘 내 얼굴을 보며 선생님은 이렇게 말했다.

30

그때 나는 마음속으로 선생님을 밉살스럽게 생각했다. 어깨를 나란히 하고 걸으면서도 물어보고 싶은 것을 일부러 묻지 않았다. 하지만 선생님이 그걸 눈치챈 건지 아닌지 내 태도에 신경 쓰는 모습을 전혀 보여주지 않았다. 여느 때처럼 거의 말없이 아주 태연자약하게 걸었기 때문에 나는 몹시 부아가 치밀었다. 무슨 말이라도 해서 선생님을 한번 혼내주고 싶었다.

"선생님?"

"왜?"

"선생님은 아까 좀 흥분하셨죠? 수목원 정원에서 쉴 때 말이에요. 저는 선생님이 흥분하시는 모습을 거의 뵌 적이 없는데, 오늘은 아주 보기 드문 모습을 본 것 같습니다."

선생님은 금방 대답하지 않았다. 나는 그걸 보고 반응이 있었다고도, 또다시 빗나갔다고도 생각했다. 어쩔 수 없이 다음 말은 하지 않기로 했다. 그러자 선생님이 갑자기 길가로 다가갔다. 그리고 깔끔하게 다듬은 산울타리 밑에서 옷자락을 걷어 올리고 소변을 보았다. 나는 선생님이 볼일을 보는 동안 멍하니 서 있었다.

"이야, 이거 실례했네."

선생님은 이렇게 말하며 다시 걷기 시작했다. 나는 결국 선생님을 꼼짝 못하게 하려던 생각을 포기했다. 우리가 가는 길은 점점 번화해졌다. 지금까지 드문드문 보였던 넓은 밭의 사면이나 평지가 전혀 눈에 들어오지 않을 만큼 집들이 좌우로 즐비했다. 그래도 군데군데 택지의 구석진 곳에 완두콩 덩굴이 대나무를 휘감아 오르고, 철망 안에 닭을 키우고 있는 모습이 한적해 보였다. 시내에서 돌아오는 짐 실은 말이 끊임없이 스쳐 지나갔다. 이런 광경에 늘 마음을 빼앗기곤 하는 나는 조금 전까지 가슴속에 있던 문제를 어딘가에 떨어뜨리고 말았다. 선생님이 돌연 그 문제로 돌아갔을 때 나는 사실 그걸 잊고 있었다.

"내가 아까 그렇게 흥분한 것처럼 보였나?"

"그렇게 심한 것은 아니었지만 좀……."

"아니, 그렇게 보였다고 해도 상관없네. 사실 흥분했으니까. 나는 재산 이야기만 나오면 꼭 흥분한다네. 자네한테 어떻게 보일지 모르겠지만, 이래 봬도 난 집념이 무척 강한 사람이야. 남한테서 받은 굴욕이나 손해는 10년이 지나도, 20년이 지나도 잊히지가 않거든."

선생님은 원래보다 더 흥분해서 말했다. 그러나 내가 놀란 것은 결코 그렇게 흥분해서가 아니었다. 오히려 선생님의 말이 내 귀에 호소하는 의미 자체였다. 선생님의 입에서 그런 고백을 듣는 것은 아무리 나라고 해도 아주 뜻밖의 일이었다. 나는 선생님이 그렇게 뭔가에 집착하는 성격이라는 것을 일찍이 상상조차 해본 적이 없었다. 나는 선생님을 좀 더 약한 사람이라고 믿었다. 그리고 그렇게 약하고 고결한 점이 내 마음을 끈 이유였다. 일시적인 기분으로 선생님에게 살짝 대들어보려던 나는 이 말 앞에 움츠러들고 말았다. 선생님은 이렇게 말했다.

"나는 남한테 속았다네. 그것도 피를 나눈 친척한테 속았지. 나는 결코 그 일을 잊을 수가 없네. 우리 아버지 앞에서는 착한 사람인 것 같았던 그들은 아버지가 돌아가시자마자 도저히 용서할 수 없는 파렴치한으로 변했거든. 난 그들한테서 받은 굴욕과 손해를 어렸을 때부터 지금까지 짊어지고 살아왔네. 아마 죽을 때까지 짊어지고 살겠지. 죽을 때까지 그 일을 잊을 수 없을 테니까. 하지만 나는 아직 복수하지 않고 있네. 생각하면 나는 실제로 개인에 대한 복수 이상의 일을 하고 있는 거야. 나는 그들만 증오하는 게 아니라 그들이 대표하는 인간이라는 존재 일반을 증오하고 있거든. 나는 그것으로 충분하다고 생각하네."

나는 위로의 말조차 건넬 수 없었다.

31

그날의 대화도 결국 더 이상 진전되지 못하고 말았다. 나는 오히려 선생님의 태도에 위축되어 앞으로 나아갈 마음이 들지 않았던 것이다.

우리는 교외에서 전차를 탔는데 전차 안에서는 거의 입을 열지 않았다. 전차에서 내리자 곧 헤어져야 했다. 헤어질 때 선생님은 또다시 변해 있었다. 평소보다 환한 목소리로 "지금부터 6월까지[35]는 가장 마음 편하겠군. 어쩌면 인생에서 가장 마음 편한 때일지도 몰라. 열심히 놀게" 하고 말했다. 나는 웃으며 모자를 벗어 인사했다. 그때 나는 선생님의 얼굴을 보고, 선생님은 과연 마음속 어디에서 일반 사람을 증오하고 있는 걸까 하고 생각했다. 그 눈, 그 입, 어디에도 염세적인 그림자는 비치지 않았다.

나는 사상의 문제에서 선생님으로부터 큰 도움을 받았다는 사실을 고백한다. 하지만 그 문제에서 도움을 받으려고 해도 받을 수 없는 일이 간혹 있었다는 말을 하지 않을 수 없다. 선생님의 이야기는 때에 따라 요령부득으로 끝났다. 그날 우리가 교외에서 나눈 이야기도 내 가슴속에 요령부득의 한 예로 남았다.

제멋대로인 나는 어느 날 선생님 앞에서 그만 그것을 털어놓고 말았다. 선생님은 웃을 뿐이었다. 나는 이렇게 말했다.

"머리가 둔해서 요령부득인 거야 어쩔 수 없지만 제대로 알고 있으면서 확실히 말해주지 않는 건 곤란합니다."

"난 숨기는 게 아무것도 없네."

[35] 당시 대학은 졸업논문 제출이 4월, 구술시험이 6월, 졸업식이 7월이었다.

"숨기고 있습니다."

"자네는 내 사상이나 의견을 내 과거와 뒤섞어서 생각하는 거 아닌가? 나는 보잘것없는 사상가지만 내 머리로 정리한 생각을 무턱대고 숨기지는 않네. 숨길 필요가 없으니까. 하지만 내 과거를 모조리 자네한테 이야기해야 한다면 그건 또 다른 문제일 거네."

"다른 문제라고 생각하지 않습니다. 선생님의 과거가 낳은 사상이라서 저는 중요시하는 겁니다. 그 둘을 분리한다면 저에게는 거의 가치 없는 것이 되고 맙니다. 저는 혼이 들어 있지 않은 인형을 받은 것만으로는 만족할 수가 없습니다."

선생님은 질렸다는 듯이 내 얼굴을 쳐다보았다. 담배를 들고 있던 손이 살짝 떨렸다.

"자네는 참 대담하군."

"그냥 진실한 겁니다. 진실하게 인생에서 교훈을 얻고 싶습니다."

"내 과거를 들춰내서라도 말인가?"

들춰낸다는 말이 돌연 무서운 울림으로 내 귀를 때렸다. 나는 지금 내 앞에 앉아 있는 사람이 한 사람의 죄인일 뿐 평소부터 존경하는 선생님이 아닌 것 같은 기분이 들었다. 선생님의 얼굴은 파랗게 질려 있었다.

"자네는 정말 진실한가?" 선생님이 거듭 확인했다. "나는 과거의 불행한 일로 남을 믿지 않는다네. 그래서 실은 자네도 의심하고 있지. 하지만 아무래도 자네만은 의심하고 싶지 않네. 자네는 의심하기에는 너무 단순한 것 같으니까. 나는 죽기 전에 단 한 사람이라도 좋으니까 남을 믿고 싶네. 자네가 그 한 사람이 될 수 있겠나? 그래주겠어? 자네는 뼛속까지 진실한가?"

"만약 제 생명이 진실한 거라면 지금 제가 말한 것도 진실합니다."

내 목소리는 떨렸다.

"좋네." 선생님이 말했다. "얘기하지. 내 과거를 빠짐없이 자네한테 얘기해주겠네. 그 대신…… 아니, 그건 상관없겠지. 하지만 내 과거는 자네한테 그다지 유익하지 않을지도 모르네. 듣지 않는 게 나을지도 모르지. 그리고…… 지금은 이야기할 수 없으니까 그런 줄 알게. 적당한 시기가 오면 얘기해주겠네."

나는 하숙으로 돌아와서도 일종의 압박감을 느꼈다.

32

내 논문은 내가 평가했던 것만큼 교수의 눈에는 좋아 보이지 않았던 모양이다. 그래도 예정대로 통과되었다. 졸업식 날 나는 고리짝에서 곰팡내 나는 낡은 겨울 양복을 꺼내 입었다. 식장에 줄을 서니 모두 더운 듯한 얼굴뿐이었다. 나는 바람이 통하지 않는 두툼한 나사 양복에 밀봉된 몸을 주체하지 못했다. 잠깐 서 있는 동안 손에 쥐고 있는 손수건이 땀으로 흠뻑 젖었다.

나는 졸업식이 끝나자 곧장 돌아와 옷을 다 벗어던졌다. 하숙 2층의 창문을 열고 망원경처럼 둘둘 만 졸업장 구멍으로 보이는 만큼의 세상을 내다보았다. 그리고 졸업장을 책상 위에 내던지고 방 한가운데에 큰대자로 드러누웠다. 나는 드러누워 내 과거를 돌아보았다. 그리고 미래를 상상해보았다. 그러자 그 사이에서 일단락을 짓고 있는 이 졸업장이 의미가 있는 것 같기도 하고 없는 것 같기도 한 이상한 종이로 보였다.

나는 그날 밤 식사 초대를 받아 선생님 댁으로 갔다. 만약 졸업을 하면 그날 저녁은 밖에서 먹지 않고 선생님 댁 식탁에서 먹기로 전부터 약속되어 있었다.

식탁은 약속대로 응접실 툇마루 가까이에 차려져 있었다. 빳빳하게 풀을 먹인 무늬 있는 테이블보가 아름답고 깨끗하게 전등 불빛을 반사하고 있었다. 선생님 댁에서 밥을 먹으면 반드시 서양 요릿집에서 볼 수 있는 하얀 리넨 위에 젓가락과 그릇이 놓여 있었다. 그리고 하얀 리넨 테이블보는 항상 갓 빨아서 새하얀 것이었다.

"옷깃이나 커프스와 마찬가지지. 지저분한 걸 쓸 바엔 차라리 처음부터 색깔 있는 걸 쓰는 게 나아. 하얀 거라면 순백색이어야 하고."

이런 말을 듣고 보니 역시 선생님은 결벽증이 있었다. 서재도 정말 깔끔하게 정리되어 있었다. 무던한 나에게는 선생님의 그런 면이 이따금 유난스러워 보였다.

"선생님은 결벽증이 있는 거 아닌가요?" 하고 사모님에게 말했을 때 사모님이 "하지만 옷 같은 건 별로 신경 쓰지 않는 것 같아요" 하고 대답한 일이 있다. 옆에서 듣고 있던 선생님은 "솔직히 말하면 난 정신적으로 결벽증이네. 그래서 늘 괴롭지. 생각하면 정말 어이없는 성격이야" 하며 웃었다. 정신적으로 결벽증이라는 의미는 속된 말로 신경질적이라는 뜻인지 아니면 윤리적으로 결벽증이 있다는 뜻인지 나로서는 알 수 없었다. 사모님도 잘 모르는 것 같았다.

그날 밤 나는 선생님과 하얀 테이블보를 사이에 두고 마주 앉았다. 사모님은 우리 두 사람을 좌우에 두고 혼자 뜰이 마주 보이는 자리에 앉았다.

"축하하네." 선생님이 나를 위해 축배를 들었다. 나는 이 축배가 그다지 기쁘지 않았다. 물론 나 자신의 마음이 그 말에 반응할 만큼 뛸 듯이 기쁘지 않았던 것이 하나의 원인이었다. 하지만 선생님의 말투도 결코 내 기쁨을 돋울 만큼 들떠 있지 않았다. 선생님은 웃으며 잔을 들었다. 나는 그 웃음에서 심술궂은 빈정거림을 전혀 느끼지 못했다. 동시에 진심으로 축하한다는 마음도 느낄 수 없었다. 선생님의 웃음은 '세상 사람들은 이럴 때 흔히 축하한다고 말하고 싶어 하지' 하고 말하는 것 같았다.

사모님은 나에게 "장하네요. 부모님께서도 기뻐하시겠어요" 하고 말해주었다. 나는 돌연 병든 아버지를 생각했다. 빨리 졸업장을 들고 가서 보여드려야겠다고 생각했다.

"선생님 졸업장은 어떻게 하셨어요?" 내가 물었다.

"어떻게 했더라, ……아직 어디에 넣어두지 않았나?" 선생님이 사모님에게 물었다.

"네, 아마 넣어두었을 거예요."

졸업장을 어디에 두었는지 두 사람 다 잘 모르고 있었다.

33

식사가 시작되었을 때 사모님은 옆에 앉아 있는 하녀를 옆방으로 보내고 직접 식사 시중을 들었다. 이것이 잘 드러나지는 않지만 손님을 접대하는 선생님 댁의 관례인 것 같았다. 처음 한두 번은 나도 거북했지만 횟수가 거듭되자 사모님에게 그릇을 내미는 것도 아무렇지 않았다.

"차? 밥? 정말 잘 먹네요."

사모님도 과감하게 스스럼없는 말을 할 때가 있었다. 하지만 그날
은 날씨가 날씨인 만큼 그렇게 놀림을 받을 정도로 식욕이 돌지는 않
았다.

"벌써 그만 들게요? 요즘에는 무척 적게 먹네요."

"적게 먹는 게 아닙니다. 더워서 들어가지가 않습니다."

사모님은 하녀를 불러 식탁을 치우게 하고 아이스크림과 과일을 내
오게 했다.

"이건 집에서 만든 거예요."

할 일이 없는 사모님에게는 수제 아이스크림을 손님에게 대접할 만
한 여유가 있어 보였다. 나는 아이스크림을 세 그릇이나 먹었다.

"자네도 이제 졸업을 했는데 앞으로 뭘 할 생각인가?" 선생님이 물
었다. 선생님은 반쯤 툇마루 쪽으로 자리를 옮겨 문지방 옆에서 등을
장지문에 기대고 있었다.

나는 단지 졸업했다는 자각만 있을 뿐 앞으로 뭘 하겠다는 생각 같
은 건 없었다. 뭐라고 대답해야 할지 몰라 주저하고 있는 나를 보고
사모님은 "교사?" 하고 물었다. 그 말에도 대답하지 못하자 이번에는
"그럼 관리?" 하고 다시 물었다. 나와 선생님은 웃음을 터뜨렸다.

"솔직히 말하면 아직 뭘 하겠다는 생각 같은 건 없습니다. 사실 직
업이라는 걸 생각해본 적이 전혀 없을 정도거든요. 우선 뭐가 좋고 나
쁜지 직접 해보지 않으면 알 수 없는 거라 선택하기가 힘든 것 같습니
다."

"그것도 그렇겠군요. 하지만 결국 재산이 있으니까 그런 한가한 말

을 할 수 있는 거예요. 가난한 사람이라고 생각해보세요. 좀처럼 차분하게 있을 수는 없을걸요."

친구 중에는 졸업하기 전부터 중학교 교사 자리를 구하던 사람이 있었다. 나는 마음속으로 사모님의 말을 사실로 인정했다. 하지만 이렇게 말했다.

"선생님께 약간 물들었겠지요."

"제대로 된 쪽으로는 물들지 않나 보네요."

선생님은 쓴웃음을 지었다.

"물들어도 상관없으니까 그 대신 얼마 전에 말한 대로 아버님이 살아 계시는 동안 재산을 적당한 만큼 받아두게. 그렇지 않으면 절대 안심할 수 없을 거네."

나는 선생님과 함께 교외 수목원의 넓은 정원 안쪽에서 이야기를 나눴던, 철쭉꽃이 피어 있던 5월 초를 떠올렸다. 그때 돌아오는 길에 선생님이 흥분한 어조로 내게 이야기한 격한 말이 다시 귓가에 되살아났다. 그것은 강렬했을 뿐 아니라 오히려 놀랄 만한 말이었다. 하지만 사실을 모르는 나에게는 동시에 철저하지 않은 말이기도 했다.

"사모님, 댁의 재산은 많습니까?"

"그런 걸 왜 묻죠?"

"선생님께 물어도 말해주지 않으니까요."

사모님은 웃으면서 선생님의 얼굴을 보았다.

"말해줄 만큼이 아니기 때문이겠지요."

"하지만 얼마나 있어야 선생님처럼 지낼 수 있는지 고향에 돌아가 일단 아버지하고 담판할 때 참고하려고 그러니 말씀해주세요."

선생님은 뜰을 바라보며 모르는 척 담배를 피우고 있었다. 자연스럽게 상대는 사모님이 될 수밖에 없었다.

"어느 정도라고 할 만큼은 아니에요. 그냥 그럭저럭 이렇게 살아갈 수 있는 정도예요. ……그건 아무래도 좋지만 정말 학생은 앞으로 뭔가 하지 않으면 안 돼요. 선생님처럼 빈둥거리고만 있어서는……."

"빈둥거리고만 있는 건 아니지."

선생님은 얼굴만 살짝 이쪽으로 돌리고 사모님의 말을 부정했다.

34

나는 그날 밤 10시가 지나 선생님 집을 나섰다. 이삼일 안에 고향에 내려갈 예정이어서 자리에서 일어나기 전에 잠깐 작별 인사를 했다.

"또 당분간 뵙지 못할 것 같습니다."

"9월에는 올라오는 거죠?"

나는 이미 졸업했기 때문에 꼭 9월에 올라올 필요는 없었다. 하지만 무더위가 한창인 8월을 도쿄까지 와서 보낼 생각은 없었다. 나에게는 일자리를 구하기 위한 귀중한 시간이라는 게 없었다.

"예, 9월쯤 되겠지요."

"그럼 아무쪼록 잘 지내세요. 우리도 올여름에는 어쩌면 어디로 갈지도 모르겠어요. 정말 더울 것 같으니까요. 가면 또 그림엽서라도 보내드릴게요."

"어디로 가실 예정인가요? 혹시 가신다면요."

선생님은 이런 이야기를 히죽히죽 웃으며 듣고 있었다.

"뭐, 아직 갈지 안 갈지도 정하지 않았는걸요."

자리에서 일어나려고 할 때 선생님은 갑자기 나를 붙잡고 "그런데 아버님 병환은 어떠신가?" 하고 물었다. 나는 아버지의 건강에 대해서는 거의 아는 바가 없었다. 특별히 뭐라고 말해오지 않는 이상 나쁘지 않을 거라는 정도로만 생각하고 있었다.

"그렇게 쉽게 생각할 병이 아니네. 요독증[36]이 생기면 그때는 가망이 없으니까 말이야."

나는 요독증이라는 말도, 그 의미도 몰랐다. 지난 겨울방학에 고향에서 의사를 만났을 때는 그런 용어를 전혀 듣지 못했다.

"정말 잘 보살펴드리세요." 사모님도 말했다. "독이 뇌로 퍼지면 그걸로 끝장이니까요. 웃을 일이 아니에요."

경험이 없는 나는 어쩐지 무서운 느낌이 들었으나 히죽히죽 웃어 보였다.

"어차피 낫지 않는 병이라니까 걱정한들 별 도리가 없겠지요."

"아예 그렇게 단념한다면 그만이긴 하지만요."

사모님은 예전에 같은 병으로 돌아가셨다는 어머니를 떠올린 건지 침울한 어조로 이렇게 말하고는 고개를 숙였다. 나도 아버지의 운명이 정말 가여웠다.

그러자 선생님이 돌연 사모님 쪽을 보았다.

"시즈, 당신이 나보다 먼저 죽을까?"

"왜요?"

"그냥 물어본 거야. 아니면 내가 당신보다 먼저 죽을까? 일반적으로 남편이 먼저 죽고 부인이 남겨지는 일이 당연한 것처럼 여겨지지 않

36 신장의 기능 장애로 오줌이 되어 배설되어야 할 성분이 혈액 속에 들어가 중독을 일으키는 증세. 구역질이나 두통, 부종, 의식 장애 등의 증세가 나타난다.

나?"

"꼭 그런 것도 아니에요. 하지만 아무래도 남자 나이가 많으니까요."

"그래서 먼저 죽는다는 이치로군. 그럼 나도 당신보다 먼저 저세상
으로 가야 한다는 이야기가 되나?"

"당신은 특별해요."

"그럴까?"

"왜냐하면 건강하잖아요. 앓은 적도 거의 없고요. 그러니 아무리 봐
도 제가 먼저죠."

"그럴까?"

"네, 분명히 제가 먼저일 거예요."

선생님은 내 얼굴을 보았다. 나는 웃었다.

"하지만 만약 내가 먼저 가면 당신은 어떻게 할 거야?"

"어떻게 하기는요……."

사모님은 거기서 머뭇거렸다. 선생님의 죽음을 상상하자 그 비애가
잠깐 사모님의 가슴을 덮친 것 같았다. 하지만 다시 고개를 들었을 때
는 이미 기분을 돌이켰다.

"어떻게 하긴요, 어쩔 수 없죠, 안 그래요? 죽음에는 노소의 선후가
없다고 하니까요."

사모님은 나를 보며 짐짓 우스갯소리처럼 이렇게 말했다.

35

자리에서 일어나려던 나는 다시 주저앉아 이야기가 매듭지어질 때

까지 두 사람의 말 상대가 되었다.

"자네는 어떻게 생각하나?" 선생님이 물었다.

선생님이 먼저 죽을지, 사모님이 먼저 죽을지는 물론 내가 판단할 문제가 아니었다. 나는 그저 웃기만 했다.

"수명이야 저도 모르죠."

"이건 정말 수명이니까요. 태어날 때부터 이미 정해진 거라 어쩔 수 없죠. 선생님 아버님하고 어머님도 거의 같은 시기에 돌아가셨어요."

"돌아가신 날이 말인가요?"

"어떻게 날짜까지 같겠어요? 하지만 거의 같았어요. 연달아 돌아가 셨으니까요."

처음 듣는 이야기였다. 나는 이상한 생각이 들었다.

"왜 그렇게 한꺼번에 돌아가신 건가요?"

사모님은 내 질문에 대답하려고 했다. 선생님이 그걸 막았다.

"그 이야기는 그만둬. 재미없으니까."

선생님은 손에 든 부채를 일부러 팔랑팔랑 부쳤다. 그리고 다시 사모님을 돌아보았다.

"시즈, 내가 죽으면 이 집을 당신한테 주지."

사모님은 웃음을 터뜨렸다.

"주는 김에 땅도 주세요."

"땅은 다른 사람 거니까 어쩔 수 없어. 그 대신 내가 갖고 있는 건 다 당신한테 주지."

"정말 고맙네요. 하지만 서양 책 같은 건 받아봤자 별 소용이 없겠 네요."

"헌책방에 팔면 되지."

"팔면 얼마나 될까요?"

선생님은 얼마라고는 말하지 않았다. 하지만 선생님의 이야기는 자신의 죽음이라는 먼 문제에서 쉽사리 벗어나지 않았다. 그리고 그 죽음을 반드시 사모님이 죽기 전에 일어날 거라고 가정했다. 사모님도 처음에는 일부러 실없는 문답을 하는 것처럼 보였다. 그런데 어느덧 감상적인 여자의 마음을 울적하게 한 모양이었다.

"내가 죽으면, 내가 죽으면, 하고 대체 몇 번이나 말씀하시는 거예요? 제발 부탁이니 내가 죽는다면, 하는 말은 이제 그만 좀 하세요. 불길하단 말이에요. 당신이 죽으면 뭐든지 당신이 원하는 대로 해드릴게요. 그러면 됐죠?"

선생님은 뜰을 향한 채 웃었다. 그리고 더 이상 사모님이 싫어하는 말을 하지 않았다. 나도 너무 오래 머물러서 곧바로 자리에서 일어났다. 선생님과 사모님은 현관까지 나와서 배웅했다.

"아버님 잘 보살펴드리세요." 사모님이 말했다.

"그럼 9월에 또 보세." 선생님이 말했다.

나는 인사를 하고 현관 격자문 밖으로 발을 내디뎠다. 현관과 대문 사이에 있는 잎이 무성한 목서(木犀) 한 그루가 내 앞길을 가로막듯이 어둠 속에 가지를 뻗고 있었다. 나는 두세 걸음 걸으면서 거무스름한 잎에 뒤덮인 우듬지를 보며 다가올 가을에 필 꽃과 향기를 떠올렸다. 나는 선생님 댁과 이 목서를 전부터 마음속에서 떼어놓을 수 없는 것처럼 함께 기억하고 있었다. 내가 이 나무 앞에 서서 다시 이 집 현관에 들어설 올가을을 생각할 때 지금까지 격자문 사이로 비치던 현관의 전등이 문득 꺼졌다. 선생님 내외분은 이제 안으로 들어간 모양이었다. 나는 혼자 어두운 밖으로 나왔다.

나는 곧장 하숙으로 돌아가지 않았다. 고향으로 돌아가기 전에 준비할 물건도 있었고 대접받은 음식으로 채워진 위를 편하게 해줄 필요도 있어서 그저 번화한 거리로 걸어갔다. 거리는 아직 초저녁이었다. 특별히 볼일도 없어 보이는 남녀들이 줄줄이 움직이는 가운데 오늘 나와 함께 졸업한 아무개를 만났다. 그는 나를 억지로 술집으로 데려갔다. 나는 맥주 거품 같은 그의 기염을 들어야 했다. 하숙으로 돌아온 것은 자정이 지나서였다.

36

나는 다음 날 더위를 무릅쓰고 부탁받은 물건을 사러 다녔다. 편지로 주문을 받았을 때는 별것 아니라고 생각했는데 막상 구하러 다녀보니 여간 귀찮은 게 아니었다. 나는 전차 안에서 땀을 훔치며 남의 시간과 수고에 전혀 미안한 생각을 하지 않는 시골 사람들이 밉살스럽다는 생각을 했다.

나는 올여름 한 철을 헛되이 보낼 생각은 없었다. 고향으로 돌아가서의 일정 같은 것을 미리 만들어두었기에 그걸 이행하는 데 필요한 책도 구해야 했다. 나는 한나절을 마루젠 2층[37]에서 보낼 생각이었다. 나는 나와 관계 깊은 분야 책이 꽂혀 있는 책장 앞에 서서 한 권씩 처음부터 끝까지 검토해나갔다.

---

37 일찍부터 외국 서적이나 문구, 잡화류를 수입했던 마루젠(丸善) 주식회사. 그 2층은 양서(洋書) 판매장이었다. 소세키 자신도 양서나 만년필을 마루젠에서 구입했다.

구입하는 데 가장 애먹은 것은 여자용 한에리[38]였다. 어린 점원에게 말하자 얼마든지 꺼내 보여주었으나 막상 사려고 하니 어느 것을 골라야 할지 망설여질 뿐이었다. 게다가 가격이 천차만별이었다. 쌀 것 같아 물어보면 굉장히 비싸기도 하고 비쌀 것 같아 물어보지 않으면 오히려 굉장히 싸기도 했다. 또는 아무리 비교해봐도 어디서 가격 차이가 나는지 짐작할 수가 없었다. 정말 난감했다. 그리고 마음속으로 사모님에게 부탁할 걸 그랬다고 후회했다.

나는 가방을 샀다. 물론 일본제 하등품에 지나지 않았지만 그래도 번쩍이는 금장식 같은 게 달려 있어 시골 사람들을 놀라게 하기에는 충분할 것 같았다. 이 가방은 어머니의 주문으로 산 것이었다. 졸업하면 새 가방을 사서 거기에 모든 선물을 넣어서 돌아오라고 일부러 편지에 썼던 것이다. 나는 그 구절을 읽을 때 웃음을 터뜨렸다. 어머니의 생각을 이해할 수 없었다기보다는 그 말이 우스꽝스러웠기 때문이다.

나는 작별 인사를 할 때 선생님 내외분에게 말한 대로 그로부터 사흘 후에 도쿄를 떠나 고향으로 돌아왔다. 지난겨울 이래 아버지의 병에 대해 선생님으로부터 여러 가지 주의를 들은 나는 가장 걱정해야 하는 위치에 있으면서도 어찌 된 일인지 그다지 걱정되지 않았다. 오히려 아버지가 돌아가신 뒤의 어머니를 상상하면 가엾게 여겨졌다. 그런 정도이고 보면 나는 마음속 어딘가에서 아버지는 어차피 돌아가실 거라고 이미 각오하고 있었음에 틀림없다. 규슈에 있는 형에게 보낸 편지에서도 나는 아버지가 도저히 예전과 같은 건강을 되찾을 가망이 없다고 썼다. 직장 사정도 있겠지만 가능하면 올여름쯤에는 짬

---

38 기모노는 겉옷의 옷깃 밖으로 속옷의 옷깃이 들여다보이기 때문에 거기에 예쁜 천을 덧대어 장식을 하고 더러워지는 것도 피하는 장식용 깃.

을 내서 얼굴만이라도 한번 보고 가는 게 어떻겠느냐는 이야기까지 썼다. 게다가 늙은이 둘만 시골에 계시는 것은 아마 불안할 것이다, 우리도 자식으로서 유감스럽기 짝이 없는 일이라는 감상적인 문구까지 썼다. 나는 사실 마음에 떠오른 대로 썼다. 하지만 쓰고 나서는 쓸 때와는 기분이 달랐다.

나는 기차에서 그런 모순을 생각했다. 그런 생각을 하는 중에 자신이 마음이 쉽게 변하는 경박한 사람처럼 생각되었다. 기분이 언짢았다. 다시 선생님 내외분을 떠올렸다. 특히 이삼일 전 저녁 식사에 초대받았을 때의 대화를 떠올렸다.

"누가 먼저 죽을까?"

그날 밤 선생님과 사모님 사이에 일었던 의문을 속으로 되뇌어보았다. 그리고 그 의문에는 누구도 자신 있게 답할 수 없을 거라고 생각했다. 하지만 누가 먼저 죽을지 확실히 안다면 선생님은 어떻게 할까? 사모님은 어떻게 할까? 선생님이나 사모님이나 지금 같은 태도로 있을 수밖에 다른 도리가 없을 거라고 생각했다. (죽음이 다가오고 있는 아버지를 고향에 두고 있으면서도 내가 어쩔 도리가 없는 것처럼.) 나는 인간을 덧없는 존재라고 생각했다. 인간이 어찌할 도리가 없이 갖고 태어나는 경박함을 덧없는 것이라고 생각했다.

중。부모님과 나

1

고향으로 돌아와 뜻밖이라고 생각한 것은 아버지의 건강이 저번에 뵀을 때와 그다지 달라지지 않았다는 점이었다.

"아아, 왔구나. 그래, 아무튼 졸업을 할 수 있어서 참 다행이구나. 잠깐 기다려라, 지금 세수 좀 하고 올 테니까."

아버지는 마당에 나와 뭔가를 하던 참이었다. 낡은 밀짚모자 뒤에 햇빛을 가리기 위해 동여맨 지저분한 손수건을 펄럭이며 우물이 있는 뒤뜰으로 돌아갔다.

보통 사람이면 학교를 졸업하는 게 당연하다고 생각하고 있던 나는 그걸 기대 이상으로 기뻐해주는 아버지 앞에서 좀 민망했다.

"졸업을 할 수 있어서 정말 다행이구나."

아버지는 이 말을 몇 번이나 되풀이했다. 나는 마음속으로 아버지의 기쁨과 졸업식이 있던 날 밤 선생님 댁 식탁에서 "축하하네" 하는 말을 할 때의 선생님 표정을 비교했다. 입으로는 축하한다면서 마음속으로 별거 아니라고 생각하는 선생님이, 그리 대단한 일도 아닌데 무슨 대단한 일처럼 기뻐해주는 아버지보다 내게는 오히려 고상해 보였다. 나는 결국 아버지의 무지에서 나오는 촌스러움이 불쾌했던 것이다.

"대학을 졸업했다고 그리 대단한 건 아니에요. 졸업하는 사람이 매년 수백 명이나 되거든요."

나는 끝내 이렇게 말하고 말았다. 그러자 아버지가 이상하다는 표정을 지었다.

"뭐 꼭 졸업을 해서 다행이라고 한 건 아니야. 졸업이 대단한 일인 건 틀림없지만 내가 다행이라 한 건 좀 다른 의미에서야. 네가 그걸 알아주기만 하면……."

나는 아버지로부터 다음 말을 들으려고 했다. 아버지는 말하기 싫은 눈치였지만 결국 이렇게 말했다.

"그러니까 내가 다행이라는 거란다. 너도 알다시피 나는 병을 앓고 있으니까. 지난겨울에 널 만났을 때는 어쩌면 길어야 서너 달이라고 생각했지. 그런데 운 좋게도 오늘까지 이렇게 살아 있구나. 기거하는 데 불편하지 않고, 이렇게 말이다. 그런데 때마침 네가 졸업을 한 거지. 그래서 기쁜 거야. 애써 정성을 다해 키운 아들이 자신이 죽은 후에 졸업하는 것보다는 살아 있을 때 졸업해주는 것이 부모한테는 기쁜 일 아니겠냐? 큰 뜻을 품은 네가 듣기엔 고작 대학을 졸업한 정도로 장하다, 장하다, 하는 소리가 그리 달갑지는 않겠지. 하지만 내 입장에서 한번 보렴, 좀 달리 보일 거다. 그러니까 졸업은 너한테보다는 나한테 다행인 거야. 알겠지?"

나는 변명의 여지가 없었다. 어떻게 사죄해야 할지 모르는 죄송스러운 마음에 고개를 숙이고 있었다. 아버지는 태연한 가운데 자신의 죽음을 각오하고 있었던 모양이다. 게다가 내가 졸업하기 전에 죽을 거라고 생각했던가 보다. 졸업이 아버지의 마음에 얼마나 영향을 주는지도 생각지 못했던 나는 정말 어리석었다. 나는 가방 안에서 졸업장을 꺼내 소중하게 아버지와 어머니에게 보여드렸다. 졸업장은 뭔가에 눌려 원래의 모양을 잃었다. 아버지는 그것을 정성껏 폈다.

"이런 건 말아서 손에 들고 오는 거다."

"안에 심이라도 넣었으면 좋았을걸." 어머니도 옆에서 한마디 덧붙였다.

졸업장을 잠시 바라본 후 일어난 아버지는 도코노마[1]로 가서 누구의 눈에나 금방 들어오는 정면에 졸업장을 놓았다. 평소의 나라면 바로 뭐라고 했겠지만 그때의 나는 전혀 달랐다. 아버지와 어머니에게 거역할 생각이 조금도 들지 않았다. 나는 잠자코 아버지가 하는 대로 두었다. 질 좋은 종이로 된 졸업장은 한번 접히자 좀처럼 아버지 뜻대로 펴지지 않았다. 적당한 위치에 놓이자마자 금세 원래 접힌 상태로 돌아가 쓰러지려고 했다.

2

나는 어머니를 안 보이는 데로 불러 아버지의 병세를 물었다.

1 일본식 다다미방 한쪽 바닥을 한 층 높게 만들어 벽에는 족자를 걸고 바닥에는 꽃이나 장식물을 꾸며놓은 곳.

"아버지는 저렇게 건강한 사람처럼 마당으로 나가서 뭔가를 하시는데 그래도 괜찮은 건가요?"

"이제 아무렇지 않은 모양이야. 아마 좋아지신 거겠지."

어머니는 의외로 태연했다. 도회지에서 멀리 떨어진 산골이나 농촌에 사는 여자가 그렇듯이 어머니는 이런 일에 전혀 지식이 없었다. 그래도 일전에 아버지가 쓰러졌을 때는 그렇게 놀라고 걱정했는데, 하고 혼자 속으로 이상하게 여겼다.

"하지만 의사가 그때 아무래도 힘들 것 같다고 했잖아요."

"그러니까 사람 몸만큼 신기한 것도 없는 것 같더라. 의사가 그렇게 중하다고 했는데 지금까지 저렇게 정정하니 말이다. 나도 물론 처음에는 걱정이 돼서 되도록 움직이지 말아야 한다고 생각했지. 하지만 그런 성격이잖니. 조심은 한다고 하는데 고집이 좀 세야 말이지. 본인이 괜찮다고 생각하면 내 말 같은 건 좀처럼 들으려고 하지 않으시니어쩌겠니?"

나는 저번에 돌아왔을 때 억지로 이부자리를 치우게 하고 수염을 깎던 아버지를 떠올렸다. "이제 괜찮아, 어머니가 너무 호들갑을 떨어서 탈이라니까" 했던 그때의 말을 생각해보면 어머니만 탓할 일도 아니었다.

'하지만 옆에서도 조금은 주의를 줘야지요' 하고 말하려던 나는 망설이다 결국 아무 말도 하지 않았다. 하지만 아버지 병의 성격에 대해내가 아는 모든 것을 알려주었다. 하지만 그 대부분은 선생님과 사모님으로부터 얻은 정보에 지나지 않았다. 어머니는 특별한 반응을 보이지 않았다. 다만 "저런, 역시 같은 병이었구나. 안됐네. 돌아가실 때그분 연세는 어떻게 되었다던?" 하고 물었을 뿐이다.

나는 어쩔 수 없이 어머니를 그대로 두고 아버지에게 직접 말했다. 아버지는 내 주의를 어머니보다 진지하게 들어주었다. "그렇겠지. 네 말대로야. 하지만 내 몸은 결국 내 몸이고, 내 몸에 대한 관리는 다년 간의 경험이 있으니까 내가 제일 잘 알고 있을 거 아니겠냐?" 하고 말했다. 그 말을 들은 어머니는 쓴웃음을 지었다. 그리고 "거봐라" 하고 말했다.

"하지만 말은 그렇게 하셔도 아버지는 분명히 각오는 하고 있는 거예요. 이번에 제가 졸업하고 돌아온 것을 무척 기뻐한 것도 바로 그 때문이거든요. 살아 계시는 동안 졸업할 수 없을 거라고 생각했는데 건강할 때 졸업장을 갖고 와서 기쁘다고 직접 그렇게 말씀하셨어요."

"그야 말은 그렇게 하시지. 하지만 속으로는 아직 괜찮다고 생각하고 계시는 거야."

"그럴까요?"

"아직도 10년이고 20년이고 사실 생각이야. 하긴 간혹 나한테도 불안해하는 말을 하지만 말이야. '이 상태로는 나도 얼마 못 갈 거요, 내가 죽으면 당신은 어떻게 할 거요, 이 집에 혼자 있을 생각이오' 하고 말이야."

나는 갑자기 아버지가 돌아가시고 어머니 혼자 남겨졌을 때의 낡고 널찍한 시골집을 상상해보았다. 이 집에서 아버지가 떠난 후에도 그대로 살림을 꾸려갈 수 있을까? 형은 어떻게 할까? 어머니는 뭐라고 할까? 이렇게 생각하는 나는 또 이곳을 떠나 도쿄에서 마음 편히 살아갈 수 있을까? 나는 어머니를 눈앞에 두고 선생님이 주의했던 것, 즉 아버지가 살아 계실 때 물려받을 것은 확실히 물려받으라고 했던 말을 문득 떠올렸다.

"뭐, 자기 입으로 죽는다, 죽는다, 하는 사람치고 죽는 경우는 없으니까 안심이야. 아버지도 죽는다, 죽는다, 하면서 앞으로 몇 년을 사실지 모르는 일이지. 그보다 말없이 건강한 사람이 더 위험하거든."

나는 이치에서 나온 건지 통계에서 나온 건지도 모르는 이 진부한 어머니의 말을 묵묵히 듣고 있었다.

3

아버지와 어머니가 나를 위해 팥밥[2]을 지어 손님을 부르자는 의논을 했다. 나는 돌아온 당일부터 어쩌면 이런 일이 있을 거라고 생각하고 마음속으로 은근히 걱정하고 있었다. 나는 곧바로 거절했다.

"너무 거창하게 그러지 마세요."

나는 시골 손님들이 싫었다. 마시거나 먹거나 하는 것을 궁극의 목적으로 삼아 찾아오는 그들은 무슨 일만 있으면 좋다는 식의 사람들뿐이었다. 나는 어렸을 때부터 그런 자리에서 시중드는 게 무척 괴로웠다. 하물며 그들이 나를 위해 오면 내 고통은 한층 심할 것 같았다. 하지만 아버지와 어머니 앞에서 그런 야비한 사람들을 모아 법석을 떠는 일은 그만두라고 말할 수 없었다. 그래서 그저 너무 거창하다고만 말했다.

"거창, 거창, 하고 말하지만 전혀 거창하지 않아. 평생에 한 번뿐인 일이니까 손님을 부르는 건 당연하지. 그렇게 사양할 일이 아니야."

2 일본에서는 축하할 일이 있을 때 팥밥을 지어 먹는 풍습이 있다.

어머니는 내가 대학을 졸업한 것을 마치 신부라도 얻은 것처럼 중하게 보는 것 같았다.

"부르지 않아도 되지만, 부르지 않으면 또 뭐라고들 하니까."

이는 아버지의 말이었다. 아버지는 그들의 험담을 걱정하고 있었다. 실제로 그들은 이런 경우 자신들의 예상대로 되지 않으면 곧바로 무슨 말을 하고 싶어 하는 사람들이었다.

"도쿄와 달리 시골은 말이 많으니까."

아버지는 이렇게도 말했다.

"아버지 체면도 있으니까." 어머니가 덧붙였다.

나는 내 생각을 고집할 수도 없었다. 아무튼 두 분이 하자는 대로 하자고 생각했다.

"그러니까 저를 위해서라면 그만둬달라는 것뿐이에요. 뒤에서 뭐라고 하는 게 듣기 싫은 거라면 그건 또 다른 이야기죠. 두 분께 폐가 되는 일을 제가 우겨봤자 어쩔 수 없으니까요."

"그렇게 말하면 곤란하지."

아버지는 씁쓸한 표정을 지었다.

"아버지가 특별히 널 위해 하는 게 아니라고 말씀하시지만 너도 세상의 도리라는 건 알 거 아니냐?"

이렇게 되자 어머니는 여자인 만큼 종잡을 수 없는 이야기를 했다. 그 대신 말수로 따지면 아버지와 나를 합쳐도 좀처럼 당해낼 수 없는 정도였다.

"공부를 시켜놓으면 아무튼 이유가 많아져서 못쓴다니까."

아버지는 그저 이 말밖에 하지 않았다. 하지만 나는 이 짧은 한마디에서 평소 아버지가 갖고 있는 나에 대한 모든 불만을 알 수 있었다.

나는 그때 내 말투가 모났다는 것도 모르고 아버지의 불만을 억지라고만 여겼다.

아버지는 그날 밤 다시 생각을 바꿔 손님을 부른다면 언제가 좋겠는지 내 사정을 물었다. 사정이 좋고 말고도 없이 낡은 집에서 그저 빈둥빈둥 지내고 있는 나에게 이렇게 묻는 것은 아버지가 굽히고 들어온 것이나 다름없었다. 나는 이렇게 온후한 아버지 앞에서 작은 일에 트집을 잡지 않고 고개를 숙였다. 나는 아버지와 상의하여 손님 부를 날짜를 정했다.

그날이 오기 전에 큰일이 일어났다. 메이지 천황이 발병했다는 소식[3]이었다. 신문을 통해 금세 일본 전역에 알려진 이 사건은 일개 시골집에서 다소의 우여곡절을 거쳐 어렵사리 성사되려던 내 졸업 축하 잔치를 먼지처럼 날려버렸다.

"뭐, 삼가는 게 좋겠지."

안경을 쓰고 신문을 보고 있던 아버지가 이렇게 말했다. 아버지는 잠자코 자신의 병에 대해서도 생각하는 모양이었다. 나는 바로 얼마 전에 예년처럼 대학 졸업식에 행차했던 천황[4]을 떠올렸다.

4

적은 식구에게는 너무 널찍하고 낡은 집이 쥐 죽은 듯이 조용한 가

---

3 1912년 7월 20일 궁내성이 발표했다. 당일 소세키의 일기에는 "오늘 밤 천자가 중환이라는 호외를 받았다. 요독증 때문에 혼수상태라고 보도되었다"라고 되어 있다.
4 당시 도쿄제국대학의 졸업식에서는 천황이 우등생에게 은시계를 수여했다.

운데 나는 고리짝에서 책을 꺼내 읽기 시작했다. 왠지 마음이 가라앉지 않았다. 어지럽게 돌아가는 도쿄의 하숙 2층에서 멀리 달리는 전차 소리를 들으며 페이지를 한 장 한 장 넘기는 것이 의욕도 생기고 기분 좋게 공부할 수 있었다.

나는 걸핏하면 책상에 기대 선잠을 잤다. 때로는 일부러 베개까지 꺼내 본격적으로 낮잠을 자기도 했다. 눈을 뜨면 매미 소리가 들렸다. 비몽사몽간에 들리는 그 소리가 갑자기 요란하게 귓속을 휘저었다. 가만히 그 소리를 들으며 때로는 슬픈 생각을 했다.

나는 붓을 들어 이 친구, 저 친구에게 짧은 엽서 또는 긴 편지를 썼다. 친구들 중 어떤 이는 도쿄에 남아 있고 어떤 친구는 먼 고향에 돌아가 있었다. 답장을 보낸 친구도 있었고 소식이 없는 친구도 있었다. 물론 선생님을 잊은 건 아니었다. '고향에 돌아온 이후의 자신'이라는 제목으로 원고지에 작은 글씨로 세 장쯤 쓴 것을 보내기로 했다. 편지를 봉할 때 선생님은 과연 아직도 도쿄에 계실까, 하고 생각했다. 선생님이 사모님과 함께 집을 비울 때는 쉰 살쯤으로 보이는 기리사게[5]를 한 여자가 와서 집을 봐주는 것이 상례였다. 내가 선생님에게 그 사람은 누구냐고 물었더니 어떻게 보이느냐고 되물었다. 나는 그 사람을 선생님의 친척이라고 착각했다. 선생님은 "내게는 친척이 없네" 하고 대답했다. 선생님은 고향에 있는 친척들과 전혀 소식을 주고받지 않았다. 내가 궁금해했던, 집을 봐주러 오던 여자는 선생님과는 인연이 없는 사모님 쪽 친척이었다. 나는 선생님에게 편지를 보낼 때 문득 폭이 좁은 오비를 편하게 뒤로 묶고 있는 그 사람의 모습을 떠올렸

5 에도 시대 이래 남편을 잃은 여자의 머리 모양으로, 머리를 어깨 정도의 길이로 자르고 뒤로 묶어 드리운다.

다. 만약 선생님 내외분이 어딘가로 피서를 간 후에 이 편지가 도착하면 기리사게를 한 여자는 그걸 바로 여행지로 보내줄 만큼 재치와 친절한 마음이 있을까, 하고 생각했다. 하지만 편지에는 이렇다 할 내용이 없다는 것을 나는 잘 알고 있었다. 나는 그저 외로웠다. 그리고 선생님으로부터 답장이 올 것을 기대하고 있었다. 하지만 답장은 끝내 오지 않았다.

아버지는 지난겨울에 왔을 때만큼 장기를 두고 싶어 하지는 않았다. 장기판은 먼지를 뒤집어쓴 채 도코노마 구석진 곳에 치워져 있었다. 특히 천황의 발병 이후 아버지는 가만히 생각에 잠겨 있는 것처럼 보였다. 매일 신문이 오기를 기다렸다가 당신이 가장 먼저 읽었다. 그리고 읽고 난 신문을 일부러 내가 있는 곳으로 가져왔다.

"이것 좀 봐라. 오늘도 천자님에 관한 일이 자세하게 실려 있구나."

아버지는 천황을 늘 천자님이라고 불렀다.

"황공하게도 천자님 병환도 나와 비슷한 모양이다."

이렇게 말하는 아버지의 얼굴에는 수심이 가득했다. 이런 말을 들은 내 가슴에는 아버지가 또 언제 쓰러질지 모르겠다는 걱정이 스쳤다.

"하지만 괜찮으시겠지. 나같이 하찮은 사람도 이렇게 아직 살아 있으니까."

아버지는 스스로 건강하다는 보증을 하면서도 당장이라도 자신에게 닥칠 것 같은 위험을 예감하고 있는 듯했다.

"아버지는 정말 병을 무서워하고 계세요. 어머니 말씀처럼 10년이고 20년이고 살 생각이 아닌 것 같던데요."

어머니는 내 말에 당혹스러운 표정을 지었다.

"또 장기라도 두자고 좀 권해보렴."

나는 도코노마에서 장기판을 꺼내 먼지를 닦았다.

5

아버지는 기력이 점차 약해졌다. 나를 놀라게 한, 손수건이 달린 낡은 밀짚모자는 자연히 방치되었다. 나는 거무스름하게 그을린 선반 위에 놓여 있는 밀짚모자를 바라볼 때마다 아버지가 가여웠다. 아버지가 예전처럼 거뜬히 몸을 움직일 때는 좀 더 조심해주었으면 하고 걱정했다. 아버지가 가만히 앉아 있게 되자 그래도 역시 예전이 더 건강했다는 생각이 들었다. 나는 아버지의 건강에 대해 자주 어머니와 이야기를 나누었다.

"아버지 기분이 그래서 그런 거야." 어머니가 말했다. 어머니는 천황의 병환과 아버지의 병을 결부해 생각했다. 나는 꼭 그렇게 생각하지만은 않았다.

"기분이 아니에요. 정말 몸이 나빠진 게 아닐까요? 아무래도 기분보다는 건강이 나빠진 것 같아요."

나는 이렇게 말하고 마음속으로 다시 멀리서 용한 의사라도 불러 한번 봐달라고 할까 하는 생각을 했다.

"올여름은 너도 재미없지? 애써 졸업했는데 축하도 못해주고 아버지 몸도 저 모양이고. 게다가 천자님도 병환 중이시고 말이야. ……차라리 네가 돌아오자마자 손님을 불렀더라면 좋았을걸."

내가 돌아온 건 7월 5일인가 6일이었고, 아버지와 어머니가 졸업을 축하하기 위해 손님을 부르자는 말을 꺼낸 건 그로부터 일주일 뒤였다. 그리고 마침내 정한 날은 그로부터 다시 일주일 남짓 뒤였다. 시간의 속박을 받지 않는 느긋한 시골로 돌아온 나는 그 덕분에 탐탁지 않은 사교상의 고통에서 벗어난 것이나 다름없었는데 나를 이해하지 못하는 어머니는 그걸 전혀 눈치채지 못한 것 같았다.

천황의 서거 소식[6]이 전해졌을 때 아버지는 신문을 손에 들고 "아아, 아아" 하는 소리를 냈다.

"아아, 아아, 천자님도 결국 돌아가셨구나. 나도……."

아버지는 다음 말을 잇지 못했다.

나는 검정색 얇은 천[7]을 사러 읍내로 나갔다. 그 천으로 깃대 봉을 싸고 깃대 끝에 9센티미터 폭의 검은 리본을 달아 대문 옆에 길 쪽으로 비스듬히 내걸었다. 국기와 검은 리본은 바람 없는 공기 속에 축 처져 있었다. 우리 집 낡은 지붕은 짚으로 이어져 있었다. 비바람에 시달린 그 짚은 유독 변색하여 엷은 회색을 띤 데다 군데군데 울퉁불퉁한 곳도 눈에 띄었다. 나는 혼자 문 밖으로 나가 검은 리본과 하얀 모슬린 천과 그 하얀 천 한가운데에 그려진 붉은 원을 바라보았다. 지저분한 지붕의 짚을 배경으로 국기가 비치는 모습도 바라보았다. 예전에 선생님이 "자네 집은 어떻게 생겼나? 내 고향 쪽과는 분위기가 상당히 다를까?" 하고 물었던 일이 떠올랐다. 나는 내가 태어난 이 낡은 집을 선생님에게 보여주고 싶었다. 또한 선생님에게 보여주는 것이 부끄럽기도 했다.

나는 다시 혼자 집 안으로 들어갔다. 내 책상이 놓여 있는 곳으로 가서 신문을 읽으며 먼 도쿄의 모습을 상상했다. 내 상상은 일본 제일

6 메이지 천황이 사망한 것은 1912년 7월 30일이다. 당일 궁내성에서 관보 호외로 발표했다.
7 애도의 뜻을 표하는 조기에 쓰는 천이다.

의 대도시가 침울한 가운데 어떻게 움직이고 있을까 하는 모습에 모아졌다. 깜깜한 가운데서도 움직이지 않으면 안 되는 불안하고 어수선한 도회에서 내게는 선생님의 집이 한 점 등불 같았다. 나는 그때 그 등불이 소리 없는 소용돌이 속으로 휩쓸려 들어가고 있다는 걸 알지 못했다. 얼마 후에는 그 등불도 픽 꺼지고 말 운명을 눈앞에 두고 있다는 것 역시 모르고 있었다.

나는 이번 사건에 대해 선생님께 편지를 쓰려고 펜을 들었다. 열 줄쯤 쓰다가 그만두었다. 쓰다 만 편지는 갈가리 찢어 쓰레기통에 버렸다. (선생님께 그런 이야기를 써봤자 별 소용이 없을 거라고 생각했고 저번 일에 비춰보면 아무래도 답장을 보내줄 것 같지 않았기 때문이다.) 나는 외로웠다. 그래서 편지를 쓰는 거였다. 그리고 답장이 오면 좋겠다고 생각했다.

6

8월 중순경에 나는 한 친구의 편지를 받았다. 편지에는 중학교 교원 자리가 났는데 가지 않겠느냐고 쓰여 있었다. 그 친구는 경제적인 필요에서 직접 그런 자리를 찾으러 다녔다. 그 자리도 처음에는 자신에게 온 것인데 좀 더 나은 곳에서도 이야기가 들어와 남은 것을 나에게 넘겨줄 생각으로 일부러 알려준 것이었다. 나는 곧 거절한다는 답장을 보냈다. 그리고 아는 사람 중에 아주 애타게 교사 자리를 찾는 이가 있으니 그 사람을 소개해주는 것이 좋을 것 같다고 썼다.

나는 답장을 보낸 뒤 아버지와 어머니에게 그 이야기를 했다. 두 분다 내가 거절한 것에 이의는 없는 것 같았다.

"그런 데 가지 않아도 더 좋은 자리가 있겠지."

이렇게 말하는 데서 나는 두 분이 나에게 품고 있는 지나친 기대를 읽었다. 세상 물정에 어두운 아버지와 어머니는 이제 막 졸업한 나에게 걸맞지 않은 지위와 수입을 기대하고 있는 듯했다.

"걸맞은 자리요? 요즘 그렇게 좋은 자리는 좀처럼 없어요. 특히 형하고 저는 전공도 다르고 시대도 다르니까 둘을 똑같이 생각하면 좀 곤란해요."

"하지만 졸업한 이상 적어도 독립해서 생활하지 않으면 우리도 곤란해. 남들이 댁의 차남은 대학을 졸업하고 뭘 하느냐고 묻는데 대답할 수 없어서야 나도 체면이 안 설 거 아니냐?"

아버지는 얼굴을 찌푸렸다. 아버지의 생각은 오래 살아 익숙해진 고향 밖으로 나갈 줄을 몰랐다. 고향의 이 사람 저 사람으로부터 대학을 졸업하면 월급을 얼마나 받을 수 있느냐, 한 백 엔[8]쯤 되느냐는 말을 들어온 아버지는 그렇게 물어온 사람들에게 체면이 상하지 않도록 이제 막 졸업한 내가 빨리 취직하기를 바랐던 것이다. 아버지와 어머니가 보기에 넓은 도시를 근거지로 생각하는 나는 마치 발을 허공에 두고 걷는 괴상한 사람이나 다름없었을 것이다. 나도 사실 그런 사람 같은 기분이 들곤 했다. 나는 자신의 생각을 분명히 밝히기에는 너무

---

8 1903년 도쿄 대학 강사가 되었을 때 소세키의 연봉은 8백 엔이었다. '나'의 친구들이 '지방 중학교의 교원'이 되려고 고생하는 것으로 볼 때 월급 백 엔은 분수에 넘치는 기대임을 알 수 있다. 1895년에 '지방 중학교의 교원'이 된 소세키의 초임이었던 월급 80엔은 무척 많은 것이었다. 이는 외국인 교사의 조건을 물려받은 예외적인 금액이었고 『도련님』에서 도련님이 받은 초임 40엔이 실제에 가까웠다. 참고로 1907년에 소세키가 도쿄 대학의 전임교수 자리를 권유받을 때의 월급은 150엔이었고, 그걸 거절하고 그해 아사히 신문사에 입사했을 때의 월급은 2백 엔이었다.

나 현격한 차이가 있는 부모님 앞에서 잠자코 있을 수밖에 없었다.

"네가 늘 선생님, 선생님, 하던 분한테라도 한번 부탁해보면 안 될까, 이럴 때."

어머니는 선생님을 이런 식으로밖에 생각할 수 없었다. 그 선생님은 나에게 고향에 돌아가면 아버지가 살아 계시는 동안 빨리 재산을 나눠 받으라고 권한 사람이었다. 졸업했으니 일자리를 알선해주겠다는 사람이 아니었다.

"그 선생님이라는 분은 무슨 일을 하고 계시냐?" 아버지가 물었다.

"아무 일도 하지 않아요." 내가 대답했다.

나는 예전에 이미 선생님이 아무 일도 하지 않는다는 이야기를 아버지와 어머니에게 했다고 생각했다. 그리고 아버지는 분명히 그걸 기억하고 있을 터였다.

"아무 일도 안 한다는 건 또 무슨 소리냐? 네가 그렇게 존경할 정도의 사람이라면 뭔가 하고 있을 것 같은데 말이야."

아버지는 이렇게 말하며 나를 에둘러 비판했다. 아버지는 쓸모 있는 사람은 세상에 나가 자신에게 걸맞은 자리를 잡아 일하고 있다, 필경 쓸모없는 사람이라 놀고 있는 거다, 라고 결론짓고 있는 것 같았다.

"나 같은 사람도 월급을 받지는 않지만 놀고만 있는 건 아니야."

아버지는 이런 말도 했다. 그래도 나는 입을 다물고 있었다.

"네가 말하는 것처럼 훌륭한 분이라면 분명히 어딘가 자리를 찾아주실 거야. 부탁은 해봤니?" 어머니가 물었다.

"아니요." 내가 대답했다.

"그럼 어떻게 해볼 수가 없잖니? 왜 부탁하지 않은 거야? 편지라도 좋으니까 한번 보내보렴."

"예."

나는 건성으로 대답하고 자리에서 일어났다.

7

아버지는 분명히 자신의 병을 두려워하고 있었다. 그렇다고 의사가 올 때마다 귀찮은 질문을 던져 상대를 난처하게 하는 성격도 아니었다. 의사 역시 조심하며 아무 말도 하지 않았다.

아버지는 사후의 일을 생각하는 것 같았다. 적어도 자신이 없어진 이후의 집을 상상해보는 것 같았다.

"자식을 공부시키는 것도 한마디로 좋다 나쁘다 말할 수 없는 일이구나. 애써 공부를 시켜놓으면 그 자식은 결코 집으로 돌아오지 않으니 말이다. 이래서야 어이없게도 부모 자식을 따로 떼어놓으려고 공부시키는 거나 마찬가지 아니냐?"

공부를 시킨 결과 형은 지금 먼 곳에 있다. 교육을 받은 결과 나는 또 도쿄에서 살 생각을 굳혔다. 이런 자식을 키운 부모의 푸념은 물론 억지가 아니었다. 오랫동안 살아서 낡은 시골집에 혼자 남겨질 것 같은 어머니를 상상해본 아버지는 물론 쓸쓸했을 것이다.

집은 떠날 수 없는 거라고 아버지는 믿고 있었다. 그 안에 사는 어머니 역시 목숨이 붙어 있는 한 떠날 수 없는 거라고 믿고 있었다. 자신이 죽은 후 고독한 어머니를 텅 빈 집에 남겨두는 것도 심히 불안한 일이었다. 그러면서도 도쿄에서 좋은 일자리를 찾으라고 강권하는 아버지의 생각에는 모순이 있었다. 나는 그 모순을 이상하게 생각하는 동시에 그 덕분에 또 도쿄로 나갈 수 있는 거라며 감사했다.

나는 아버지와 어머니 앞에서 일자리를 찾으려고 최대한 노력하고 있는 것처럼 보여야 했다. 나는 선생님에게 편지를 써서 우리 집 사정을 상세히 전했다. 만약 내 힘으로 할 수 있는 일이 있다면 뭐든지 할 테니 소개해달라고 부탁했다. 나는 선생님이 내 부탁을 상대도 해주지 않을 거라고 생각하면서도 편지를 썼다. 또한 상대를 해준다고 하더라도 교제 범위가 좁은 선생님으로서는 어떻게 해볼 도리가 없을 거라고 생각하면서도 편지를 썼다. 하지만 나는 선생님으로부터 이 편지에 대한 답장이 꼭 올 거라고 생각하고 썼다.

편지를 봉하고 보내기 전에 어머니에게 가서 말했다.

"선생님께 편지를 썼어요. 어머니가 말한 대로요. 좀 읽어보세요."

어머니는 내가 생각한 대로 편지를 읽지 않았다.

"그래? 그럼 빨리 보내야지. 그런 일은 남이 신경 쓰지 않아도 스스로 빨리 하는 거야."

어머니는 나를 아직 어린애처럼 생각했다. 사실 나도 어린애 같다고 느꼈다.

"하지만 편지로 다 되는 건 아니에요. 어차피 9월에라도 제가 도쿄로 올라가봐야 할 거예요."

"그야 그럴지도 모르지만, 어쩌면 정말 좋은 자리가 있을지도 모르니까 하루라도 빨리 부탁해두는 게 좋을 거야."

"예. 아무튼 답장이 꼭 올 테니까 그때 다시 말씀드릴게요."

나는 이런 일에 꼼꼼한 선생님을 믿고 있었다. 나는 선생님의 답장이 오는 것을 마음속으로 은근히 기다렸다. 하지만 내 기대는 결국 빗나갔다. 선생님으로부터는 일주일이 지나도 아무 소식이 없었다.

"아마 어디로 피서를 떠나셨겠지요."

나는 어머니에게 변명 같은 말을 해야 했다. 그리고 그 말은 어머니에게 하는 변명일 뿐만 아니라 내 마음에 하는 변명이기도 했다. 억지로라도 무슨 사정을 가정하여 선생님의 태도를 변호하지 않고서는 불안했다.

나는 간혹 아버지가 병을 앓고 있다는 사실을 잊었다. 차라리 빨리 도쿄로 가버릴까 하는 생각도 했다. 아버지도 당신의 병을 잊는 일이 있었다. 미래를 걱정하면서도 미래에 대한 조치는 전혀 하지 않았다. 나는 끝내 선생님의 충고대로 재산 분배에 대한 이야기를 아버지에게 꺼낼 기회를 얻지 못했다.

8

9월 초가 되어 나는 드디어 도쿄로 돌아가기로 했다. 나는 아버지에게 당분간 지금까지처럼 학자금을 보내달라고 부탁했다.

"여기서 이렇게 있어봐야 아버지께서 말씀하신 일자리를 얻을 수 있는 것도 아니니까요."

나는 아버지가 바라는 일자리를 얻기 위해 도쿄로 가겠다고 말했다.

"물론 일자리를 얻을 때까지만요" 하고도 말했다.

나는 마음속으로 그 일자리가 아무래도 내 머리 위에 떨어지지 않을 거라고 생각했다. 하지만 세상 물정에 어두운 아버지는 어디까지나 그 반대로 믿고 있었다.

"그야 얼마 안 되는 기간일 테니까 어떻게든 마련해보마. 그 대신 길어지면 안 된다. 적당한 일자리를 얻는 대로 독립해야지. 원래 학교를 졸업한 이상 다음 날부터는 남의 신세 같은 걸 지면 안 되는 거니까. 요즘 젊은 사람들은 돈을 쓰는 것만 알지 버는 것은 전혀 생각하지 않는 것 같더구나."

아버지는 그 밖에도 이런저런 잔소리를 했다. "옛날에는 자식이 부모를 부양했는데 어떻게 된 게 요즘은 부모가 자식을 먹여 살린다니까" 하는 말도 했다. 나는 묵묵히 듣고만 있었다.

잔소리가 대충 끝났다고 생각했을 때 나는 조용히 자리에서 일어서려고 했다. 아버지는 언제 갈 거냐고 물었다. 나는 빠를수록 좋았다.

"어머니한테 좋은 날을 잡아달라고 해라."

"그렇게 할게요."

그때의 나는 아버지 앞에서 의외로 얌전했다. 되도록 아버지의 기분을 상하게 하지 않고 시골을 떠나고 싶었다. 아버지는 다시 나를 붙들었다.

"네가 도쿄로 가버리면 집은 또 쓸쓸해질 거야. 아무튼 나하고 어머니뿐이니까. 나라도 몸이 건강하면 좋겠지만 이런 상태로는 언제 무슨 일이 일어날지 모르거든."

나는 가능한 한 아버지를 위로하고 내 책상이 있는 곳으로 돌아갔다. 어지럽게 널려 있는 책들 사이에 앉아 불안해 보이는 아버지의 태도와 말을 몇 번이나 되새겼다. 그때 다시 매미 소리가 들렸다. 매미 소리는 일전에 들었던 것과 달리 애매미 소리였다. 여름에 고향으로 돌아와 귀청을 찢는 듯한 매미 소리를 들으며 가만히 앉아 있으면 묘하게 마음이 슬퍼지곤 했다. 가을의 애수는 늘 곤충의 격렬한 소리와 함께 마음속 깊은 곳에 스며드는 것 같았다. 그럴 때면 늘 움직이지 않고 혼자 자신을 응시했다.

　나의 애수는 올여름 고향으로 돌아온 이후 점차 정조(情調)가 바뀌었다. 유지매미 소리가 애매미 소리로 바뀌는 것처럼 나를 둘러싼 사람의 운명이 커다란 윤회 속에서 서서히 움직이고 있는 것처럼 여겨졌다. 나는 쓸쓸해 보이는 아버지의 태도와 말을 되새기면서 편지를 보내도 답장을 하지 않는 선생님을 다시 떠올렸다. 선생님과 아버지는 나에게 정반대되는 인상을 준다는 점에서 비교를 하거나 연상을 할 때면 늘 함께 떠올랐다.

　나는 아버지에 대해 거의 모든 것을 알고 있었다. 만약 아버지를 떠난다면 부모와 자식 사이의 정이라는 점에서 미련이 남을 뿐이었다. 나는 아직 선생님의 대부분을 모르고 있었다. 이야기해주겠다고 약속한 선생님의 과거도 아직 들을 기회가 없었다. 요컨대 선생님은 나에게 어스레했다. 나는 반드시 그곳을 지나 밝은 곳까지 가지 않으면 성에 차지 않았다. 선생님과의 관계가 끊기는 것은 큰 고통이었다. 어머니가 좋은 날을 잡아줘 도쿄로 떠날 날이 정해졌다.

9

　내가 드디어 떠나기 직전에(아마 이틀 전 저녁이었을 거라고 생각하는데) 아버지가 다시 갑자기 쓰러졌다. 나는 그때 책과 옷을 넣은 고리짝을 묶고 있었다. 아버지는 목욕을 하던 중이었다. 아버지의 등을 밀어주러 간 어머니가 큰 소리로 나를 불렀다. 나는 어머니가 뒤에서 안고 있는 벌거벗은 아버지를 보았다. 그래도 거실로 모셔왔을 때 아버지는 이제 괜찮다고 말했다. 혹시나 해서 머리맡에 앉아 물수건으로 아버지의 이마를 식혀주고 있던 나는 9시경이 되어서야 대충 저녁을 때웠다.

다음 날이 되자 아버지는 생각보다 기력이 좋아졌다. 말리는 것도 듣지 않고 걸어서 변소에 가기도 했다.

"이제 괜찮다."

아버지는 작년에 쓰러졌을 때 나에게 말한 것과 같은 말을 되풀이했다. 그때는 아버지 말대로 그럭저럭 괜찮았다. 나는 이번에도 어쩌면 괜찮아질지도 모른다고 생각했다. 그러나 의사는 그저 조심하는 게 중요하다고 주의할 뿐 거듭 확인해도 확실한 이야기는 해주지 않았다. 나는 불안해서 출발할 날이 와도 끝내 도쿄로 떠날 마음이 들지 않았다.

"좀 더 상황을 보고 나서 갈까요?" 나는 어머니에게 의논했다.

"그렇게 해주렴." 어머니가 부탁했다.

어머니는 아버지가 마당으로 나가거나 뒤껼으로 돌아가거나 하며 기운을 보일 때는 태연하면서도 이런 일이 생기면 또 필요 이상으로 걱정하면서 마음을 졸였다.

"넌 오늘 도쿄로 가는 거 아니었냐?" 아버지가 물었다.

"예, 좀 연기했어요." 내가 대답했다.

"나 때문이냐?" 아버지가 되물었다.

나는 잠깐 망설였다. 그렇다고 하면 아버지의 병이 중하다고 말하는 것이나 다름없었다. 나는 아버지의 신경을 자극하고 싶지 않았다. 하지만 아버지는 내 마음을 꿰뚫어보고 있는 듯했다.

"미안하구나" 하며 마당 쪽을 보았다.

나는 내 방으로 들어가 거기에 내팽개쳐둔 고리짝을 바라보았다. 고리짝은 언제 들고 떠나도 지장이 없도록 단단히 묶여 있었다. 나는 멍하니 그 앞에 서서 다시 끈을 풀어야 하나, 하고 생각했다.

엉거주춤 불안한 마음으로 다시 사나흘을 보냈다. 그런데 아버지가 또 쓰러졌다. 의사는 절대로 누워서 안정을 취하라고 말했다.

"어떻게 된 걸까?" 어머니는 아버지에게 들리지 않는 조그만 목소리로 내게 말했다. 어머니의 얼굴은 무척 불안해 보였다. 나는 형과 여동생에게 전보를 칠 준비를 했다. 하지만 누워 있는 아버지는 전혀 고통스러워하지 않는 것 같았다. 이야기하는 것을 보면 감기라도 걸렸을 때와 똑같았다. 게다가 식욕도 평소보다 왕성했다. 옆에서 주의를 해도 쉽게 말을 듣지 않았다.

"어차피 죽을 거니까 맛있는 거라도 먹고 죽어야지."

내게는 맛있는 거라는 아버지의 말이 우스꽝스럽게도, 비참하게도 들렸다. 아버지는 맛있는 것을 입에 넣을 수 있는 도시에 살고 있지 않았다. 밤중에 얇게 썰어 말린 찰떡을 구워달라고 해서 어적어적 씹었다.

"왜 저렇게 먹는 걸 탐하실까? 역시 속에 튼튼한 데가 있는지도 모르겠구나."

어머니는 낙담해야 할 상황에 오히려 믿음을 두었다. 그런데도 병이 났을 때만 쓰는 탐한다는 고풍스러운 말을 뭐든지 먹고 싶어 한다는 의미로 썼다.

큰아버지가 문병을 왔을 때 아버지는 언제까지고 붙잡고 놓아주지 않았다. 쓸쓸하니까 좀 더 있어달라는 것이 주된 이유였지만 어머니와 내가 먹고 싶은 만큼 못 먹게 한다고 불평하려는 것도 그 목적 가운데 하나인 듯했다.

10

아버지의 병은 같은 상태로 일주일 이상 이어졌다. 나는 그사이에 규슈에 있는 형에게 긴 편지를 써 보냈다. 여동생에게는 어머니에게 쓰도록 했다. 나는 속으로 아마 이것이 아버지의 건강에 대해 두 사람에게 보내는 마지막 소식일 거라고 생각했다. 그래서 두 사람에게는 상황이 다급해지면 전보를 칠 테니 그때 오라는 말을 써 넣었다.

형은 바쁜 자리에 있었고, 여동생은 임신 중이었다. 그래서 아버지에게 위급한 상황이 눈앞에 닥치지 않는 한 마음대로 부를 수 없었다. 그렇다고 애써 시간을 내 오긴 했는데 이미 늦었다는 말을 듣는 것도 모질었다. 나는 전보를 칠 시기에 대해 남들이 모르는 책임감을 느꼈다.

"확실한 건 저도 잘 모르겠습니다. 하지만 언제 위험이 닥칠지 모른다는 사실만은 알아두세요."

역이 있는 읍내에서 불러온 의사는 내게 이렇게 말했다. 나는 어머니와 의논하여 의사의 소개로 읍내 병원에서 일하는 간호사를 한 명 고용하기로 했다. 아버지는 머리맡으로 와서 인사를 하는 하얀 옷을 입은 여자를 보고 이상하다는 표정을 지었다.

아버지는 자신이 죽을병에 걸렸다는 것을 진작부터 알고 있었다. 그런데도 눈앞에 닥쳐오는 죽음 자체에는 생각이 미치지 못했다.

"이제 곧 나으면 다시 한번 도쿄에 놀러 가야지. 사람은 언제 죽을지 모르니까 말이야. 하고 싶은 일은 뭐든지 살아 있을 때 해두는 게 제일이거든."

어머니는 어쩔 수 없이 "그때는 저도 데려가주세요" 하고 맞장구를 쳤다.

어떤 때는 굉장히 쓸쓸해했다.

"내가 죽으면 부디 어머니를 잘 모셔라."

나는 '내가 죽으면'이라는 말에 어떤 기억을 갖고 있었다. 도쿄를 떠날 때 선생님이 사모님에게 몇 번이나 그 말을 반복했던 것은 내가 졸업한 날 저녁의 일이었다. 나는 웃음을 띤 선생님의 얼굴과 불길하다며 귀를 막았던 사모님의 모습을 떠올렸다. 그때의 '내가 죽으면'이라는 말은 단순한 가정이었다. 지금 내가 들은 것은 언제 일어날지 모르는 사실이었다. 나는 선생님을 대하는 사모님의 태도를 배울 수 없었다. 하지만 말로나마 어떻게든 아버지의 마음을 딴 데로 돌려 위로해야 했다.

"그런 약한 소리를 하시면 안 돼요. 이제 곧 나으면 도쿄에 놀러 가기로 하셨잖아요. 어머니하고 함께요. 이번에 가시면 아마 깜짝 놀라실걸요, 엄청 변해서요. 새로운 전차 노선만 해도 굉장히 늘어났으니까요. 전차가 지나면 자연히 거리도 변하고, 게다가 시나 구도 개정되고[9], 도쿄가 가만히 있을 때는 24시간 중에서 1분도 안 된다고 해도 될 정도거든요."

나는 어쩔 수 없이 하지 않아도 좋을 말까지 했다. 아버지는 또 만족스럽게 그 말을 들었다.

---

9 수도 도쿄의 근대화는 일찍부터 정부의 현안이었는데, 특히 러일전쟁 이후에 급속히 진행되어 도쿄의 생활환경이나 경관을 크게 바꿔놓았다. 이는 정확히 소세키가 작가로 출발한 시기와 일치하여 다양한 형태로 작품에 반영되었다.

병자가 있으니 자연히 집에 들락거리는 사람도 많아졌다. 근처에 사는 친척들은 이틀에 한 명꼴로 돌아가며 문병을 왔다. 그중에는 비교적 멀리 살면서 평소 소원했던 친척도 있었다. "어쩌나 싶었는데 이런 상태라면 괜찮겠군. 말도 잘하고 무엇보다 얼굴이 전혀 야위지 않았잖은가" 하며 돌아가는 사람도 있었다. 내가 돌아왔을 때는 쥐 죽은 듯 조용했던 집이 이런 일로 점차 어수선해졌다.

그런 가운데서 움직이지 못하고 지내는 아버지의 병은 그저 좋지 않은 방향으로만 진행될 뿐이었다. 나는 어머니, 큰아버지와 의논하여 결국 형과 여동생에게 전보를 쳤다. 형으로부터는 곧 오겠다는 답장이 왔다. 매제도 출발하겠다는 소식을 전해왔다. 여동생이 지난번 임신했을 때 유산을 했기 때문에 이번에는 습관성이 되지 않도록 조심시킬 거라고 전부터 말해왔던 매제는 여동생 대신 자신만 오는 건지도 몰랐다.

11

이렇게 어수선한 가운데서도 나는 아직 조용히 앉아 있을 여유가 있었다. 가끔은 책을 펼치고 10페이지나 계속해서 읽을 시간까지 있었다. 일단 단단히 묶어놓았던 내 고리짝은 어느새 풀어지고 말았다. 나는 필요할 때마다 그 안에서 이러저러한 것들을 꺼냈다. 도쿄를 떠날 때 마음속으로 정한, 올여름의 계획을 돌이켜보았다. 내가 한 일은 그 계획의 3분의 1도 안 되었다. 나는 지금까지도 이런 불쾌감을 여러 차례 겪어왔다. 하지만 올여름만큼 생각대로 일이 진행되지 않은 경우도 드물었다. 살다 보면 늘 있는 일이라고 생각하면서도 불쾌한 기분에 휩싸였다.

이런 불쾌감 속에 있으면서도 한편으로는 아버지의 병을 생각했다. 아버지가 돌아가신 후의 일을 상상했다. 그와 동시에 선생님을 떠올렸다. 이 불쾌한 기분의 양쪽 끝에 지위, 교육, 성격이 전혀 다른 두 사람의 모습을 놓고 생각했다.

아버지의 머리맡을 떠나 혼자 어지럽게 널려 있는 책들 속에서 팔짱을 끼고 있을 때 어머니가 얼굴을 내밀었다.

"낮잠이라도 좀 자둬. 너도 많이 지쳤을 텐데."

어머니는 내 기분을 이해하지 못했다. 나도 어머니에게 이해해주기를 기대할 만큼 어린애가 아니었다. 나는 간단히 고맙다고 말했다. 어머니는 아직 방 입구에 서 있었다.

"아버지는요?" 내가 물었다.

"지금 곤히 주무시고 계셔." 어머니가 대답했다.

어머니는 불쑥 방 안으로 들어와 내 옆에 앉았다.

"선생님한테서는 아직 아무 말이 없니?"

어머니는 그때 내가 했던 말을 믿고 있었다. 그때의 나는 선생님으로부터 반드시 답장이 올 거라고 장담했다. 하지만 아버지와 어머니가 바라는 답장이 오리라고는 그때의 나도 전혀 기대하지 않았다. 나는 의도적으로 어머니를 속인 것이나 다름없었다.

"다시 한번 편지를 보내보렴." 어머니가 말했다.

어머니의 마음을 편하게 하는 일이라면 도움이 되지도 않을 편지 몇 통쯤 쓰는 수고를 마다할 이유가 없었다. 하지만 이런 용건으로 선생님을 들볶는 것이 고통스러웠다. 나는 아버지에게 야단을 맞는 것보다, 어머니의 기분을 상하게 하는 것보다 선생님에게 경멸당하는 것이 훨씬 더 두려웠다. 내 의뢰에 대해 지금까지 답장을 보내지 않은 것도 어쩌면 나를 경멸해서가 아닐까 하는 의심도 들었다.

"편지를 쓰는 건 간단하지만 이런 일은 편지 같은 걸로 해결되지 않아요. 아무래도 도쿄로 가서 직접 부탁하고 돌아다녀야 할 거예요."

"하지만 아버지가 저런 상태라 네가 언제 도쿄로 갈 수 있을지 모르잖니?"

"지금 가겠다는 게 아니에요. 나으실지 어떨지 확실해질 때까지는 여기에 있을 생각이니까요."

"그야 당연하지. 당장 어떻게 될지도 모르는 사람을 내버려두고 누가 멋대로 도쿄로 갈 수 있겠니?"

나는 처음에 속으로 아무것도 모르는 어머니를 가엾게 여겼다. 하지만 어머니가 이렇게 어수선할 때 왜 이런 문제를 꺼내는지 이해할 수 없었다. 내가 아버지의 병을 뒷전에 두고 조용히 앉아 있거나 책을 보거나 할 여유가 있는 것처럼 어머니도 눈앞의 병자를 잊고 다른 일을 생각할 만큼 마음에 여유가 있는 걸까 하고 의심했다. 그때 "실은 말이야" 하고 어머니가 말을 꺼냈다.

"실은 아버지가 살아 계실 때 네 일자리가 정해지면 얼마나 안심하실까 해서 말이야. 이런 상황이면 아무래도 어려울지 모르겠지만, 그래도 아직 저렇게 말도 잘하시고 정신도 또렷하니까, 저러다가 돌아가시기 전에 기쁘게 해드릴 수 있게 효도를 해야지."

딱하게도 나는 효도를 할 수 없는 처지였다. 나는 끝내 선생님에게 한 줄의 편지도 쓰지 않았다.

12

형이 도착했을 때 아버지는 누워서 신문을 읽고 있었다. 평소 아버지는 다른 일은 제쳐두고라도 신문만은 꼭 보는 습관이 있었다. 그런데 자리에 눕고부터는 무료해서인지 더욱 읽고 싶어 했다. 어머니도 나도 굳이 반대하지 않고 가능한 한 병자의 생각대로 하게 내버려두었다.

"이런 기력이라면 괜찮아요. 많이 안 좋을 거라 생각하고 왔는데 아주 좋은 것 같은데요."

형은 이런 말을 하면서 아버지와 이야기를 나누었다. 지나치게 활기찬 어조가 내게는 오히려 부자연스럽게 들렸다. 그래도 아버지 앞을 떠나 나와 마주 앉았을 때는 오히려 침울해했다.

"신문 같은 걸 읽게 해서는 안 되는 거 아니냐?"

"나도 그렇게 생각하지만 읽지 않으면 안 된다고 하시니 어쩔 수 없잖아요."

형은 내 설명을 묵묵히 듣고만 있었다. 얼마 후 "잘 알아들으시나?" 하고 말했다. 형은 아버지의 이해력이 병 때문에 평소보다 상당히 떨어졌다고 여긴 모양이었다.

"그건 멀쩡해요. 아까 20분쯤 머리맡에 앉아 이러저런 이야기를 해봤는데 이상한 점은 전혀 없었어요. 저 상태라면 어쩌면 오래 버티실지도 몰라요."

형과 전후하여 도착한 매제의 의견은 우리보다 훨씬 낙관적이었다. 아버지는 그에게 여동생에 대해 이것저것 물어보았다. "몸이 몸이니만큼 함부로 기차를 타서 흔들리지 않게 하는 게 좋아. 무리해서 문병을 오면 오히려 내가 더 걱정되니까"라고 말했다. "뭐 이제 곧 나으면 갓 난애 얼굴이라도 보러 오랜만에 내가 갈 테니까 괜찮다"라고도 했다.

노기 대장[10]이 죽었을 때도 아버지는 신문을 보고 제일 먼저 알았다. "큰일이구나, 큰일이야" 하고 말했다.

아무것도 모르는 우리는 갑작스러운 말에 깜짝 놀랐다.

"그때는 드디어 머리가 이상해진 건가, 하고 섬뜩하더라." 나중에 형이 내게 말했다. "실은 저도 놀랐습니다." 매제도 동감이라는 듯한 말투였다.

그 무렵 신문은 사실 시골 사람들이 날마다 기다릴 만한 기사로 가득했다. 나는 아버지 머리맡에 앉아 꼼꼼하게 읽었다. 읽을 시간이 없을 때는 슬쩍 내 방으로 가져와 빠짐없이 훑어보았다. 나는 군복을 입은 노기 대장과 궁녀 같은 차림을 한 부인의 모습[11]을 오랫동안 잊을 수가 없었다.

비통한 바람이 시골 구석진 곳까지 불어와 졸린 듯한 나무와 풀을 한창 뒤흔들고 있을 때 나는 돌연 선생님으로부터 전보 한 통을 받았다. 양복 입은 사람만 봐도 개가 짖는 곳에서는 전보 한 통조차 대사건이었다. 전보를 받아 든 어머니는 역시 놀란 표정으로 일부러 나를

---

10 육군 대장 노기 마레스케(乃木希典, 1849~1912)를 말한다. 세이난(西南) 전쟁, 청일전쟁, 러일전쟁에 출진했다. 세이난 전쟁에서는 적인 반란군에게 군기를 빼앗겼다. 러일전쟁에서는 제3군 사령관으로서 여순 공략전을 지휘하여 다수의 사상자를 내면서도 함락시켜 유명해졌다. 1912년 메이지 천황의 장례식 날 아내 시즈코(静子)와 함께 순사했다. 소세키는 강연 「모방과 독립」에서 그 죽음은 "지성(至性)에서 나온 것"이라고 말했다.

11 노기 대장과 그의 아내 시즈코는 순사하기 전에 사진을 찍었다. 당시 신문에도 실렸는데 노기는 군복, 시즈코는 기모노 차림이었다. 아울러 소세키와 달리 아쿠타가와 류노스케(芥川龍之介)는 단편 「장군(將軍)」에서 N 장군의 지성에 심취한 군인과 이 사진 에피소드를 비판적으로 말하는 그의 아들을 그렸다.

사람이 없는 곳으로 불렀다.

"무슨 일이냐?" 하며 내가 봉투를 뜯기를 옆에서 기다렸다.

전보에는 잠깐 만났으면 하는데 올 수 있겠느냐고 간단히 쓰여 있었다. 나는 고개를 갸우뚱했다.

"아마 부탁해둔 일자리 문제일 거야." 어머니가 추단했다.

나도 어쩌면 그럴지 모르겠다고 생각했다. 하지만 그런 것치고는 좀 이상하다는 생각도 들었다. 아무튼 형이나 매제까지 불러들인 내가 병자를 두고 도쿄로 갈 수는 없었다. 나는 어머니와 의논하여 갈 수 없다는 전보를 치기로 했다. 가능한 한 간략한 말로 아버지의 병이 매우 깊어지고 있다는 내용도 덧붙였지만 그래도 마음이 개운치 않아 자세한 사정을 편지로 써서 그날 중에 부쳤다. 부탁해둔 일자리 문제일 거라고만 철석같이 믿었던 어머니는 "정말 운이 안 좋을 때는 어쩔 수가 없나 보구나" 하며 아쉬워하는 표정을 지었다.

13

내가 쓴 편지는 꽤 길었다. 어머니도 나도 이번에야말로 선생님이 무슨 말인가 해올 거라고 생각했다. 그런데 편지를 보내고 이틀 후에 다시 전보가 왔다. 거기에는 오지 않아도 된다는 문구밖에 없었다. 나는 그걸 어머니에게 보여주었다.

"아마 편지로 뭐라고 쓸 모양이지."

어머니는 어디까지나 선생님이 나를 위해 일자리를 소개해줄 것이라고만 이해하고 있는 모양이었다. 나도 어쩌면 그럴지도 모른다고 생각했지만 평소의 선생님을 생각하면 아무래도 이상한 일이었다. '선생님이 일자리를 알아봐준다'는 건 있을 수 없는 일처럼 보였던 것이다.

"아무튼 제 편지는 아직 그쪽에 도착하지 않았을 테니 이 전보는 그전에 부친 게 틀림없어요."

나는 어머니에게 지극히 당연한 말을 했다. 어머니는 다시 그럴듯하다는 듯이 "그렇구나" 하고만 대답했다. 내 편지를 읽기 전에 선생님이 이 전보를 쳤다는 것이 선생님의 의중을 살피는 데 아무런 도움이 안 된다는 것이 뻔한데도.

그날 마침 주치의가 읍내에서 원장을 데리고 올 예정이라 어머니와 나는 더 이상 그 일에 대해 이야기할 기회가 없었다. 두 의사는 아버지를 살펴본 후 관장을 하고 돌아갔다.

아버지는 의사로부터 편한 자세로 누워만 있으라는 말을 들은 후 대소변도 누운 채 다른 사람의 손을 빌려 처리하고 있었다. 깔끔한 성격의 아버지는 처음엔 몹시 싫어했지만 몸이 말을 듣지 않자 어쩔 수 없다고 생각한 모양인지 마지못해 누워서 일을 보았다. 병세의 정도에 따라 머리도 점점 둔해지는지 날이 갈수록 그토록 싫어하던 배변도 개의치 않게 되었다. 가끔은 이불이나 요 위에 까는 천을 더럽혀 곁에 있는 사람이 눈살을 찌푸리는데도 본인은 오히려 태연했다. 하긴 병의 성격상 오줌의 양은 아주 적었다. 의사는 그것을 걱정했다. 식욕도 점차 떨어졌다. 가끔 뭔가를 먹고 싶어 해도 혀가 원할 뿐 목구멍으로는 아주 소량밖에 넘기지 못했다. 좋아하는 신문도 손에 들 기력이 없어졌다. 베개 옆에 있는 노안경은 항상 검정 안경집에 들어 있는 채였다. 어렸을 때부터 사이가 좋았으며 지금은 4킬로미터쯤 떨어진 데서 사는 사쿠 씨라는 사람이 문병을 왔을 때 아버지는 "어, 사쿠, 자넨가?"하며 흐리멍덩한 눈을 사쿠 씨에게 돌렸다.

"사쿠, 잘 왔네. 자넨 건강해서 부러우이. 난 이제 틀렸네."

"그런 말 말게. 자네는 아들 둘이 다 대학을 졸업했고, 병이 좀 들었다고는 해도 나무랄 데가 없잖은가. 날 좀 보게. 마누라는 먼저 갔고 자식도 없이 그냥 이렇게 살아 있을 뿐이네. 몸이 건강해봤자 아무 낙도 없잖은가."

관장을 한 것은 사쿠 씨가 오고 이삼일 후의 일이었다. 아버지는 의사 덕분에 아주 편해졌다며 좋아했다. 조금은 자신의 수명에 대해 두려워하지 않는 마음이 생긴 모양인지 기분이 좋아 보였다. 옆에 있는 어머니는 거기에 이끌린 건지 병자의 기력을 북돋우기 위해서인지 선생님으로부터 전보가 온 일을 마치 아버지가 바라는 대로 도쿄에 내 일자리가 생긴 것처럼 이야기했다. 옆에 있는 나는 불편한 마음이 들었지만 어머니의 말을 가로막을 수도 없어서 잠자코 듣고만 있었다. 병자는 무척 좋아하는 얼굴이었다.

"그것 참 잘됐네요." 매제도 말했다.

"어떤 일자리인지는 아직 모르는 거야?" 형이 물었다.

나는 이제 와서 그걸 부정할 용기가 없었다. 나도 뭐가 뭔지 영문을 알 수 없는 애매한 대답을 하고 일부러 자리를 떠났다.

14

아버지의 병은 마지막 일격을 기다리기 직전까지 진행되었고, 거기서 잠시 주춤하는 것처럼 보였다. 식구들은 운명의 선고가 오늘 내려지려나, 내일 내려지려나 하는 마음으로 매일 밤 잠자리에 들었다.

아버지는 곁에 있는 사람들이 지켜보기 괴로울 만큼 고통스러워하지는 않았다. 그런 점에서 간병은 오히려 편했다. 만일의 경우를 대비해 한 사람씩 교대로 깨어 있었지만 나머지 사람들은 적당한 시간에 각자 잠자리에 들어도 상관없었다. 어쩌다 잠들지 못하고 있을 때 병자의 신음소리를 어렴풋이 들은 것 같은 착각에 나는 한밤중에 잠자리를 빠져나와 혹시나 하는 마음에 아버지 머리맡까지 가본 일이 있었다. 그날 밤은 어머니가 깨어 있을 차례였다. 하지만 어머니는 아버지 옆에서 팔베개를 하고 잠들어 있었다. 아버지도 살며시 깊은 잠의 세계에 놓인 사람처럼 조용했다. 나는 발소리를 죽여 다시 잠자리로 돌아왔다.

나는 형과 함께 모기장 안에서 잤다. 매제만은 손님 대접을 받아서인지 따로 떨어진 방에서 잤다.

"세키 씨도 안됐어. 저렇게 며칠씩이나 붙잡혀 돌아가지도 못하니 말이야."

세키는 매제의 성이다.

"하지만 그렇게 바쁘지 않으니까 저렇게 여기서 묵는 거겠죠. 세키 씨보다 형이 더 곤란하잖아요, 이렇게 길어지면."

"곤란하더라도 어쩔 수 없지 뭐. 다른 일하고는 다르니까 말이야."

형과 이부자리를 나란히 하고 누운 나는 이런 이야기를 했다. 형의 머리에도, 내 가슴에도 아버지는 어차피 가망이 없다는 생각이 있었다. 어차피 가망이 없는 거라면, 하는 생각도 있었다. 우리는 자식으로서 아버지가 죽는 것을 기다리고 있는 것 같았다. 하지만 자식인 우리는 그걸 말로 표현하기를 꺼렸다. 그리고 서로 어떤 생각을 하는지 잘 알고 있었다.

"아버지는 아직 나을 수 있을 거라고 생각하시는 것 같더라." 형이 내게 말했다.

실제로 형이 말한 것처럼 보이는 구석도 있었다. 근처에 사는 사람이 문병을 오면 아버지는 반드시 만나겠다며 고집을 부렸다. 만나면 반드시 내 졸업 축하 잔치에 부를 수 없게 된 것을 아쉬워했다. 그 대신 내 병이 나으면, 하는 말도 때때로 덧붙였다.

"네 졸업 축하 잔치는 그만두게 되어 정말 다행이야. 나 때는 아주 난감했거든" 하고 형이 내 기억을 들쑤셨다. 나는 알코올에 부추겨진 그때의 난잡한 꼴을 떠올리고 쓴웃음을 지었다. 먹을 것과 마실 것을 강권하며 다니던 아버지의 태도도 씁쓸하게 떠올랐다.

우리는 그다지 사이좋은 형제가 아니었다. 어렸을 때는 툭하면 싸웠고 나이가 어린 내가 늘 울었다. 학교에 들어가고 나서 전공을 달리 택한 것도 전적으로 성격 차이에서 비롯되었다. 대학에 다닐 때의 나는, 특히 선생님과 친하게 지내던 나는 멀리서 형을 바라보며 늘 동물적이라고 생각했다. 오랫동안 형을 만나지 못했고 또 멀리 떨어져 있었기 때문에 시간으로 보나 거리로 보나 형은 늘 나와 가깝지 않았던 것이다. 그래도 오랜만에 만나면 자연스럽게 어딘가에서 형제의 다정한 마음이 솟아났다. 상황이 상황인 것도 큰 원인이었다. 두 사람에게 공통된 아버지, 그 아버지가 돌아가시려는 머리맡에서 형과 나는 손을 맞잡은 것이다.

"넌 앞으로 어떻게 할 거야?" 형이 물었다. 나는 또 형에게 전혀 다른 방향의 질문을 던졌다.

"우리 집 재산은 대체 어떻게 될까요?"

"난 모르지. 아버지는 아직 아무 말씀도 안 하시니까. 하지만 재산이 있다고 해봐야 돈으로 따지면 뻔하겠지 뭐."

어머니는 또 어머니대로 선생님의 답장이 오기를 기다리며 걱정했다.

"아직 편지 안 왔니?" 하며 어머니는 나를 들볶았다.

15

"선생님, 선생님, 하는데 대체 누구를 말하는 거냐?" 형이 물었다.

"저번에 말했잖아요." 내가 대답했다. 나는 자기가 질문을 했으면서 설명을 해주면 금세 잊어버리는 형에게 불쾌감이 들었다.

"듣긴 한 것 같은데."

형은 결국 들었어도 잘 모르겠다는 것이었다. 내가 보기에 억지로 선생님을 형에게 이해시킬 필요는 전혀 없었다. 하지만 화가 났다. 또 예의 그 형다운 점이 나온 거라고 생각했다.

선생님, 선생님, 하며 내가 존경하는 이상 그 사람은 반드시 저명인사여야 한다고 형은 생각했다. 적어도 대학교수 정도일 거라고 짐작하고 있었다. 이름도 없는 사람, 아무 일도 하지 않는 사람이 무슨 가치가 있겠는가. 이런 점에서 형은 아버지와 생각이 같았다. 하지만 아버지가 선생님은 아무것도 할 수 없으니 놀고 있는 거라고 속단하는 데 비해 형은 뭔가 할 수 있는 능력이 있는데도 빈둥거리는 것은 변변치 않은 사람이어서 그렇다는 식이었다.

"에고이스트는 안 좋아. 아무 일도 하지 않고 살려는 것은 뻔뻔한 생각이니까 말이야. 자기가 갖고 있는 재능을 최대한 발휘하지 않는 건 잘못이지."

나는 형에게 자신이 쓰고 있는 에고이스트라는 말의 의미를 제대로 알고나 있느냐고 되묻고 싶었다.

"그래도 그 사람 덕분에 일자리가 생긴다면 그건 다행스러운 일이지. 아버지도 기뻐하시는 것 같으니까."

형은 나중에 이런 말을 했다. 선생님으로부터 분명한 편지가 오지 않는 이상 나는 그렇게 믿을 수도 없었고 또 그렇다고 말할 용기도 없었다. 어머니가 지레짐작으로 모두에게 그렇게 말해버린 지금으로서는 갑자기 그 이야기를 부정할 수도 없는 노릇이었다. 나는 어머니의 성화가 아니더라도 선생님의 편지를 기다렸다. 그리고 그 편지에 부디 모두가 생각하고 있는 일자리 이야기가 쓰여 있기를 빌었다. 나는 죽을 지경에 이른 아버지 앞에서, 그런 아버지를 얼마간이라도 안심시켜주기를 바라고 있는 어머니 앞에서, 일하지 않으면 사람이 아니라는 식으로 말하는 형 앞에서, 그 밖에 매제며 큰아버지며 큰어머니 앞에서, 내가 전혀 개의치 않는 일에 신경을 써야 했다.

아버지가 누렇고 이상한 것을 토했을 때 나는 예전에 선생님과 사모님이 말한 위험성을 떠올렸다. "저렇게 오랫동안 누워만 있으니 위가 나빠질 만도 하지"라고 말한 어머니의 얼굴을 보았고, 아무것도 모르는 어머니 앞에서 눈물을 머금었다.

형과 내가 거실에서 만났을 때 형은 "들었어?" 하고 말했다. 의사가 돌아갈 때 형에게 했던 말을 들었느냐는 의미였다. 나는 설명을 듣지 않아도 그 의미를 잘 알고 있었다.

"너, 여기로 돌아와서 집안일을 관리할 생각은 없냐?" 하며 형이 나를 돌아보았다. 나는 아무 대답도 하지 않았다.

"어머니 혼자서는 아무것도 못 하실 테니까." 형이 다시 말했다. 형은 나를 흙냄새나 맡으며 썩어가도 아깝지 않은 사람으로 여기고 있었다.

"책만 읽는 거라면 시골에서도 충분히 할 수 있고, 게다가 일자리를 구할 필요도 없으니까 딱 좋은 거 아냐?"

"형이 돌아오는 게 순리겠지요." 내가 말했다.

"나는 그럴 수 없지." 형은 일언지하에 거절했다. 형의 마음속은 앞으로 세상에서 일을 해나가려는 생각으로 가득 차 있었다.

"네가 싫다면 뭐 큰아버지한테라도 보살펴달라고 부탁하겠지만, 아무리 그래도 어머니를 누군가는 모셔야 할 거야."

"어머니가 이곳을 떠나려고 할지, 그것부터가 의문인데요."

형제는 아버지가 돌아가시기 전부터 그 후의 일에 대해 이런 이야기를 주고받았다.

16

아버지는 이따금 헛소리를 했다.

"노기 대장님께 죄송하구나. 정말 면목이 없어. 아니, 나도 곧 뒤를……"

이런 말을 종종 했다. 어머니는 어쩐지 무서운 느낌이 드는 모양이었다. 가능한 한 모두를 머리맡에 모아두고 싶어 했다. 정신이 또렷할 때는 몹시 쓸쓸해하는 병자에게도 그것이 희망인 듯 보였다. 특히 방 안을 둘러보고 어머니가 보이지 않으면 아버지는 반드시 "어머니는?" 하고 물었다. 묻지 않아도 눈이 그 말을 하고 있었다. 나는 자주 일어나 어머니를 부르러 갔다. "무슨 일이세요?" 하고 어머니가 하던 일을 놔두고 방으로 들어오면 아버지는 그저 어머니 얼굴을 바라볼 뿐 아무 말도 하지 않았다. 그런가 하면 아주 엉뚱한 이야기를 하기도 했다. 갑자기 "오미쓰, 당신한테는 여러 가지로 신세가 많았어" 하고 자상한 말을 건넬 때도 있었다. 어머니는 그런 말을 들으면 언제나 눈물을 지었다. 그런 다음에는 또 반드시 지금과 달리 건강했던 예전의 아버지를 떠올리는 것 같았다.

"저렇게 처량한 소리를 하지만, 그래도 예전에는 나한테 아주 심하셨단다."

어머니는 아버지에게 빗자루로 등짝을 얻어맞았을 때의 일 등을 이야기했다. 지금까지 몇 번이나 그 이야기를 들었지만 나와 형은 평소와는 전혀 다른 기분으로 어머니의 말을 아버지의 유품처럼 귀담아들었다.

아버지는 자신의 눈앞에 어스레하게 비치는 죽음의 그림자를 바라보면서도 아직 유언 같은 것을 하지 않았다.

"지금 뭔가 들어둘 필요가 있지 않을까?" 하며 형이 내 얼굴을 보았다.

"그렇겠지요." 내가 대답했다. 나는 우리가 먼저 그런 이야기를 꺼내는 것이 병자에게 좋은 점도 있고 나쁜 점도 있다고 생각했다. 우리 둘은 결정을 내리지 못하고 큰아버지에게 의논했다. 큰아버지도 고개를 갸웃했다.

"말하고 싶은 게 있는데 못 하고 죽는 것도 안타까울 거고, 그렇다고 재촉하는 것도 좋지는 않은 것 같고……."

이야기는 결국 흐지부지되고 말았다. 그러는 사이에 혼수상태에 빠졌다. 여느 때처럼 아무것도 모르는 어머니는 그저 잠든 것이라고만 생각하고 오히려 기뻐했다. "저렇게 편하게 주무시니까 곁에 있는 사람도 편하구나"하고 말했다.

아버지는 가끔 눈을 뜨고는 돌연 아무개는 어떻게 되었느냐고 물었다. 그 아무개는 늘 조금 전까지 거기에 앉아 있던 사람이었다. 아버지의 의식은 어두운 곳과 밝은 곳으로 되어 있고, 밝은 곳만이 어둠을 누비는 하얀 실처럼 일정한 거리를 두고 연속되는 것처럼 보였다. 어머니가 혼수상태를 보통의 수면과 혼동하는 것도 무리는 아니었다.

그러다가 점차 혀가 꼬였다. 무슨 말을 해도 말꼬리가 불분명하게 끝나기 때문에 요령부득인 경우가 많았다. 그런데도 말을 시작할 때는 위독한 병자라고는 생각되지 않을 만큼 힘찬 목소리를 냈다. 우리는 안 그래도 평소 이상으로 귓가에 입을 대고 큰 소리로 말해야 했다.

"머리를 차게 하면 기분이 좋으세요?"

"응."

나는 간호사와 함께 아버지의 물베개를 바꾸고 새로 얼음을 넣은 얼음주머니를 이마 위에 올렸다. 거칠게 깨져 뾰족한 얼음 파편이 주머니 안에서 자리를 잡는 동안 나는 아버지의 벗어진 이마 위쪽에서 그것을 부드럽게 누르고 있었다. 그때 형이 복도를 따라 들어와 말없이 우편물 하나를 내 손에 건넸다. 놓고 있는 왼손을 내밀어 우편물을 받은 나는 바로 미심쩍은 생각이 들었다.

우편물은 보통의 편지에 비해 훨씬 묵직했다. 일반적인 봉투에 들어 있지도 않았다. 또한 그런 봉투에 들어갈 만한 분량도 아니었다.

반지(半紙)로 싸고 봉한 곳을 정성껏 풀로 붙인 것이었다. 나는 형의 손에서 건네받았을 때 바로 등기라는 것을 알았다. 뒤집어보니 선생님의 이름이 조심스러운 글자로 쓰여 있었다. 일하던 손을 뗄 수 없었던 나는 곧장 봉투를 뜯어볼 수가 없어 잠깐 품에 넣어두었다.

17

　그날은 아버지 상태가 특히 안 좋아 보였다. 변소에 가려고 자리에서 일어난 내가 복도에서 형과 마주쳤을 때 형은 "어디 가?" 하고 보초병 같은 어투로 물었다.

　"아무래도 상태가 좀 이상하니까 되도록 옆에 있어야 해." 형이 주의를 주었다.

　나도 그렇게 생각했다. 품에 넣어둔 편지는 그대로 두고 다시 방으로 돌아갔다. 아버지는 눈을 뜨고 어머니에게 거기에 앉아 있는 사람의 이름을 물었다. 어머니가 저 사람은 누구, 이 사람은 누구라고 일일이 말해주자 아버지는 그때마다 고개를 끄덕였다. 고개를 끄덕이지 않을 때는 어머니가 큰 소리로 아무개 씨예요, 아시겠어요, 하고 확인했다.

　"여러 가지로 정말 신세 많았습니다."

　아버지는 이렇게 말했다. 그리고 다시 혼수상태에 빠졌다. 머리맡에 둘러앉은 사람들은 한동안 묵묵히 병자의 상태를 지켜보았다. 잠시 후 그중 한 사람이 일어나 옆방으로 갔다. 그러자 또 한 사람이 일어났다. 나도 결국 세 번째로 자리에서 일어나 내 방으로 갔다. 나에게는 조금 전에 품에 넣어둔 우편물을 뜯어보려는 목적이 있었다. 그것은 병자의 머리맡에서도 쉽게 할 수 있는 일이기는 했다. 하지만 편지의 분량이 너무 많아 거기서 단숨에 다 읽을 수가 없었다. 나는 특별히 시간을 내서 편지를 읽었다.

나는 섬유질의 질긴 겉봉을 할퀴듯이 뜯었다. 안에서 나온 것은 가로세로로 줄이 쳐진 칸 안에 단정히 쓰인 원고 같은 것이었다. 그리고 봉하기 편하도록 두 번 접혀 있었다. 접힌 서양 종이를 반대로 접어 읽기 쉽도록 반듯하게 폈다.

이 많은 종이와 잉크가 무엇을 말하는 걸까 싶어 나는 깜짝 놀랐다. 동시에 아버지가 마음에 걸렸다. 편지를 다 읽기 전에 아버지가 어떻게 되거나 적어도 형이나 어머니 아니면 큰아버지가 틀림없이 부르러 올 거라는 예감이 들었다. 차분히 선생님의 편지를 읽을 기분이 들지 않았다. 나는 안절부절못하면서 그냥 첫 페이지만 읽었다. 아래와 같이 적혀 있었다.

자네가 내 과거를 캐물었을 때 대답할 수 없었던 용기 없는 나는 지금 자네 앞에 그 과거를 분명히 이야기할 자유를 얻었다고 믿네. 하지만 그 자유는 자네의 상경을 기다리는 사이에 다시 잃고 말 세속적인 자유에 지나지 않지. 따라서 그 자유를 이용할 수 있을 때 이용하지 않으면 내 과거를 자네의 머리에 간접적인 경험으로서 가르쳐줄 기회를 영원히 잃게 될 것이네. 그러면 그때 그토록 굳게 약속한 말이 완전히 거짓말이 되고 말겠지. 그래서 나는 어쩔 수 없이 말로 해야 할 것을 펜으로 적기로 했다네.

나는 여기까지 읽고 비로소 이 장문의 편지가 무엇 때문에 쓰였는지 그 이유를 분명히 알 수 있었다. 내 일자리 같은 것을 염려하여 선생님이 편지를 보낼 마음이 없다는 것은 처음부터 알고 있었다. 하지만 펜을 드는 걸 싫어하는 선생님이 왜 그 사건을 이렇게 길게 써서 나에게 보여줄 생각이 든 것일까? 선생님은 왜 내가 상경할 때까지 기다릴 수 없었던 걸까?

'자유를 얻었으니 말하겠다. 하지만 그 자유는 다시 영원히 잃어야만 한다.'

나는 마음속으로 이렇게 되뇌며 그 의미를 알아내려고 애썼다. 나는 불현듯 불안에 휩싸였다. 이어서 그 뒤를 읽으려고 했다. 그때 아버지 방 쪽에서 형이 큰 소리로 나를 부르는 소리가 들렸다. 나는 다시 놀라 일어섰다. 복도를 뛰다시피 하여 모두가 있는 곳으로 갔다. 드디어 아버지의 마지막 순간이 온 거라고 직감했다.

18

방에는 어느새 의사가 와 있었다. 되도록 병자를 편하게 해주려는 뜻에서 다시 관장을 하는 참이었다. 간호사는 어젯밤의 피로를 풀기 위해 옆방에서 자고 있었다. 익숙지 않은 형은 선 채 허둥대고 있었다. 내 얼굴을 보더니 "좀 도와줘" 하고 자신은 자리에 앉았다. 나는 형 대신 기름종이를 아버지 엉덩이 밑에 댔다.

아버지는 다소 편안해진 것 같았다. 30분쯤 머리맡에 앉아 있던 의사는 관장한 결과를 확인하고 나서 또 오겠다며 돌아갔다. 돌아가면서 예기치 않은 일이 생기면 언제든지 부르라는 말을 잊지 않았다.

나는 당장이라도 무슨 일이 일어날 것 같은 방을 빠져나와 다시 선생님의 편지를 읽으려고 했다. 하지만 전혀 느긋한 마음으로 있을 수 없었다. 책상 앞에 앉자마자 또 형이 큰 소리로 부를 것만 같았다. 그리고 이번에 부르면 그게 마지막일 거라는 두려움에 손이 떨렸다. 나는 선생님의 편지를 그저 무의미하게 페이지만 넘겼다. 내 눈은 꼼꼼하게 칸을 채우고 있는 자획을 보았다. 하지만 그것을 읽을 여유는 없었다. 대충 훑어볼 여유조차 없었다. 맨 끝 페이지까지 차례로 넘겨보고 다시 원래대로 접어 책상 위에 놓으려고 했다. 그때 문득 거의 마지막 부분의 한 구절이 눈에 들어왔다.

이 편지가 자네 손에 닿을 무렵이면 나는 이미 이 세상에 없을 걸세. 진작 죽었겠지.

나는 덜컥했다. 지금까지 술렁이던 가슴이 한꺼번에 얼어붙는 것 같았다. 다시 페이지를 뒤로 넘겼다. 그리고 한 장에 한 구절 정도씩 거꾸로 읽어갔다. 나는 눈 깜짝할 사이에, 내가 알아야 하는 것을 알기 위해 어른거리는 글자를 눈으로 꿰뚫으려고 했다. 그때 내가 알려고 한 것은 그저 선생님의 안부뿐이었다. 선생님의 과거, 예전에 선생님이 내게 이야기해주겠다고 약속한 어스레한 과거 같은 것은 전혀 필요하지 않았다. 나는 페이지를 거꾸로 넘기면서 내게 필요한 정보를 쉽게 주지 않는 이 장문의 편지를 초조한 마음으로 접었다.

나는 다시 아버지의 상태를 보러 방문 앞까지 갔다. 병자의 머리맡은 의외로 조용했다. 미덥지 못하게 지친 얼굴로 앉아 있는 어머니를 손짓으로 불러내 "좀 어떠세요?" 하고 물었다. 어머니는 "지금은 웬만

한 모양이다" 하고 대답했다. 나는 아버지의 눈앞으로 얼굴을 들이밀고 "어떠세요? 관장을 해서 기분이 좀 나아지셨어요?" 하고 물었다. 아버지는 고개를 끄덕였다. 아버지는 또렷하게 "고맙구나" 하고 말했다. 아버지의 정신은 의외로 흐릿하지 않았다.

나는 다시 방에서 나와 내 방으로 돌아갔다. 방에서 시계를 보며 기차 발착표를 들여다보았다. 나는 벌떡 일어나 띠를 고쳐 매고 소매에 선생님의 편지를 넣었다. 그러고 나서 뒷문으로 나갔다. 나는 정신없이 의사의 집으로 달려갔다. 의사에게 아버지가 앞으로 이삼일은 견디실지 어떨지 확실히 물어보려고 했다. 주사를 놓든 뭘 하든 연명하게 해달라고 부탁하려고 했다. 하필이면 의사는 나가고 없었다. 나는 의사가 돌아올 때까지 가만히 기다리고 있을 시간이 없었다. 마음이 진정되지 않았다. 곧 인력거를 타고 서둘러 역으로 갔다.

역의 벽에 종이를 대고 연필로 어머니와 형에게 편지를 썼다. 편지는 아주 간단한 것이었지만 아무 말도 없이 가는 것보다는 나을 것 같아서 그걸 급히 집에 전해달라고 인력거꾼에게 부탁했다. 그리고 대담하게 도쿄행 기차에 오르고 말았다. 요란한 소리를 내며 달리는 삼등칸[12] 안에서 나는 다시 소매에서 편지를 꺼내 비로소 처음부터 끝까지 읽었다.

---

12 당시의 철도 차량에서 가장 운임이 싼 칸. 당시의 여객 운임은 일등, 이등, 삼등으로 구별되어 있었는데 일등은 삼등의 세 배, 이등은 삼등의 두 배였다. 대합실도 삼등칸 승객용이 따로 있었다. 소세키의 작품 중에서는 산시로가 히로타 선생을 "삼등칸에 타고 있는 걸로 보아 대단한 인물이 아니라는 건 분명하다"라고 추측하지만, 당시의 승객은 대부분 삼등칸을 이용했다.

하。선생님과 유서

1

……올여름 나는 자네한테서 두세 번 편지를 받았네. 도쿄에서 좋은 일자리를 얻고 싶으니 잘 부탁한다고 쓰여 있었던 것은 아마 두 번째 편지였던 것으로 기억하네. 나는 그 편지를 읽었을 때 어떻게든 해주고 싶었네. 적어도 답장은 보내야 한다고 생각했지. 하지만 고백하건대 나는 자네가 부탁한 일을 위해 전혀 노력하지 않았네. 자네도 알다시피 교제 범위가 좁다기보다는 세상에서 외톨이로 살고 있다고 하는 편이 더 적절할 정도인 나로서는 감히 그런 노력을 할 여지가 전혀 없었거든. 하지만 그것이 문제는 아니었네. 솔직히 말하면 나는 자신을 어떻게 해야 좋을지 고민하고 있던 참이었지. 이대로 사람들 속에 남겨진 미라처럼 존재할 것인지, 아니면……, 그때의 나는 '아니면'이라는 말을 마음속으로 되풀이할 때마다 오싹했다네. 절벽 끝까지 달려가서는 갑자기 바닥이 보이지 않는 골짜기를 내려다본 사람처럼 말

이야. 나는 비겁했지. 그리고 수많은 비겁한 사람들과 마찬가지로 번민했네. 유감스럽지만 그때의 내게는 자네라는 사람이 거의 존재하지 않았다고 해도 과언이 아닐 거야. 한발 더 나아가 말하자면 자네의 일자리, 호구책 같은 것은 나에게 완전히 무의미했지. 아무래도 상관없는 일이었어. 그럴 상황이 아니었네. 나는 편지꽂이에 자네의 편지를 꽂아두고 여전히 팔짱을 끼고 생각에 잠겨 있었지. 집에 상당한 재산이 있는 사람이 졸업한 지 얼마나 되었다고 뭘 그렇게 고민하며 일자리, 일자리, 하면서 아등바등하는 걸까? 나는 오히려 씁쓸한 기분으로 멀리에 있는 자네에게 이런 일별을 던졌을 뿐이네. 나는 답장을 보내야 하는 자네에게 변명을 하기 위해 이런 걸 털어놓는 걸세. 자네를 화나게 하려고 일부러 무례한 말을 하는 건 아니라네. 내 진심은 뒷부분을 읽어보면 충분히 이해할 수 있을 거라고 믿으니까. 아무튼 어떻게든 답장을 보내야 했는데도 묵묵히 있었던 터라 나는 그렇게 태만했던 것을 자네에게 사죄하고 싶네.

그 후 나는 자네에게 전보를 쳤지. 사실대로 말하자면 그때 나는 자네를 좀 만나고 싶었네. 그리고 자네의 희망대로 내 과거를 자네에게 이야기하고 싶었지. 자네는 지금 당장은 도쿄로 올 수 없다는 뜻을 전보로 알려왔고 나는 실망해서 오랫동안 그 전보를 바라보았지. 자네도 전보만으로는 꺼림칙했는지 나중에 다시 장문의 편지를 보내주었기 때문에 자네가 도쿄로 올라올 수 없는 사정은 충분히 알 수 있었네. 내가 자네를 무례하다고 생각할 이유는 전혀 없어. 자네의 소중한 아버님이 병중이신데 그걸 나 몰라라 하고 어떻게 집을 비울 수 있겠나? 자네 아버님의 위중한 상황을 잊어버린 내 태도야말로 무례하기 짝이 없었지. ……사실 나는 그 전보를 칠 때 자네 아버님의 상황을 잊고 있었네. 자네가 도쿄에 있을 때는 어려운 병이니까 각별히 주의해야 한다고 그렇게 충고를 했으면서 말이야. 나는 이렇게 모순된 사람이라네. 어쩌면 내 뇌수보다는 내 과거가 나를 압박해서 이렇게 모순된 사람이 되었는지도 모르지. 나는 이런 점에서도 내 아집을 인정하네. 자네에게 용서를 구해야 하겠지.

자네의 편지, 자네에게서 온 마지막 편지를 읽었을 때 나는 내가 잘못했다고 생각했네. 그래서 그런 뜻을 담은 답장을 쓸까 하고 펜을 들었는데 한 줄도 쓰지 못하고 그만두었다네. 어차피 쓸 거라면 이 편지를 쓰고 싶었기 때문이고, 이 편지를 쓰기에는 아직 시기가 좀 일렀기 때문에 그만두었던 거지. 굳이 올 필요가 없다는 간단한 전보를 다시 친 것은 그 때문이었네.

2

그러고 나서 나는 이 편지를 쓰기 시작했네. 평소에 펜을 드는 일에 익숙지 않은 나는 사건이나 생각이 뜻대로 쓰이지 않아 무척 고통스러웠네. 까딱하면 자네에게 해야 할 의무를 내팽개칠 뻔했지. 하지만 그만둘까 싶어 펜을 놓아도 소용없었네. 한 시간도 지나지 않아 다시 쓰고 싶어졌지. 자네가 보기에는 이게 의무 수행을 중시하는 내 성격처럼 여겨질지도 모르겠군. 나도 그건 부정하지 않네. 자네도 알다시피 나는 세상과 거의 관계를 맺지 않고 사는 고독한 사람이라 아무리 주위를 둘러봐도 의무라고 할 만한 것은 어디에도 없었거든. 일부러 그렇게 한 건지 자연스럽게 그렇게 되었는지는 모르겠지만 나는 그런 의무를 가능한 한 줄여가며 생활해왔지. 하지만 내가 의무에 냉담해서 그렇게 된 건 아니네. 오히려 지나치게 예민해서 자극을 견딜 만한 힘이 없었기 때문에 자네도 알다시피 소극적인 세월을 보내게 된 거지. 그래서 일단 약속을 한 이상 그것을 지키지 않으면 마음이 무척 불편하다네. 나는 자네에게 이런 불편한 마음을 갖지 않기 위해서라도 다시 펜을 들어야 했지.

더군다나 나는 쓰고 싶네. 의무는 별도로 하고 내 과거를 쓰고 싶어. 내 과거는 나만의 경험이나 나만의 소유라고 해도 별 지장이 없을 거야. 그걸 남에게 주지 않고 죽는 것이 아깝다고 할지도 모르지. 나도 약간 그런 생각이 들어. 다만 받아들일 수 없는 사람에게 줄 바에는 차라리 내 경험을 내 생명과 함께 묻어버리는 것이 낫다고 생각하네. 실제로 여기에 자네라는 한 남자가 존재하지 않았다면 내 과거는 어디까지나 내 과거일 뿐 간접적으로라도 타인의 지식이 되지 않고 끝났겠지. 나는 수천만 명이나 되는 일본인 중에 오직 자네에게만 내 과거를 이야기하고 싶네. 자네는 진실하니까. 자네는 진실하게 인생 자체에서 살아 있는 교훈을 얻고 싶다고 했으니까.

나는 어두운 인간 세상의 모습을 기탄없이 자네에게 보여주겠네. 하지만 두려워해서는 안 되네. 어두운 것을 가만히 응시하고 그 안에서 자네에게 참고가 될 만한 것을 붙잡게. 내가 어둡다고 한 것은 물론 윤리적으로 어둡다는 것이야. 나는 윤리적으로 태어난 사람이고 또 윤리적으로 성장한 사람이네. 윤리 의식은 지금의 젊은 사람과 상당히 다른 부분이 있을지도 모르지. 하지만 어떻게 다르든 내 자신의 것이네. 급한 대로 빌린 옷 같은 건 아니야. 그러므로 앞으로 성장하려는 자네에게는 얼마간 참고가 될 거라고 생각하네.

자네가 현대의 사상 문제에 대해 나에게 자주 의견을 물었던 걸 기억할 거네. 그 문제에 대한 내 태도도 잘 알고 있겠지. 나는 자네의 의견을 경멸까지는 하지 않았지만 결코 존중할 수가 없었어. 자네의 생각에는 아무런 배경도 없었고, 자네는 자신의 과거를 갖기에는 너무 젊었기 때문이지. 나는 때때로 웃었어. 자네는 이따금 어딘가 불만스러운 표정을 보여주었지. 그러다가 결국 내 과거를 두루마리 그림처럼 자네 앞에 펼쳐 보이라고 졸라댔어. 나는 그제야 속으로 자네를 존중했네. 자네가 멋대로 내 마음속에서 살아 있는 뭔가를 붙잡으려는 결심을 보여주었기 때문이지. 내 심장을 가르고 따뜻하게 흐르는 피를 마시려고 했기 때문이네. 그때 나는 아직 살아 있었어. 죽는 것이 싫었지. 그래서 훗날을 기약하고 자네의 요구를 물리쳤어. 나는 지금 스스로 자신의 심장을 가르고 그 피를 자네의 얼굴에 끼얹으려고 하네. 내 심장의 고동이 멈췄을 때 자네의 가슴에 새로운 생명이 깃들 수 있다면 그것으로 족하다네.

3

내가 부모님을 여읜 것은 채 스무 살도 되지 않을 때였네. 언젠가 아내가 자네에게 이야기한 것으로 기억하네만, 두 분은 같은 병으로 세상을 떠났지. 그것도 아내가 자네에게 의심을 품게 한 것처럼, 거의 동시라고 해도 좋을 정도로 연달아 돌아가셨어. 사실 아버지의 병은 장티푸스라는 무서운 병이었네. 그 병이 옆에서 간호하던 어머니에게 전염된 거지.

나는 두 분 사이에 태어난 외아들이었네. 집에는 상당한 재산이 있어서 오히려 여유롭게 자랐지. 나는 자신의 과거를 돌아보고 그때 부모님이 돌아가시지 않았다면, 적어도 아버지나 어머니 한 분이라도 살아 계셨다면 나는 그렇게 여유로운 마음을 지금까지도 갖고 있었을 거라고 생각하네.

두 분이 돌아가신 후 나는 망연히 남겨졌네. 지식도 없고 경험도 없고 분별력도 없었지. 아버지가 돌아가실 때 어머니는 곁을 지킬 수 없었네. 어머니가 돌아가실 때 어머니에게는 아버지가 돌아가셨다는 사실조차 알리지 않았다더군. 어머니가 그 사실을 알고 계셨는지, 아니면 옆에 있던 사람들이 말하는 것처럼 아버지가 사실 회복기에 접어들고 있다고 믿었는지 그건 알 수 없지. 어머니는 그저 숙부에게 모든 걸 맡기셨지. 어머니는 그 자리에 있던 나를 가리키며 "이 아이를 아무쪼록 잘 부탁해요" 하고 말했다네. 나는 전부터 부모님의 허락을 얻어 도쿄로 가기로 되어 있었기 때문에 어머니는 내친김에 그것까지 말할 생각인 것 같았지. 그래서 "도쿄로"라고만 덧붙였는데 숙부가 바로 그 말끝을 이어받아 "알겠습니다. 아무 걱정 마세요" 하고 대답했네. 어머니는 높은 열을 견딜 수 있는 체질이었는지, 숙부는 "아주 강한 분이야"라며 나에게 어머니를 칭찬하더군. 하지만 그것이 과연 어머니의 유언이었는지 지금 생각하면 잘 모르겠네. 물론 어머니는 아버지가 걸린 끔찍한 병명을 알고 있었지. 그리고 자신이 그 병에 전염되었다는 사실도 알고 있었네. 하지만 자신이 그 병으로 목숨을 잃을 거라는 것까지 믿고 있었는지, 거기에 대해서는 얼마든지 의심의 여지가 있을 거야. 게다가 열이 높을 때 나오는 어머니의 말은, 아무리 이치에 맞고 확실한 것이라고 해도 어머니의 머리에는 기억의 그림자조차 남기지 않는 일이 종종 있었다네. 그러니까…… 하지만 그런 건 문제가 아니었지. 다만 이런 식으로 어떤 일을 해명하거나 이리저리 돌려가며 바라보는 버릇은 그때부터 이미 확실히 갖고 있었어. 그것은 자네에게도 처음부터 알려두어야 한다고 생각하네. 하지만 그 실례로서는 당면 문제와 크게 관련이 없는 이런 이야기가 오히려 도움이 되지 않을까 싶어. 자네도 그런 마음으로 읽어주게. 이런 성격이 윤리적으로 개인의 행위나 동작에 영향을 미쳐 이후 나는 점점 타인의 도덕심을 의심하게 되었을 거라고 생각하네. 그런 성격이 내 번민과 고뇌에 적극적으로 큰 힘을 보탠 것은 분명하니 자네도 기억해두게.

이야기가 본론에서 벗어나면 이해하기 힘드니 다시 앞으로 돌아가겠네. 그래도 이 긴 편지를 쓰면서 나는 나와 같은 위치에 있는 다른 사람에 비하면 꽤 차분한 편이 아닌가 싶어. 세상이 잠들면 들려오던 전차 소리도 이제 다 그쳤네. 덧문 밖에서는 어느덧 처량한 벌레 소리가 이슬 맺힌 가을을 살며시 떠오르게 하는 가락으로 희미하게 들려오는군. 아무것도 모르는 아내는 옆방에서 천진난만하게 곤히 자고 있고, 내가 펜을 들면 한 자 한 획이 완성되면서 펜 끝에서 소리가 나네. 나는 오히려 차분한 심정으로 종이를 향하고 있지. 익숙지 않아서 펜이 칸 밖으로 벗어날 수는 있을지언정 머리가 혼란스러워 펜이 너저분하게 달리는 일은 없을 거라고 생각하네.

4

아무튼 홀로 남겨진 나는 어머니가 말한 대로 숙부를 의지하는 것

외에 다른 도리가 없었지. 숙부는 또 모든 걸 떠맡아 보살펴주었어. 그리고 내가 바라는 대로 도쿄에 갈 수 있도록 조처해주었네.

나는 도쿄로 와서 고등학교[1]에 들어갔지. 그때의 고등학생은 지금보다 훨씬 살벌하고 거칠었네. 내가 아는 사람 중에는 밤중에 직공과 싸우다가 게다로 상대의 머리에 상처를 입힌 학생도 있었어. 술을 마시고 한 일이라 정신없이 치고받다가 그만 교모를 빼앗기고 말았지. 그런데 그 모자 안쪽의 흰 마름모꼴 천에 떡하니 그 사람 이름이 적혀 있었다네. 그래서 일이 복잡하게 되었고, 하마터면 경찰이 학교에 그 학생을 조회할 뻔했지. 하지만 다른 친구가 여러 가지로 애를 써서 결국 일이 커지지 않도록 해주었네. 지금의 고상한 분위기에서 자란 자네에게 그런 난폭한 행위에 대해 이야기해주면 필시 어처구니없는 일이라고 하겠지. 나도 사실 어처구니없는 일이라고 생각하네. 하지만 그 대신 그들은 지금의 학생들에게 없는 일종의 순박함을 갖고 있었지. 당시 내가 숙부로부터 매달 받은 돈은 자네가 지금 자네 아버님으로부터 받는 학자금에 비하면 훨씬 적었네(물론 물가가 다르겠지만[2]). 그래도 나는 전혀 부족하다고 느끼지 않았어. 뿐만 아니라 많은 동급생 중에서 경제적인 면에서 결코 남을 부러워할 만큼 가련한 처지에 있지도 않았지. 지금 돌이켜보면 오히려 남들이 부러워하는 쪽이었을 거야. 왜냐하면 나는 매달 정해진 송금 외에 책값(나는 그때부터 책 사는 걸 좋아했네)과 그때그때 필요한 돈을 보내달라고 해서 내 마음대로 충

---

1 구제(舊制) 고등학교를 말한다. 고등학교령(1894년 및 1918년)에 근거하여 설치되었으며 1950년까지 존재했다. 교육 내용은 현재의 대학 교양 과정에 해당한다.
2 '선생님'과 '나'의 학창 시절은 그 사이에 러일전쟁(1904~1905)을 끼고 있어 물가가 많이 달랐다. 도쿄의 쌀 10킬로그램 가격은 1902년에 1엔 19전, 1912년에는 1엔 78전이었다.

분히 쓸 수 있었기 때문이지.

아무것도 모르는 나는 숙부를 믿었을 뿐 아니라 항상 감사하는 마음으로 숙부를 고마운 분이라며 존경하고 있었네. 숙부는 사업가였지. 현(縣) 의회 의원이 되기도 했어. 그런 관계에서겠지만 정당에도 연줄이 있었던 것으로 기억하네. 아버지의 친동생이지만 그런 점에서는 성격이 아버지와 전혀 다른 쪽으로 발달한 것 같아. 아버지는 조상에게 물려받은 유산을 소중히 지켜나가는 성실하기만 한 사람이었지. 차와 꽃을 즐기셨고 시집³을 읽는 것도 좋아했네. 서화나 골동품 같은 것에도 관심이 많았던 모양이야. 집은 시골에 있었지만 8킬로미터쯤 떨어진 시내에서 때때로 골동품상이 족자며 향로를 들고 와서 아버지에게 보여주었으니까. 그 시내에 숙부가 살고 있었지. 아버지는 한마디로 자산가라고 해도 좋을 거네. 비교적 고상한 취미를 가진 시골 신사였지. 그러니 성격 면에서 보면 활발했던 숙부와는 아주 달랐다네. 그런데도 두 사람은 묘하게 사이가 좋았어. 아버지는 자주 숙부를 평하길 자신보다 훨씬 능력 있는 믿음직한 사람이라고 했지. 자신처럼 부모로부터 재산을 물려받은 사람은 아무래도 타고난 능력이 무뎌진다, 즉 세상과 싸울 필요가 없으니 못쓰게 된다, 라고도 말했네. 이 말은 어머니도 들었지. 나도 들었네. 아버지는 오히려 내가 그런 마음가짐을 가졌으면 하는 생각에서 그 말을 한 것 같더군. "너도 잘 기억해두는 게 좋아"라고 말하며 아버지는 일부러 내 얼굴을 보았지. 그래서 나는 아직도 그 말을 잊지 않고 있네. 우리 아버지가 그토록 믿고 칭찬했던 숙부를 내가 어찌 의심할 수 있었겠나. 그렇지 않아도 나에게

---

3 한시집(漢詩集)을 말한다.

는 자랑스럽게 생각할 만한 숙부였네. 아버지와 어머니가 돌아가시고 모든 면에서 숙부의 보살핌을 받아야 하는 나에게는 단순한 자랑이 아니었지. 나라는 존재에 필요한 사람이 된 거네.

5

여름방학을 이용하여 내가 처음으로 고향에 돌아갔을 때 부모님이 돌아가시고 안 계신 우리 집에는 숙부 내외가 새로운 주인으로 들어와 살고 있었네. 이는 내가 도쿄로 떠나기 전부터 약속했던 일이지. 홀로 남겨진 내가 집에 없는 이상 그렇게라도 하는 것 외에 다른 도리가 없었으니까.

숙부는 그 무렵 시내에 있는 여러 회사와 관계를 하고 있었던 모양이네. 업무를 보기에는 지금까지 살던 집에 사는 것이 8킬로미터나 떨어진 우리 집으로 이사하는 것보다 훨씬 편하다며 웃더군. 이것은 부모님이 돌아가신 후 내가 집을 어떻게 처리하고 도쿄로 갈지를 의논할 때 숙부의 입에서 나온 말이네. 우리 집은 오랜 역사를 갖고 있어 근방의 사람들에게는 좀 알려져 있었거든. 자네 고향에서도 마찬가지겠지만, 시골에서는 유서 깊은 집을 상속인이 있는데도 부수거나 파는 것은 큰 사건이네. 지금의 나라면 그 정도 일쯤은 아무렇지 않게 생각하겠지만, 그 무렵에는 아직 어렸기 때문에 도쿄에는 가고 싶고 집은 그대로 두어야 하는 상황을 어떻게 처리해야 좋을지 무척 고심했지.

숙부는 어쩔 수 없이 비게 된 우리 집에 들어와 살기로 해주었네. 하지만 시내에 있는 집도 그대로 두고 양쪽을 왕래하는 편의를 인정해 주지 않으면 곤란하다고 했지. 물론 나는 이의가 있을 리 없었네. 어떤 조건이든 도쿄에 갈 수만 있으면 된다는 정도로만 생각했던 거지.

어린애 같은 나는 고향을 떠나도 아직 마음의 눈으로 고향의 집을 애틋하게 바라보고 있었네. 물론 아직 내가 돌아가야 할 집이 있다는 나그네의 심정으로 바라보고 있었지. 아무리 도쿄가 좋아서 올라온 나라고 해도 방학이 되면 돌아가야 한다는 생각은 굳게 갖고 있었어. 나는 열심히 공부하고 즐겁게 논 뒤에 방학에는 돌아갈 수 있는 고향 집을 자주 꿈속에서 보았지.

내가 없는 동안 숙부가 어떤 식으로 양쪽을 왕래했는지는 모르겠네. 내가 도착했을 때는 가족이 모두 한집에 모여 있었지. 학교에 다니는 아이들은 평소에 시내에 있었겠지만 방학을 맞아 시골에 놀러 오는 기분으로 와 있었네.

다들 내 얼굴을 보고 기뻐하더군. 나 역시 아버지와 어머니가 살아 계셨을 때보다 오히려 시끌벅적하고 쾌활해진 집안 분위기를 느끼고 기뻤지. 숙부는 원래 내 방이었던 곳을 점령하고 있던 장남을 내보내고 그 방을 내게 내주었네. 방이 많아서 나는 다른 방을 써도 괜찮다고 사양했지만 숙부는 네 집이니까, 하면서 듣지 않더군.

나는 이따금 돌아가신 아버지와 어머니를 떠올리는 것 외에 아무런 불편함도 없이 여름 한 철을 숙부 가족과 함께 지내고 다시 도쿄로 돌아왔지. 단 한 가지 그해 여름에 있었던 일 중 내 마음에 오히려 어두운 그림자를 던진 것은 숙부 내외가 입을 모아 이제 막 고등학교에 들어간 나에게 결혼을 권한 일이었네. 그 이야기는 연달아 서너 번이나 되풀이되었지. 처음에는 갑작스러움에 그저 놀랄 뿐이었네. 두 번째에는 분명히 거절했지. 세 번째에는 결국 그 이유를 묻지 않을 수 없었어. 그들의 생각은 간단했네. 얼른 아내를 얻고 이 집으로 돌아와 돌아가신 아버지의 뒤를 이으라는 것이었지. 집에는 방학 때 돌아오기만 하면 되는 거라고 나는 생각했네. 아버지의 뒤를 이어야 하고, 그러기 위해서는 아내가 필요하니 얻어야 한다는 것은 이치로 따지자면 아주 평범한 이야기로 들릴 거야. 특히 시골 사정을 잘 알고 있는 나로서는 충분히 이해할 수 있었지. 나도 절대 그걸 싫어할 까닭은 없었네. 하지만 공부하기 위해 이제 막 도쿄로 올라온 나에게는 그 일이 망원경을 거꾸로 들고 사물을 보는 것처럼 아주 멀리 보일 뿐이었지. 나는 숙부의 바람을 물리치고 결국 다시 집을 떠났네.

6

나는 혼담에 대해서는 그것으로 잊어버렸네. 내 주위에 있는 청년들의 얼굴을 보면 살림살이에 찌든 사람은 한 사람도 없었지. 다들 자유로웠네. 그리고 다들 독신처럼 보였지. 그렇게 홀가분해 보이는 사람 중에도, 속을 들여다보면 집안 사정 때문에 어쩔 수 없이 이미 아내를 맞이한 학생이 있었을지도 모르지만 어린애 같은 나는 그것을 알아챌 수 없었네. 그리고 그런 특별한 처지에 놓인 사람도 주위를 의식하여 가능한 한 학생과 거리가 먼 가정사를 이야기하지 않도록 조심했겠지. 나중에 생각해보니 나 자신이 이미 그런 축에 속했으면서 그런 사실조차 모른 채 그저 어린애처럼 즐겁게 학업을 계속해나갔던 거네.

학년이 끝나고 나는 다시 고리짝을 메고 부모의 묘가 있는 시골로 돌아갔네. 그리고 작년과 마찬가지로 부모님이 계셨던 우리 집에서 다시 숙부 내외와 사촌들의 변함없는 얼굴을 봤지. 나는 다시 거기서 고향 냄새를 맡았네. 그 냄새는 여전히 정겨웠지. 한 학년의 단조로움을 깨는 변화로서도 고마운 것임에 틀림없었네.

하지만 나를 키워낸 것이나 마찬가지인 냄새 속에서 다시 숙부는 내 코앞에 돌연 결혼 문제를 들이밀더군. 숙부의 말은 작년의 권유를 되풀이한 것이었네. 이유도 작년과 마찬가지였지. 다만 저번에 권유했을 때는 구체적인 대상이 있는 게 아니었는데 이번에는 떡하니 당사자까지 정해놓아서 나는 더욱 곤혹스러웠어. 그 당사자는 숙부의 딸, 즉 사촌누이였네. 그녀를 아내로 맞이하면 서로에게 좋다, 아버지도 생전에 그런 이야기를 했다, 라고 숙부가 말하더군. 나도 그렇게 하면 좋을 것 같았지. 아버지가 숙부에게 그런 이야기를 할 만하다고 생각했거든. 하지만 숙부에게 그 이야기를 듣고 나서야 그런 생각이 들었던 거지, 그 말을 듣기 전부터 깨닫고 있었던 것은 아니었네. 그래서 놀랐지. 놀라기는 했지만 숙부가 그렇게 바라는 것도 무리가 아니라는 것은 충분히 이해할 수 있었네. 내가 부주의했던 걸까? 어쩌면 그럴지도 모르겠지만, 아마 사촌누이한테 무관심했던 것이 주된 원인이었겠지. 나는 어렸을 때부터 시내에 있는 숙부 집에 자주 놀러 갔네. 그냥 가기만 한 게 아니라 늘 그 집에서 묵었지. 그리고 사촌누이와는 그때부터 친했다네. 자네도 알겠지, 형제간에 연애가 성립된 예가 없다는 것을. 나는 공인된 이 사실을 멋대로 덧붙이고 있을지도 모르지만, 늘 접하여 너무 친해진 남녀 사이에는 사랑에 필요한 자극이 일으키는 참신한 느낌이 사라진다고 생각하네. 향기를 맡을 수 있는 것은 향을 피우기 시작한 순간에 제한되는 것처럼, 술맛이 느껴지는 것은 술을 마시기 시작한 찰나인 것처럼, 사랑의 충동에도 그런 아슬아슬한 순간이 시간 위에 존재한다고 생각할 수밖에 없어. 일단 아무렇지 않게 그 순간을 지나치고 나면, 익숙해질수록 친밀감이 더해질 뿐 사랑의 신경은 점점 마비되어갈 뿐이지. 나는 아무리 생각해도 사촌누이를 아내로 맞이할 마음이 들지 않았네.

숙부는 만약 내가 원한다면 졸업할 때까지 결혼을 연기해도 좋다고 말하더군. 하지만 쇠뿔도 단김에 빼라는 속담도 있듯이 되도록 미루지 말고 당장 식만이라도 올리자는 말도 했네. 사촌누이를 원하지 않는 나에게는 어떻게 하든 마찬가지였지. 나는 다시 거절했네. 숙부는 언짢은 표정을 지었고 사촌누이는 울더군. 나에게 시집올 수 없어서 슬펐던 것이 아니야. 결혼 신청을 거절당한 것이 여자로서 쓰라렸기 때문이지. 내가 사촌누이를 사랑하지 않는 것처럼 사촌누이도 나를 사랑하지 않는다는 것을 나는 잘 알고 있었어. 나는 다시 도쿄로 올라왔네.

7

내가 세 번째로 귀향한 것은 그로부터 다시 1년이 지난 초여름이었네. 나는 늘 학기말 시험이 끝나기가 무섭게 도쿄를 떠났지. 그토록 고향이 그리웠기 때문이야. 자네에게도 그런 기억이 있을 거네. 태어난 곳은 공기의 색도 다르고 흙냄새도 각별하고 아버지와 어머니에 대한 기억도 짙게 떠돌고 있지. 1년 중 7, 8월 두 달을 마치 구멍 속에 들어간 뱀처럼 그곳에 파묻혀 꼼짝 않고 지내는 것은 무엇보다 따뜻하고 기분 좋은 일이었네.

단순한 나는 사촌누이와의 결혼 문제에 그다지 골머리를 앓을 필요가 없다고 생각했어. 싫은 건 거절하고, 거절만 하면 뒤에는 아무것도 남지 않는다고 믿고 있었거든. 그래서 내 의지를 꺾고 숙부가 바라는 대로 하지 않았으면서도 오히려 태연했지. 지난 1년 동안 그런 일에 신경 쓴 기억도 없었고, 그래서 여전히 활기차게 고향으로 돌아갔네.

그런데 돌아가서 보니 숙부의 태도가 다르더군. 전처럼 반가운 얼굴로 나를 자신의 품에 안으려고 하지 않았네. 그래도 느긋하게 자란 나는 돌아가서 사오일 동안은 그런 눈치도 못 채고 있었지. 하지만 우연한 기회에 문득 이상한 생각이 들더군. 묘한 것은 숙부만 그런 게 아니었다는 거네. 숙모도 이상했어. 사촌누이도 이상했고. 중학교를 졸업하고 도쿄의 고등상업학교[4]에 들어갈 생각이라며 편지로 그 학교에 대해 물어왔던 사촌동생까지 이상했네.

내 성격상 생각하지 않을 수 없었지. 왜 내 기분이 이렇게 달라졌을까? 아니, 왜 숙부네의 태도가 이렇게 변한 것일까? 돌아가신 부모님이 흐린 내 눈을 씻어주어 세상이 또렷이 보이도록 해준 게 아닐까, 하는 생각이 문득 들었네. 나는 부모님이 세상을 떠난 후에도 살아 계실 때와 마찬가지로 나를 사랑해주는 거라고 마음속 어딘가에서 믿고 있었던 거지. 물론 그 무렵에도 나는 결코 분별력이 부족하지 않았네. 하지만 조상으로부터 물려받은 미신 덩어리도 내 핏속에 강력하게 남아 있었지. 아마 지금도 남아 있을 거네.

---

4 간다 구 히토쓰바시초(현재의 지요다 구 히토쓰바시)에 있었다. 현 히토쓰바시 대학의 전신.

나는 혼자 산으로 가서 부모님 묘 앞에 무릎을 꿇었네. 반은 애도의 의미로, 반은 감사의 마음으로 무릎을 꿇은 거지. 그리고 내 미래의 행복이 아직도 이 차가운 돌 밑에 누워 있는 두 분의 손에 쥐어져 있기라도 한 듯한 심정으로 내 운명을 지켜달라고 빌었지. 자네는 비웃을지도 모르겠네. 비웃음을 당해도 어쩔 수 없다고 생각하네. 하지만 나는 그런 사람이었네.

내 세계는 손바닥을 뒤집듯이 싹 변했지. 하지만 그건 나에게 첫 경험은 아니었네. 내가 열예닐곱 살 때였을 거야. 처음으로 세상에 아름다운 것이 있다는 사실을 발견했을 때는 정말이지 깜짝 놀랐네. 몇 번이고 내 눈을 의심하여 눈을 비볐지. 그리고 마음속으로 아아, 아름답다, 하고 외쳤어. 열예닐곱 살이라고 하면 남자든 여자든 흔히 말하길 이성에 눈뜨는 시기네. 이성에 눈뜬 나는 처음으로 여자를 세상에 존재하는 아름다운 것의 대표자로서 볼 수 있었지. 지금까지 그 존재를 전혀 깨닫지 못했던 이성에게 맹인이었던 눈이 순식간에 뜨인 거야. 그 이후로 내 세계는 완전히 새로운 것이 되었네.

내가 숙부의 태도에 생각이 미친 것도 바로 이와 같은 것이겠지. 갑자기 생각이 미친 거였네. 아무런 예감도 준비도 없이 불쑥 찾아온 거지. 갑작스럽게 숙부와 그의 가족이 내 눈에 지금까지와는 전혀 다르게 비쳤던 거야. 나는 깜짝 놀랐지. 그리고 이대로 두었다가는 내 앞날이 어떻게 될지 모르겠다는 생각이 들더군.

8

나는 지금까지 숙부에게 맡겨둔 집의 재산을 상세하게 파악하지 않으면 돌아가신 부모님에게 죄송한 일이라는 생각이 들었네. 숙부는 바쁜 몸이라고 스스로 말하는 듯이 밤마다 같은 데서 묵지 않았지. 이틀을 집으로 돌아오면 사흘은 시내에서 지내는 식으로 양쪽을 오가며 그날그날을 불안한 얼굴로 지냈어. 그리고 바쁘다는 말을 입에 달고 살았지. 아무런 의심도 하지 않을 때는 나도 실제로 바쁜 모양이라고 생각했네. 그리고 바쁜 척하는 것이 이 시대의 유행인 거라며 빈정거리듯이 해석하고 있었지. 하지만 재산 문제로 시간을 들여 이야기해야 할 목적이 생긴 눈으로 그렇게 바쁜 척하는 모습을 보니 그건 단지 나를 피하는 구실로밖에 안 보이더군. 하지만 나는 쉽사리 숙부를 붙잡고 이야기할 기회를 얻지 못했지.

나는 숙부가 시내에 첩을 두고 있다는 소문을 들었네. 그 소문을 중학교 동창에게서 들었지. 숙부가 첩을 두는 것쯤은 조금도 이상할 게 없었지만 아버지가 살아 계시는 동안 그런 말을 들어본 적이 없는 나는 무척 놀랐네. 친구는 그 외에도 숙부에 대한 여러 가지 소문을 이야기해주더군. 한때 사업이 실패 직전까지 간 것으로 알려졌는데 최근 2, 3년 사이에 다시 살아났다는 것도 그중 하나였네. 그것도 내 의심을 강하게 한 것 중 하나였지.

나는 결국 숙부와 담판을 벌였네. 담판이라는 말이 다소 온당치 못한 표현일지도 모르지만, 이야기가 진행되는 과정에서 보면 자연히 그런 말로 표현할 수밖에 없는 상황으로 흘러갔지. 숙부는 끝까지 나를 어린애로 취급하려고 했네. 나는 또 처음부터 의심하는 눈으로 숙부를 대했지. 원만하게 해결될 리가 없었던 거야.

유감스럽게도 나는 지금 그 담판의 자초지종을 여기에 자세히 쓸 수도 없을 만큼 서두르고 있네. 사실을 말하자면 나는 그것 이상으로 좀 더 중요한 일을 앞두고 있지. 진작부터 내 펜이 그곳으로 달려가고 싶어 하는 것을 간신히 참고 있을 정도야. 자네를 만나 조용히 이야기할 기회를 영원히 잃어버린 나는 글을 쓰는 게 익숙하지 않을 뿐 아니라 소중한 시간을 아낀다는 의미에서 쓰고 싶은 것도 생략해야 하네.

자네는 아직 기억하고 있겠지. 내가 언젠가 자네에게 세상에는 타고난 악인이 있는 게 아니라고 했던 말을. 선인은 대부분 여차하는 순간 악인으로 돌변하기 때문에 방심해서는 안 된다고 했던 말을. 그때 자네는 나에게 흥분하고 있다고 주의를 주었지. 그리고 어떤 경우에 선인이 악인으로 돌변하느냐고 물었네. 내가 한마디로 돈이라고 말했을 때 자네는 불만스러운 표정을 지었지. 나는 자네의 불만스러운 얼굴을 똑똑히 기억하고 있어. 지금 자네 앞에 털어놓자면 나는 그때 숙부를 생각했다네. 평범한 사람이 돈을 보고 갑자기 악인이 되는 예로서, 세상에 신용할 만한 사람이 존재할 수 없는 예로서 나는 증오와 함께 숙부를 생각했던 거야. 사상의 세계로 깊이 들어가려는 자네에게는 내 대답이 좀 불만스러웠을지도 모르네. 진부했을지도 모르지. 하지만 나에게는 그게 살아 있는 대답이었네. 실제로 나는 그때 흥분하지 않았나. 나는 차가운 머리로 새로운 말을 하기보다 뜨거운 혀로 평범한 말을 하는 게 살아 있는 거라고 믿고 있거든. 피의 힘으로 몸이 움직이기 때문이지. 말이 공기에 파동을 전할 뿐 아니라 좀 더 강력한 것에 좀 더 강하게 작용할 수가 있기 때문이야.

9

한마디로 말하면 숙부는 내 재산을 빼돌렸네. 그 일은 내가 도쿄에 있던 3년간 아주 쉽게 이루어졌지. 모든 걸 숙부에게 맡기고 태평하게 있던 나는 상식적으로 말하면 진짜 바보였네. 상식 이상의 관점에서 본다면 어쩌면 순수하고 고결한 사람이었다고 할 수 있을까? 나는 그때의 나를 돌이켜보고 왜 좀 더 나쁜 사람으로 태어나지 않았을까 하는 생각에 너무 정직했던 내가 분해서 견딜 수가 없네. 하지만 어떻게든 태어난 그대로의 모습으로 돌아가 다시 한번 살아보고 싶은 마음도 든다네. 기억해주게, 자네가 아는 나는 먼지에 더럽혀진 후의 나라는 것을. 더럽혀진 햇수가 긴 사람을 선배라고 한다면 나는 분명히 자네보다는 선배겠지.

만약 내가 숙부의 바람대로 숙부의 딸과 결혼했다면 물질적으로 나에게 유리했을까? 그건 물어볼 것도 없는 일이라고 생각하네. 숙부는 책략으로 딸을 나에게 억지로 떠맡기려고 한 거야. 호의적으로 양가의 편의를 꾀한다기보다는 훨씬 야비한 이해관계에 사로잡혀 나에게 결혼 이야기를 들이댄 거지. 나는 사촌누이를 사랑하지 않았을 뿐 싫어한 것은 아니었는데 나중에 생각해보니 혼담을 거절한 것이 내게는 다소 유쾌한 일이었네. 어쨌든 속은 건 마찬가지지만 당한 쪽에서 보면 사촌누이를 아내로 맞이하지 않는 것이 상대의 생각대로 되지 않았다는 점에서 조금은 내 주장을 관철한 셈이니까. 하지만 그것은 거의 문제로 삼기에도 부족한 너무 사사로운 일이네. 특히 아무 관계도 없는 자네 눈에는 필시 어리석은 고집으로 보이겠지.

나와 숙부 사이에 다른 친척이 끼어들었네. 나는 그 친척도 전혀 신뢰하지 않았지. 신뢰하지 않았을뿐더러 오히려 적대시했어. 나는 숙부가 나를 속였다는 걸 깨달음과 동시에 다른 사람도 반드시 나를 속일 거라고 생각했네. 아버지가 그토록 칭찬했던 숙부마저 그런 식이니 다른 사람은 오죽하겠는가, 하는 것이 내 논리였지.

그래도 그들은 나를 위해 내 소유로 되어 있는 재산을 정리해주었네. 금액으로 따지면 내가 예상한 것보다 훨씬 적었지. 나로서는 잠자코 그걸 받거나 아니면 숙부를 상대로 소송을 하는 수밖에 없었네. 나는 분개했지. 그리고 망설였네. 소송을 하면 해결될 때까지 긴 시간이 걸린다는 것도 두려웠지. 나는 학업 중이라 학생으로서의 소중한 시간을 빼앗기는 게 무척 고통스러울 거라고도 생각했어. 생각 끝에 시내에 있는 중학교 때 친구에게 부탁하여 내가 받을 것을 모조리 현금으로 바꾸려고 했네. 옛 친구는 그렇게 하지 않는 게 이득이라고 충고했지만 나는 그 말을 듣지 않았지. 나는 그때 영원히 고향을 떠날 결심을 한 거였네. 다시는 숙부 얼굴을 보지 않겠다고 마음속으로 맹세했지.

고향을 떠나기 전에 다시 부모님 묘소를 찾았네. 그 이후로 나는 묘소를 찾은 적이 없어. 이제 영원히 찾아볼 기회가 오지 않겠지.

옛 친구는 내 말대로 일을 처리해주었네. 하지만 그건 내가 도쿄에 도착하고 한참 지난 후의 일이었어. 시골에서 밭을 팔려고 내놓아도 쉽게 팔리는 게 아니고 경우에 따라서는 약점을 잡혀 떼어먹힐 염려가 있기 때문에 내가 받은 금액은 시가에 비해 상당히 적은 금액이었지. 고백하자면 내 재산은 내가 품속에 넣고 집을 나온 약간의 공채[5]

5 국가나 지방의 공공단체가 경비를 조달하려고 발행하는 기한이 붙은 채권. 이것으로 일반 사람들로부터 자금을 차입하고 증권의 기한이 지나면 액면 금액을 환불해준다.

와 나중에 친구가 보내온 현금뿐이었네. 부모의 유산은 원래보다 많이 줄었음에 틀림없었지. 게다가 내가 적극적으로 줄인 게 아니어서 더욱 기분이 안 좋았네. 하지만 학생으로서 생활하는 데는 충분하고도 남을 정도였어. 실제로 나는 거기서 나오는 이자의 절반도 쓸 수 없었으니까. 이렇게 여유로운 나의 학창 시절이 나를 생각지도 못한 처지에 빠뜨렸다네.

10

돈에 부족함이 없던 나는 시끄러운 하숙을 나와 새로이 집 한 채를 마련해볼까 하는 마음이 들었네. 하지만 그렇게 하려면 살림살이를 사야 하는 번거로움도 있고, 살림을 해줄 할멈도 구해야 하는데 그 할멈이 정직하지 않으면 곤란하고 또 집을 비워도 괜찮은 사람이 아니면 걱정이라는 이유에서 가벼이 실행하는 것이 불안하더군. 어느 날 집이라도 찾아볼까 하는 가벼운 마음으로 산보도 할 겸 혼고다이(本鄕台)에서 서쪽으로 내려가 고이시카와(小石川)[6]의 언덕에서 똑바로 덴즈인(伝通院)[7] 쪽으로 올라갔네. 전차가 지나는 길이 되고 나서 그 주변 모습은 완전히 달라졌지만 그 무렵에는 왼쪽이 포병공창(砲兵工廠)[8]의 토담이고 오른쪽은 들판인지 언덕인지 분간이 안 되는 공터였는데 온통 풀이 무성했지. 나는 그 풀밭에 서서 아무 생각 없이 맞은

6 혼고다이에는 도쿄 대학과 제일고등학교가 있고, 고이시카와는 그 서쪽에 있다.
7 고이시카와에 있는 정토종의 절(1415년 창건).
8 일본 육군의 병기 공창.

편 벼랑을 바라보았네. 지금도 경치가 나쁘지 않지만 그 무렵에는 서쪽의 분위기가 아주 달랐어. 눈앞이 온통 푸르게 펼쳐져 있어 보기만 해도 마음이 편안해졌지. 문득 그 근방에 적당한 집이 없을까 하고 생각했네. 그래서 곧바로 풀밭을 가로질러 북쪽으로 난 좁은 길로 들어섰지. 지금도 여전히 좋은 동네가 되지 못하고 집들이 다닥다닥 들어서 있는 그 주변은, 당시에는 더욱 지저분한 동네였네. 골목을 빠져나가기도 하고 좁은 길을 돌아가기도 하며 이리저리 돌아다녔지. 마지막에는 구멍가게 아주머니에게 이 근방에 아담한 셋집이 없느냐고 물었네. 아주머니는 "글쎄요" 하면서 잠깐 고개를 갸웃거리더니 "셋집은 좀……" 하고 전혀 짚이는 데가 없는 것 같더군. 나는 가망이 없는 것 같아 포기하고 돌아가려고 했네. 그러자 아주머니가 다시 "일반 가정집 하숙⁹은 안 되나요?" 하고 묻더군. 나는 살짝 마음이 바뀌었네. 조용한 일반 가정집 하숙에서 혼자 지내는 것은 오히려 집을 마련하는 데 따르는 번거로움이 없어서 좋을 거라는 생각이 든 거지. 그래서 그 구멍가게에 앉아 아주머니에게 자세한 이야기를 들었네.

그곳은 어느 군인 가족, 아니 그 유족이 사는 집이었네. 잘은 몰라도 남편은 청일전쟁 때 죽었을 거라고 아주머니가 말해주더군.¹⁰ 1년쯤 전까지만 해도 이치가야의 사관학교¹¹ 옆에 살았는데 마구간까지 있고 부지가 너무 넓어 그곳을 팔고 이곳으로 이사를 왔는데 사람이

---

9 당시에는 이미 많은 하숙인을 둘 수 있는 전용 건물을 지어 영업하는 하숙이 있었다. 예컨대 도쿄 대학 근처의 하숙 혼고관은 3층 건물이었다. 한편 그런 싸구려 하숙과의 차별화를 꾀한, 널찍한 방에 도코노마까지 딸린 '고등 하숙'도 점차 늘어났다. 소세키의 작품에서는 『춘분 지나고까지』의 게이타로가 전자, 『행인』의 지로가 후자의 하숙에서 생활했다.

10 본문 내용으로 보아 '선생님'이 이 하숙에 들어간 것은 1897년 전후일 것이다.

11 장교 양성 기관인 육군사관학교를 말한다. 지금은 육상자위대 이치가야 주둔지다.

없어 쓸쓸해서 곤란하니 적당한 사람이 있으면 소개해달라는 부탁을 받았다고 했지. 나는 아주머니로부터 그 집에는 부인과 외동딸, 하녀 밖에 없다는 이야기를 들었네. 속으로 한적해서 아주 좋을 거라고 생각했지. 하지만 나 같은 사람이 불쑥 그런 가족을 찾아가봐야 신원도 모르는 학생이라며 금방 거절하지 않을까 하는 걱정도 되더군. 그래서 그만둘까도 생각했지. 하지만 나는 학생으로서 그다지 보기 흉한 차림이 아니었네. 그리고 대학 제모를 쓰고 있었지. 자네는 비웃겠지, 대학 제모가 뭐 그리 대단하냐고 말일세. 하지만 그 무렵의 대학생은 지금과 달리 세상 사람들에게 꽤 신용이 있었다네. 나는 그런 경우 사각 제모에서 일종의 자신감을 발견할 정도였지. 그래서 구멍가게 아주머니가 가르쳐준 대로 소개도 없이 그 군인 유족의 집으로 찾아갔네.

나는 부인을 만나 찾아온 이유를 말했네. 부인은 내 신원이며 학교며 전공에 대해 여러 가지를 질문하더군. 그리고 어떤 점에서 그만하면 괜찮다고 생각했는지 그 자리에서 언제든지 이사 와도 좋다는 대답을 해주었네. 부인은 곧은 사람이었지. 또한 확실한 사람이었어. 나는 군인의 아내는 다들 이런가 하고 감탄했네. 감탄도 했지만 놀라기도 했지. 이런 성격인데 어디가 쓸쓸하다는 것일까, 하는 의심도 들더군.

11

나는 당장 그 집으로 이사했네. 처음에 갔을 때 부인과 이야기를 나눴던 방을 쓰기로 했지. 그 집에서 가장 좋은 방이었네. 혼고 주변에 고등 하숙이라는 집들이 드문드문 지어지기 시작한 무렵이라 나는 학생으로서 들어갈 수 있는 가장 좋은 방을 대강 알고 있었거든. 내가 새롭게 주인이 된 방은 그런 방들보다 훨씬 좋았네. 이사한 당시에는 학생으로서 나에게 과분하게 느껴질 정도였으니까.

다다미 여덟 장이 깔린 방이었네. 도코노마 옆에 아래위로 어긋나게 단 선반이 있고 툇마루 반대쪽에는 2미터가 좀 안 되는 넓이의 벽장이 있었지. 창은 하나도 없었지만 그 대신 남향의 툇마루로 햇빛이 환하게 잘 들어왔네.

나는 이사한 날 그 방의 도코노마에 장식된 꽃과 그 옆에 세워진 거문고를 봤네. 둘 다 마음에 들지 않더군. 한시와 서도, 차를 즐기던 아버지 옆에서 자랐기 때문에 나도 어렸을 때부터 중국풍의 취향을 갖고 있었지. 그 때문이기도 하겠지만 나에게는 어느덧 요염하고 아름다운 장식[12]을 경멸하는 버릇이 생겼네. 아버지가 살아 계실 때 모은 골동품은 숙부 때문에 어처구니없이 흩어지고 말았지만 그래도 조금은 남아 있었어. 나는 고향을 떠날 때 그걸 중학교 때 친구에게 맡겨두었네. 그리고 그중에서 괜찮은 것 네댓 폭만 표구에서 떼어내 고리짝 바닥에 넣어 왔지. 나는 이사하자마자 그걸 꺼내 도코노마에 걸어두고 즐길 생각이었네. 그런데 조금 전에 말한 거문고와 꽃꽂이를 보고는 갑자기 용기가 쑥 들어가더군. 나중에 그 꽃이 나를 환영한다는 의미에서 장식되었다는 것을 알았을 때 나는 속으로 쓴웃음을 지었네. 하지만 거문고는 전부터 그 자리에 있었으니까 놓을 장소가 마땅치 않아 어쩔 수 없이 그대로 세워둔 것이었겠지.

이런 이야기를 하면 자연스럽게 그 뒤에 젊은 여자의 그림자가 자

---

12 꽃꽂이와 거문고는 '중국풍의 취향'에 비해 화려하고 '그 뒤에 젊은 여자의 그림자'를 연상시킨다.

네의 머리를 스치겠지. 이사한 나도 이사하기 전부터 이미 그런 호기심이 발동하고 있었네. 그런 엉큼한 마음이 미리부터 자연스럽지 못하게 했는지 아니면 내가 아직 교제에 친숙하지 않아서인지 나는 그곳 아가씨를 처음 만났을 때 당황해서 쩔쩔매며 인사를 했지. 아가씨도 얼굴이 빨개졌다네.

나는 그때까지 부인의 풍채나 태도를 보고 아가씨의 모든 것을 상상했네. 하지만 그 상상은 아가씨에게 그리 유리한 것은 아니었지. 군인의 아내는 그럴 것이다, 그런 아내의 딸은 이럴 것이다, 하는 식으로 내 추측은 점점 확대되었네. 그런데 그 추측은 아가씨의 얼굴을 본 순간 모조리 사라졌지. 그리고 내 머릿속에는 지금까지 상상하지도 못했던 이성의 향기가 새롭게 들어왔네. 그때부터 도코노마 정면에 꽂혀 있는 꽃이 싫지가 않더군. 그리고 도코노마에 세워져 있는 거문고도 눈에 거슬리지 않았지.

꽃이 시들 무렵이면 어김없이 다른 꽃으로 바뀌었네. 거문고도 이따금 ㄱ자로 접혀 비스듬히 마주 보이는 건넛방으로 옮겨졌지. 나는 내 방에서 책상에 턱을 괴고 거문고 소리를 듣곤 했네. 거문고 솜씨가 좋은지 아닌지 알 수 없었어. 하지만 복잡한 가락을 뜯지 않는 걸로 보아 솜씨가 그다지 좋지 않을 거라고 생각했네. 꽃꽂이 정도의 실력일 거라고 생각했지. 꽃이라면 나도 잘 아는데 아가씨의 솜씨는 결코 뛰어난 것이 아니었거든.

그래도 기죽지 않고 여러 가지 꽃을 내 방 도코노마에 장식해주었지. 하지만 꽃꽂이하는 방식은 언제나 같았네. 그리고 화병도 바뀐 적이 한 번도 없었지. 하지만 음악은 꽃보다 더 이상했네. 띄엄띄엄 줄을 튕기기만 할 뿐 육성은 전혀 들리지 않았어. 노래를 하지 않는 건 아니었는데 마치 비밀 이야기라도 하는 양 조그만 소리밖에 내지 않았지. 게다가 거문고 선생에게 야단이라도 맞으면 그 소리마저 전혀 들리지 않았네.

나는 기쁜 마음으로 엉성한 꽃꽂이를 바라보고는 서툰 거문고 소리에 귀를 기울였네.

12

나는 고향을 떠날 때부터 이미 염세적이었네. 남을 믿을 수 없다는 생각이 그때 뼛속 깊이 스며든 것 같았지. 내가 적대시하는 숙부며 숙모며 그 밖의 친척들을 마치 인류의 대표자인 것처럼 생각했어. 기차에 타서도 옆 사람을 넌지시 주의했네. 간혹 상대가 말을 걸어오면 더욱 경계를 하고 싶어졌지. 나는 침울했네. 간혹 납덩이를 삼킨 것처럼 가슴이 답답해지는 일이 있었어. 그런데도 내 신경은 방금 말한 것처럼 아주 날카로워졌네.

도쿄로 와서 하숙집에서 나오려고 한 것도 그게 큰 원인이었던 것 같네. 돈에 궁하지 않았기에 집 한 채를 마련할 생각까지 할 수 있었던 거라고 하면 그뿐이겠지만, 원래의 나라면 설령 호주머니 사정이 좋다고 해도 기꺼이 그렇게 번거로운 일을 하지 않았을 거야.

나는 고이시카와로 이사 오고 나서도 당분간 긴장된 기분을 풀 수 없었네. 스스로가 부끄러울 만큼 두리번두리번 주위를 살폈지. 신기하게도 잘 움직이는 것은 머리와 눈뿐이고, 그와 반대로 입은 점점 움직이지 않게 되었네. 나는 집에 있는 사람의 모습을 고양이처럼 주의

깊게 관찰하면서 잠자코 책상 앞에 앉아 있었지. 때때로 그들에게 미안할 정도로 방심하지 않고 주의를 기울였어. 물건을 훔치지 않는 소매치기 같은 존재라는 생각이 들어 자신이 싫어지는 일조차 있었네.

자네는 필시 이상하다고 생각하겠지. 내가 그 아가씨를 어떻게 좋아할 여유를 가질 수 있었는지, 그 아가씨의 엉성한 꽃꽂이를 어떻게 기뻐하며 바라볼 여유를 가질 수 있었는지, 마찬가지로 서툰 거문고 소리를 어떻게 기쁘게 들을 여유가 있었는지 말이야. 그런 질문을 받으면 나는 그저 양쪽 다 사실이었으니 사실이라고 대답할 수밖에 다른 도리가 없네. 해석은 자네 머리에 맡기기로 하고 그저 한마디만 덧붙이지. 나는 돈에 대해서는 사람들을 의심했지만 사랑에 대해서는 아직 사람들을 의심하지 않았네. 따라서 남이 보면 이상한 것이라도, 그리고 스스로 생각해도 모순된 것이라도 내 가슴속에서는 아무렇지 않게 양립할 수 있었지.

나는 부인을 늘 아주머님이라고 불렀기에 앞으로는 부인이라고 하지 않고 아주머님이라고 부르겠네. 아주머님은 나를 조용한 사람, 얌전한 사람이라고 평했네. 그리고 공부를 열심히 한다고 칭찬해주었지. 하지만 나의 불안한 눈빛이나 두리번거리는 모습에 대해서는 아무 말도 하지 않았네. 알아채지 못한 건지 삼간 건지는 잘 모르겠지만, 아무튼 그런 것은 전혀 주의하지 않는 것처럼 보였지. 그뿐 아니라 어떨 때는 나를 대범한 사람이라며 자못 존경스러운 말투로 이야기한 일도 있었네. 그때 솔직한 나는 다소 얼굴을 붉히고 아주머님의 말을 부정했지. 그러자 아주머님은 "학생은 자신을 잘 모르니까 그런 말을 하는 거예요" 하며 진지하게 설명해주더군. 아주머님은 처음에 나 같은 학생을 집에 들일 생각이 아니었던 모양이네. 어디 관청에 근무하는 사람에게 방을 내줄 요량으로 주변 사람들에게 소개를 부탁했던 모양이야. 봉급이 충분치 않아서 어쩔 수 없이 일반 가정집에 하숙할 정도의 사람일 테니까, 하는 생각이 전부터 아주머님의 머릿속에 있었던 거겠지. 아주머님은 자신이 속으로 그랬던 상상 속의 손님과 나를 비교하며 내가 더 대범하다고 칭찬해준 것이네. 역시 그렇게 검소한 생활을 하는 사람에 비하면 나는 금전적인 면에서 대범했는지도 모르지. 하지만 그것은 성격의 문제가 아니라서 나의 내면적인 생활과는 거의 관계가 없는 거나 마찬가지였네. 아주머님은 또 여자인 만큼 그것을 내 전체로 확대시켜 똑같은 말을 쓰려고 애를 쓴 거지.

13

아주머님의 그런 태도가 자연히 내 기분에 영향을 미쳤네. 머지않아 내 눈은 예전처럼 두리번거리지 않게 되었지. 내 마음이 내가 앉아 있는 곳에 제대로 자리 잡고 있다는 생각도 들었네. 요컨대 아주머님을 비롯하여 이 집 식구들이 비뚤어진 내 눈이나 의심 많은 모습을 아예 문제 삼지 않았던 것이 내게 큰 행복을 가져다주었겠지. 내 신경은 상대에게 반사되어 돌아오지 않았기에 점점 안정을 찾아갔네.

아주머님은 교양 있는 사람이라 일부러 그런 식으로 대해주었던 것 같고 또 스스로 공언한 것처럼 실제로 나를 대범한 사람으로 보았는지도 모르네. 내가 사소한 것에 얽매이는 것은 머릿속의 현상이고 그다지 겉으로 드러내지 않았을 테니 어쩌면 아주머님이 나에게 속았는지도 모르지.

마음이 차분해지면서 나는 점점 가족과도 가까워졌네. 아주머님이나 아가씨와 농담도 주고받게 되었지. 차를 끓였다면서 건넛방으로 부르는 일도 있었네. 또 내가 과자를 사와서 저녁에 두 사람을 내 방으로 부르는 일도 있었지. 나는 갑자기 교제 범위가 넓어진 것 같았네. 그 때문에 중요한 공부 시간을 허비하는 때도 몇 번 있었지. 신기하게도 그런 것이 전혀 방해로 느껴지지 않았네. 아주머님은 원래 한가한 사람이었지. 아가씨는 학교에 다니는 데다 꽃꽂이와 거문고를 배우고 있어서 분명히 바빴을 텐데도 의외로 얼마든지 시간적 여유가 있는 것처럼 보이더군. 그래서 세 사람이 얼굴만 마주치면 모여서 세상 돌아가는 이야기를 하면서 놀았다네.

나를 부르러 오는 사람은 대개 아가씨였어. 아가씨는 툇마루를 직각으로 돌아 내 방 앞으로 오기도 하고 거실을 지나 옆방의 장지문 뒤에서 모습을 드러내기도 했네. 아가씨는 거기까지 와서 잠깐 멈추고는 반드시 내 이름을 부르며 "공부하세요?" 하고 물었지. 나는 대체로 어려운 책을 책상에 펼쳐놓고 뚫어져라 쳐다보고 있었기에 옆에서 보면 꽤 열심히 공부하는 사람처럼 보였을 거야. 하지만 사실은 그렇게 열심히 책을 보고 있지는 않았다네. 페이지 위에 눈을 두고 아가씨가 부르러 오기를 기다리고 있을 정도였지. 기다리고 있다가 오지 않으면 어쩔 수 없이 내가 일어났네. 그리고 건넛방 앞으로 가서 "공부하십니까?" 하고 물었지.

아가씨의 방은 거실과 이어진 다다미 여섯 장짜리 방이었네. 아주머님은 거실에 있을 때도 있고 또 아가씨 방에 있을 때도 있었지. 다시 말해 그 두 방은 칸막이가 되어 있어도 없는 것이나 마찬가지여서 모녀 두 사람이 왔다 갔다 하면서 딱히 누구 방이라고 정하지 않고 쓰고 있었네. 내가 밖에서 부르면 "들어오세요" 하고 대답하는 사람은 늘 아주머님이었어. 아가씨는 거기에 있어도 좀처럼 대답하는 일이 없었지.

간혹 아가씨 혼자 볼일이 있어 내 방에 왔다가 눌러앉아 이야기를 나누는 경우에도 금방 나갔네. 그런 때는 내 마음이 묘하게 불안해졌지. 젊은 여자와 마주 앉아 있다는 이유만으로 불안한 것 같지는 않았네. 나는 어쩐지 안절부절못했지. 스스로 자신을 배반하는 듯한 부자연스러운 태도가 나를 괴롭혔네. 하지만 상대는 오히려 태연했지. 이 사람이 거문고를 배울 때 목소리조차 제대로 내지 못한 그 여자가 맞나 싶을 만큼 부끄러워하지 않았다네. 너무 길어져 거실에서 어머니가 불러도 "네" 하고 대답만 할 뿐 쉽사리 일어나지 않을 때도 있었지. 그런데도 아가씨는 결코 어린애가 아니었네. 내 눈에는 그게 잘 보였지. 잘 보이도록 행동하는 기미까지 역력했어.

14

나는 아가씨가 나간 후 안도의 한숨을 내쉬었네. 그와 동시에 뭔가 아쉬운 듯한, 개운치 않은 듯한 기분이 들었지. 나는 여자 같았는지도 모르네. 요즘 청년인 자네에게는 그렇게 보이겠지. 하지만 그 무렵의 우리는 대체로 그런 식이었어.

아주머님은 좀처럼 외출하지 않았네. 가끔 집을 비울 때도 아가씨와 나만 남겨두고 나가는 일은 없었지. 그게 우연인지, 일부러 그런 건지 나로서는 알 수가 없네. 내 입으로 말하는 것은 이상하지만 아주머님의 태도를 잘 관찰해보면 어쩐지 자신의 딸과 나를 접근시키고 싶어 하는 것처럼도 보였어. 그런데도 어떤 경우에는 암암리에 나를 경계하는 구석도 있는 것 같았는데, 처음으로 그런 일에 부닥쳤을 때는 기분이 상하기도 했네.

나는 아주머님이 어느 쪽이든 태도를 확실히 해주기를 바랐네. 생각해보면 그것은 명백한 모순임에 틀림없었어. 하지만 아직 숙부에게 속은 기억이 생생한 나는 한발 더 들어가 의혹을 품지 않을 수 없었지. 나는 아주머님의 어떤 태도가 진짜고 어떤 태도가 거짓인지 추측해보았네. 그리고 어떻게 판단해야 좋을지 갈피를 잡을 수 없었지. 그냥 갈피를 잡을 수 없었을 뿐 아니라 왜 그렇게 묘한 태도를 취하는지 그 의미를 이해할 수 없었던 거야. 그 이유를 생각해내려고 해도 결국 생각해내지 못해 죄를 여자라는 두 글자에 전가하고 견딘 적도 있었지. 결국 여자라서 그러는 거다, 여자는 어차피 어리석은 존재다. 나는 벽에 부딪치면 늘 이런 결론에 도달하곤 했다네.

그토록 여자를 업신여겼던 내가 아가씨는 도저히 업신여길 수 없었네. 내 이론은 아가씨 앞에서는 무용지물일 만큼 힘을 쓰지 못했지. 나는 아가씨에게 거의 신앙에 가까운 애정을 갖고 있었네. 내가 종교에만 쓰는 이 말을 젊은 여자에게 쓰는 것을 보고 자네는 이상하게 생각할지도 모르지만 나는 지금도 굳게 믿고 있네. 진정한 사랑은 신앙심과 그다지 다르지 않다는 것을. 나는 아가씨의 얼굴을 볼 때마다 자신이 아름다워지는 기분이 들었네. 아가씨를 생각하면 고상한 기분이 금방이라도 자신에게 옮겨올 것 같은 생각이 들었지. 만약 사랑이라는 불가사의한 것에 양쪽 끝이 있고 높은 쪽 끝에는 신성한 느낌이 작동하고 낮은 쪽 끝에는 성욕이 작동하고 있다면 나의 사랑은 분명히 제일 높은 쪽에 매달려 있었을 거야. 나는 물론 인간으로서 육체를 떠날 수 없는 몸이지. 하지만 아가씨를 보는 내 눈은, 아가씨를 생각하는 내 마음은 전혀 육체의 냄새를 띠지 않았어.

나는 아주머님에게 반감을 가짐과 동시에 아가씨에게는 사랑을 키워가고 있었기 때문에 세 사람의 관계는 하숙을 시작했을 때보다 훨씬 복잡해졌네. 물론 그 변화는 거의 내면적인 것이고 겉으로는 드러나지 않았지. 그러는 사이에 나는 우연한 기회에 지금까지 아주머님을 오해하고 있었던 게 아닐까 하는 생각이 들었네. 나에 대한 아주머님의 모순된 태도가 어느 쪽도 거짓이 아닐 거라는 생각을 하게 된 거지. 게다가 그것이 번갈아 아주머님의 마음을 지배하는 게 아니라 항상 양쪽이 동시에 아주머님의 가슴에 존재하고 있는 거라는 생각이 들었던 거야. 다시 말해 아주머님이 되도록 아가씨를 나에게 접근시키려고 하면서도 동시에 나를 경계하는 것은 모순된 것 같지만, 그렇게 경계할 때 한쪽의 태도를 잊거나 뒤집는 것이 아니라 여전히 두 사람을 접근시키고 싶어 한다고 본 것이지. 다만 자신이 정당하다고 인정하는 정도 이상으로 두 사람이 밀착하는 것을 꺼리는 것이라고 해석한 거야. 아가씨에게 육체적인 면에서 접근할 생각을 하지 않았던 나는 그때 불필요한 걱정이라고 생각했네. 하지만 그때부터 아주머님을 나쁘게 생각하는 마음은 없어졌지.

15

나는 아주머님의 태도를 여러 가지로 종합해보고 내가 이 집에서 충분히 신뢰받고 있다는 사실을 확인했네. 게다가 그 신뢰는 처음 대면했을 때부터 있었다는 증거까지 발견했지. 남을 의심하기 시작한 내 가슴에는 그 발견이 약간 기이하게 느껴졌네. 나는 남자에 비해 여자가 그만큼 직관이 뛰어난 걸 거라고 생각했지. 동시에 여자가 남자에게 속는 이유도 거기에 있는 게 아닐까 하는 생각을 했네. 아주머님을 그렇게 보는 내가 아가씨에게 그 직관을 강하게 작동시키고 있었으니 지금 생각하면 우스운 일이지. 나는 남을 믿지 않는다고 맹세했으면서 절대적으로 아가씨를 믿고 있었으니까. 그러면서도 나를 믿고 있는 아주머님을 기이하게 여겼으니까.

나는 그들에게 고향 일에 대해 그다지 많은 이야기를 하지 않았네. 특히 저번 사건에 대해서는 아무 말도 하지 않았지. 그 일을 떠올리는 것조차 불쾌했거든. 나는 되도록 아주머님의 이야기만 들으려고 애썼네. 그런데 그렇게 해서는 상대가 납득하지 않았지. 무슨 말만 나오면 내 고향 사정을 알고 싶어 했거든. 나는 결국 모든 걸 털어놓았네. 두 번 다시 고향에 돌아가지 않을 것이다, 돌아가도 아무것도 없다, 부모님 묘소만 있을 뿐이다, 라고 했을 때 아주머님은 무척 감동한 듯한 모습을 보였어. 아주머님은 우셨지. 이야기하길 잘했다는 생각이 들더군. 나는 기뻤네.

내 이야기를 다 들은 아주머님은 역시 자신의 직관이 적중했다고 말하는 듯한 표정을 지었네. 그러고는 나를 자신의 친척에 해당하는 젊은이를 다루듯이 대했지. 나는 화가 나지 않았네. 오히려 유쾌하게 느꼈을 정도지. 그런데 머지않아 내 의심이 다시 고개를 쳐들었네.

내가 아주머님을 의심하기 시작한 것은 아주 사소한 일 때문이었네. 하지만 그 사소한 일이 거듭되는 가운데 의혹은 점점 깊어갔지.

어쩐 일인지 문득 아주머님이 숙부와 같은 의미에서 아가씨를 나에게 접근시키려고 애쓰는 게 아닐까 하는 생각이 들었던 거네. 그러자 지금까지 친절하게 보였던 사람이 갑자기 교활한 책략가로 비치기 시작하더군. 나는 씁쓸한 입술을 깨물었네.

아주머님은 처음부터 사람이 없어 쓸쓸하니까 손님을 두고 보살피는 거라고 공언했네. 나도 그 말을 거짓이라고 생각하지 않았지. 친해져서 이런저런 이야기를 털어놓은 후에도 거기에는 거짓이 없다고 생각했어. 하지만 경제 상황이 그리 넉넉하다고 할 정도는 아니었네. 이해관계에서 보면 나와 특수한 관계가 되는 것이 그쪽에도 결코 손해는 아니었겠지.

나는 다시 경계하기 시작했네. 하지만 아가씨에게 앞에서 말한 만큼 강한 애정을 갖고 있는 내가 그녀의 어머니를 경계한들 무슨 소용이 있겠나. 나는 혼자 자신을 비웃으려고 했네. 바보 같다고 자신을 비난한 적도 있어. 하지만 아무리 바보라도 그 정도의 모순이라면 그다지 고통을 느끼지 않아도 되었을 거야. 내 고민은 아주머님과 마찬가지로 아가씨도 책략가가 아닐까 하는 의문에 봉착해서야 생긴 거라네. 두 사람이 나 몰래 짜고 모든 일을 진행시키고 있을 거라고 생각하니 갑자기 괴로워서 견딜 수가 없더군. 불쾌한 것이 아니었네. 절체절명의 막다른 골목에 들어선 심정이었지. 그러면서도 한편으로 아가씨를 굳게 믿어 의심치 않았네. 그래서 나는 신념과 망설임 중간에 서서 꼼짝할 수가 없었지. 나에게는 어느 쪽이나 상상이고 또 어느 쪽이나 진실이었네.

16

나는 여전히 학교에 다니고 있었네. 하지만 교단에 선 사람의 강의가 아주 먼 데서 들려오는 것 같았지. 공부도 마찬가지였어. 눈에 들어오는 활자는 마음속에 채 닿기도 전에 연기처럼 사라졌지. 게다가 나는 말이 없어졌어. 친구 두세 명이 그걸 오해하여 내가 명상에라도 잠겨 있다는 식으로 다른 친구에게 말했네. 나는 그 오해를 풀려고 하지 않았지. 마침 친구가 안성맞춤인 가면을 빌려준 것이 오히려 잘되었다고 생각하며 기뻐했어. 그래도 때로는 마음이 진정되지 않아선지 발작적으로 까불고 다녀서 그들을 놀라게 한 적도 있다네.

내 하숙은 드나드는 사람이 적은 집이었네. 친척도 많지 않은 모양이었어. 아가씨의 학교 친구가 가끔 놀러 오기도 했는데, 있는지 없는지도 모르게 아주 작은 목소리로 이야기를 하다가 돌아가는 것이 보통이었지. 그게 나에 대한 배려에서 나온 거라는 걸 눈치채지 못했네. 나를 찾아오는 사람은 그다지 난폭하지 않았지만 한집 사람에게 신경을 써서 조심할 만한 사람은 한 사람도 없었으니까. 그런 점에서는 하숙인인 내가 주인 같았고 정작 주인인 아가씨가 오히려 식객의 위치에 있는 거나 다름없었지.

하지만 이건 그저 생각난 김에 썼을 뿐 실은 아무래도 좋은 일이네. 다만 거기에 아무래도 좋다고 할 수 없는 일이 한 가지 있었지. 거실이나 아가씨의 방에서 돌연 남자 목소리가 들려왔네. 그 목소리가 또 내 손님과 달리 굉장히 낮았지. 그래서 무슨 이야기를 나누는지 전혀 알 수 없었어. 알 수 없으니 더욱 내 신경을 흥분시켰네. 나는 앉아 있으면서 이상하게 안절부절못했지. 그 사람이 친척일까, 아니면 그

낭 아는 사람일까 하고 일단 생각해보았네. 그러고 나서 젊은 남자일까, 나이 든 사람일까 하고 생각해보는 거야. 앉아서 그런 걸 알 턱이 없지. 그렇다고 일어나 장지문을 열어 볼 수는 더더욱 없지. 내 신경은 떨린다기보다 커다란 파동을 그리며 나를 괴롭혔네. 나는 손님이 돌아간 후 잊지 않고 반드시 그 사람의 이름을 물었지. 아가씨나 아주머님의 대답은 또 극히 간단했네. 나는 두 사람에게 어딘지 불만스러운 얼굴을 보이며 만족할 때까지 추궁할 용기를 갖고 있지 않았어. 물론 그럴 권리도 없었으니까. 나는 자신의 품격을 중시해야 한다는 교육을 받아온 데서 나온 자존심과 실제로 그 자존심을 배반하고 있는 추궁하고 싶어 하는 표정을 동시에 그들 앞에 내보였지. 그들은 웃었네. 그게 조소의 의미가 아니라 호의에서 나온 것인지, 아니면 호의처럼 보이게 할 생각인 건지 나는 그 자리에서 해석의 여지를 찾아낼 수 없을 만큼 침착함을 잃어버렸지. 그리고 일이 다 지난 후에 언제까지고 무시당한 거다, 무시당한 게 아닐까, 하고 몇 번이나 속으로 되뇌곤 했다네.

나는 자유로운 몸이었네. 설령 학교를 도중에 그만두든, 어디로 가서 어떻게 살든, 또 어디의 누구와 결혼하든 누구와도 의논할 필요가 없는 위치에 있었지. 나는 큰맘 먹고 아주머님에게 아가씨를 달라고 이야기해볼 결심을 한 일이 그때까지 여러 차례나 있었다네. 하지만 그때마다 주저하며 결국 말을 꺼내지 못하고 말았지. 거절당하는 것이 두려워서가 아니었네. 만약 거절당하면 내 운명이 어떻게 변할지 알 수 없었지만 그 대신 지금까지와는 방향이 다른 장소에 서서 새로운 세계를 내다볼 이점도 생기는 거라 그 정도의 용기를 내려고만 했다면 얼마든지 낼 수 있었을 거야. 하지만 나는 남의 꼬임에 넘어가는 것이 싫었네. 남의 손에 놀아나는 것은 무엇보다 부아통이 터지는 일이었지. 숙부에게 속은 나는 앞으로 무슨 일이 있어도 남에게 속지 않겠다고 결심했다네.

17

내가 책만 사는 걸 보고 아주머님은 옷도 좀 장만하라고 했네. 나는 사실 시골에서 지은 무명옷밖에 없었거든. 그 무렵의 학생은 비단이 들어간 옷을 걸치지 않았네. 친구 중에 부모가 요코하마의 상인이라 집에서는 꽤 화려하게 지내는 학생이 있었는데, 어느 날 그에게 얇고 부드러우며 윤이 나는 순백색 비단으로 지은 방한용 속옷이 배달되어 온 일이 있었지. 그러자 다들 그 옷을 보고 웃었다네. 그 친구는 부끄러워하며 이런저런 변명을 늘어놓았는데, 결국 애써 보내온 속옷을 고리짝 밑바닥에 쑤셔 넣고 안 입더군. 그런데 여러 친구들이 몰려와 일부러 그 속옷을 입혔다네. 운 사납게도 그 속옷에 이가 생겼지. 그 친구는 마침 잘됐다고 생각했을 거야. 말 많던 비단 속옷을 둘둘 말아 산보하러 나간 김에 네즈(根津)의 커다란 시궁창에 버렸다네. 그때 함께 산보하던 나는 다리 위에 서서 웃으며 친구의 행동을 바라보았는데 마음속 어디에도 아깝다는 생각은 조금도 들지 않더군.

그 무렵에 비하면 나도 꽤 어른이 되어 있었지. 하지만 아직 스스로 외출복을 장만하겠다는 생각은 없었네. 졸업하여 수염을 기를 때가 오기 전에는 옷차림에 신경 쓸 필요가 없다는 이상한 생각을 갖고 있었지. 그래서 아주머님에게 책은 필요하지만 옷은 필요 없다고 말했네. 아주머님은 내가 사는 책의 양을 알고 있었지. 산 책을 다 읽느냐고 묻더군. 내가 산 책 중에는 사전도 있지만, 당연히 대충 훑어보아야 하지만 아직 페이지조차 자르지 않은 책[13]도 몇 권 있어서 나는 대답이 궁했다네. 어차피 필요 없는 걸 사는 거라면 책이든 옷이든 마찬가지라는 사실을 깨달았지. 게다가 여러 가지로 신세를 지고 있다는 구실로 아가씨가 마음에 들어 하는 오비나 옷감을 사주고 싶었네. 그래서 모든 걸 아주머님께 부탁했지.

아주머님은 자기 혼자 간다고는 하지 않았네. 나도 같이 가야 한다고 하더군. 아가씨도 같이 가야 한다는 거였어. 지금과 다른 분위기에서 자란 우리는 학생 신분으로서 젊은 여자와 함께 걸어 다니는 관습은 별로 없었지. 그 무렵의 나는 지금보다 관습의 노예였기에 다소 망설였지만 큰맘 먹고 나갔다네.

아가씨는 무척 몸치장을 했지. 원래 피부색이 하얀 데다 분을 많이 발라서인지 더욱 눈에 띄었네. 길 가는 사람들이 힐끔거리며 지나가더군. 그리고 아가씨를 본 사람은 반드시 시선을 돌려 내 얼굴을 보는 통에 나는 정말 이상한 기분이었네.

세 사람은 니혼바시[14]로 가서 사고 싶은 걸 샀네. 물건을 살 때도 자주 마음이 바뀌어 생각보다 시간이 많이 걸렸지. 아주머님은 일부러 내 이름을 부르며 어떠냐고 물어보았네. 때때로 옷감을 아가씨의 어깨에서 가슴께에 대보고 내게 두세 걸음 물러나서 봐달라고 하더군. 나는 그때마다 이건 아니다, 그건 잘 어울린다, 하면서 아무튼 제법

---

13 예전에는 한 장을 접은 상태로 제본하여 볼 때는 페이지를 잘라야 하는 책이 많았다.
14 에도 시대 이래의 번화가로 미쓰코시, 시로키야 등 전통 있는 고후쿠텐(포목점)에서 발전한 백화점이 있고 양서나 문구류 등을 수입하는 마루젠도 이곳에 있었다.

의젓한 말을 했지.

　그런 일로 시간이 걸려 돌아갈 때는 저녁 먹을 시간이 되었네. 아주머님은 내게 고맙다는 표시로 뭔가 대접하겠다며 기하라다나(木原店)라는 요세(寄席)[15]가 있는 좁은 골목으로 나를 데려갔지. 골목도 좁았지만 식사를 할 집도 좁은 곳이었네. 그 근처의 지리를 전혀 몰랐던 나는 아주머님의 지식에 놀랐을 정도였지.

　우리는 밤이 되어서야 집으로 돌아왔네. 그다음 날은 일요일이어서 나는 하루 종일 방 안에 틀어박혀 있었지. 월요일이 되어 학교에 갔더니 아침 댓바람부터 한 친구가 나를 놀리더군. 언제 아내를 얻은 거냐고 일부러 야단스럽게 물었지. 그러고는 내 아내가 참 미인이라며 칭찬하는 거네. 셋이서 니혼바시로 외출한 것을 그 친구가 어디서 본 모양이야.

18

　나는 집으로 돌아가 아주머님과 아가씨에게 그 이야기를 했네. 아주머님은 웃더군. 하지만 필시 폐가 되었을 거라며 내 얼굴을 보았지. 나는 그때 속으로 여자는 이런 식으로 남자의 의중을 떠보는구나 하고 생각했다네. 아주머님의 눈은 내가 충분히 그렇게 생각할 만한 의미를 띠고 있었지. 그때 자신이 생각하는 것을 솔직하게 그대로 털어놓으면 좋았을지도 모르네. 하지만 나에게는 이미 의심하여 망설이는

---

15 재담, 만담, 야담 등을 들려주는 대중적 연예장.

깔끔하지 못한 응어리가 들러붙어 있었지. 나는 털어놓으려고 하다가 문득 그만두었네. 그리고 이야기의 방향을 일부러 살짝 돌렸지.

나는 정작 중요한 자신의 이야기를 화제에서 빼버리고 말았네. 그리고 아가씨의 결혼에 대해 아주머님의 의중을 떠보았지. 아주머님은 두세 군데서 그런 이야기가 들어온다고 내게 분명히 말하더군. 하지만 아직 학교를 다니고 있는 데다 나이도 어리니까 그다지 서두르지 않는다고 덧붙였지. 아주머님은 입 밖에 내지는 않았지만 아가씨의 용모에 상당히 중점을 두고 있는 것처럼 보였네. 정하려고만 하면 언제든지 정할 수 있다는 말까지 했으니까. 그리고 아가씨 외에 자식이 없는 것도 쉽사리 시집보내고 싶어 하지 않는 이유였네. 시집을 보낼지 데릴사위를 들일지조차 망설이고 있는 게 아닐까 하고 여겨지는 구석도 있었지.

이야기를 하는 중에 나는 아주머님으로부터 여러 가지 정보를 얻은 것 같았네. 하지만 그 때문에 기회를 잃은 것이나 마찬가지 결과에 빠지고 말았지. 나는 자신에 대해 결국 한마디도 하지 못하고 말았네. 나는 적당히 이야기를 마치고 내 방으로 돌아가려고 했지.

조금 전까지 옆에 있으면서 너무한다며 웃던 아가씨는 어느새 맞은편 구석에 가서 등을 돌리고 있었네. 일어나려고 돌아볼 때 나는 그 뒷모습을 보았지. 뒷모습만으로 사람의 마음을 읽을 수는 없을 거야. 아가씨가 이 문제에 대해 어떻게 생각하는지 나는 짐작할 수가 없었네. 아가씨는 옷장 앞에 앉아 있었지. 아가씨는 30센티미터쯤 열려 있는 옷장 문틈으로 뭔가 꺼내서 무릎 위에 올려놓고 바라보고 있는 것 같았어. 내 눈은 그 틈 끝에서 그저께 산 옷감을 발견했지. 내 옷도 아가씨 옷과 같은 옷장 구석에 포개져 있더군.

내가 아무 말도 하지 않고 자리에서 일어나자 아주머님은 갑자기 격식을 차린 말투로 내게 어떻게 생각하느냐고 물었네. 그렇게 물어보는 방식은, 무엇을 어떻게 생각하는 거냐고 반문하지 않으면 알 수 없을 만큼 갑작스러웠지. 그 질문이 아가씨를 빨리 치워버리는 것이 좋지 않겠느냐는 의미라는 것이 확실해졌을 때 나는 가능한 한 천천히 보내는 편이 좋을 거라고 대답했네. 아주머님은 자기도 그렇게 생각한다고 하더군.

아주머님과 아가씨와 나의 관계가 이런 상황인 가운데 또 한 명의 남자가 들어오게 되었네. 그 남자가 이 가정의 일원이 된 결과는 내 운명에 엄청난 변화를 초래했지. 만약 그 남자가 내 인생행로를 가로지르지 않았다면 아마 자네에게 이런 장문의 편지를 써 보낼 필요도 없었을 거야. 나는 어이없이 악마가 지나는 길 앞에 서서 그 순간의 그림자로 인해 일생이 어둑어둑해진 것도 모르고 있었던 거나 마찬가지였네. 고백하자면 나는 스스로 그 남자를 집으로 끌어들였어. 물론 아주머님의 허락도 필요해서 처음부터 감추지 않고 다 털어놓고 부탁한 거였지. 그런데 아주머님은 그만두라고 했네. 나에게는 꼭 데려와야 할 사정이 충분히 있었지만 그만두라는 아주머님에게는 이치에 맞는 이유가 전혀 없었지. 그래서 나는 내가 좋다고 생각하는 바를 억지로 단행하고 말았다네.

19

나는 여기서 그 친구의 이름을 일단 K라고 부르겠네. 나는 K와 어렸을 때부터 친했지. 어렸을 때라고 하면 말하지 않아도 알겠지, 고향이 같다는 연고가 있다는 것을. K는 진종(眞宗)[16]의 스님 아들이었네. 하지만 장남이 아니라 차남이었지. 그래서 어떤 의사의 집에 양자로 보내졌다네. 내가 태어난 곳은 혼간지파의 세력이 아주 강한 곳이어서 진종의 스님은 다른 종파에 비해 물질적으로 풍족했지. 한 예를 들자면 만약 승려에게 여자아이가 있고 그 아이가 결혼 적령기에 이르면 시주(施主)가 의논하여 어디 적당한 곳으로 시집을 보내준다네. 물론 비용은 스님의 호주머니에서 나오는 게 아니지. 그런 까닭에 진종의 절은 대체로 유복했던 거네.

K가 태어난 집도 꽤 사는 곳이었지. 하지만 차남을 도쿄로 보내 공부시킬 만큼의 여력이 있었는지 어떤지는 모르겠네. 또 공부할 수 있다는 이점이 있어서 양자로 가기로 했는지 어떤지도 모르지. 아무튼 K는 의사 집안에 양자로 들어간 거야. 그건 우리가 아직 중학교에 다닐 때의 일이었지. 나는 교실에서 선생님이 출석을 부를 때 K의 성이 갑자기 바뀌어서 놀란 일을 지금도 기억하고 있네.

K가 양자로 들어간 집도 상당한 재산가였지. K는 그 집에서 학비를 받아 도쿄로 올라온 거였네. 나와 함께 올라온 것은 아니지만 도쿄에 도착하고 나서는 바로 같은 하숙에 들어갔지. 그때는 흔히 한방에 두세 명이 책상을 나란히 놓고 지내곤 했네. K와 나도 둘이 한방을 썼지. 산에서 생포된 동물이 우리 안에서 서로 부둥켜안고 바깥을 노려보는 것 같았을 거야. 우리는 도쿄와 도쿄 사람을 두려워했어. 그런데도 다다미 여섯 장짜리 방에서 세상을 노려보며 기개를 보이는 말을

---

16 교토의 니시혼간지(西本願寺)를 본산으로 하는 정토진종(淨土眞宗)의 한 파.

하곤 했지.

하지만 우리는 진지했네. 실제로 훌륭한 사람이 될 생각이었지. 특히 K는 그런 생각이 강했다네. 절에서 태어난 그는 늘 정진이라는 말을 사용했어. 그리고 그의 행동은 모두 정진이라는 한마디로 표현되는 것처럼 보였지. 나는 마음속으로 늘 K를 경외하고 있었네.

K는 중학교에 다닐 때부터 종교나 철학 같은 어려운 문제로 나를 곤혹스럽게 만들었네. 그의 아버지 영향이었는지 아니면 자신이 태어난 집, 그러니까 절이라는 일종의 특별한 공간이라는 분위기 탓이었는지는 잘 모르겠어. 아무튼 그는 보통의 승려보다 훨씬 승려다운 성격을 갖고 있었던 것으로 보였거든. 원래 K가 양자로 들어간 집에서는 그를 의사로 만들 생각으로 도쿄로 보냈지. 그런데 완고한 그는 의사가 되지 않겠다는 결심을 하고 도쿄로 나온 거였네. 나는 그에게, 그렇다면 양부모님을 속인 거나 마찬가지가 아니냐고 따졌지. 대담한 그는 그렇다고 대답했네. 나아갈 길을 위해서라면 그 정도 거짓말쯤 해도 괜찮다는 거였지. 그때 그가 쓴 길이라는 말의 뜻은 아마 그도 잘 몰랐을 거야. 물론 나도 알았다고 할 수 없겠지. 하지만 아직 어린 우리에게는 그 막연한 말이 고귀하게 들렸다네. 설령 모른다고 해도 고상한 마음에 지배되어 그쪽으로 나아가려는 패기에 비루한 구석이 보일 리 없었지. 나는 K의 주장에 찬성했네. 내 동의가 K에게 얼마나 힘이 되었는지는 모르겠어. 외골수인 그는 내가 아무리 반대한다고 해도 역시 자신의 생각을 관철했을 거야. 하지만 만일의 경우 찬성하여 성원을 보낸 나에게도 다소의 책임이 있다는 것 정도는 어린 나도 잘 알고 있었다고 생각하네. 설사 그때 그만큼의 각오가 없었다고 해도 성인이 된 눈으로 과거를 돌아볼 필요가 생겼을 경우 나에게 할

당된 만큼의 책임을 져야 하는 것이 지극히 당연하다는 정도의 어투로 나는 찬성한 거였네.

20

K와 나는 같은 과에 입학했네. K는 태연한 얼굴로 양부모가 보내주는 돈으로 자신이 좋아하는 길을 걷기 시작했지. K의 마음에는 알 리 없다는 안도감과 알아도 상관없다는 배짱이 모두 있었다고 볼 수밖에 없었어. K는 나보다 태연했지.

첫 여름방학에 K는 고향에 가지 않았네. 고마고메에 있는 어떤 절에 방을 하나 얻어 공부하겠다고 했지. 내가 돌아온 것은 9월 상순이었는데, 아니나 다를까 그는 대관음상[17] 옆의 누추한 절에 틀어박혀 있었네. 그의 방은 본당 바로 옆의 작은 방이었는데 그는 거기서 자신의 생각대로 공부할 수 있었던 것을 기뻐하는 듯이 보였지. 나는 그때 그의 생활이 점점 승려 같아진다고 생각했어. 그는 손목에 염주를 차고 있었지. 내가 무엇 때문이냐고 물었더니 엄지손가락으로 하나, 둘, 하고 헤아리는 흉내를 내더군. 그는 이렇게 하루에도 몇 번씩 염주를 헤아리는 것 같았네. 다만 나는 그 의미를 알 수 없었지. 둥근 원으로 된 염주를 한 알씩 아무리 헤아려간들 끝이 없거든. K는 어디서 어떤 마음으로 염주를 굴리며 헤아리던 손을 멈췄을까? 시시한 것이지만 나는 그런 생각을 하곤 했지.

---

17 혼고 구 고마고메의 정토종 고겐지(光源寺)를 말한다. 경내에 높이 5미터 정도의 십일면관음상이 있다.

나는 또 그의 방에서 『성서』를 보았다네. 나는 그때까지 그에게서 경전의 이름을 여러 번 들은 기억이 있지만 그리스도교에 대해서는 질문을 받은 적도, 대답을 한 적도 없었기에 살짝 놀랐다. 나는 그 이유를 묻지 않을 수 없었어. K는 별 이유가 있는 건 아니라고 하더군. 그렇게 많은 사람들이 높이 평가하는 책이라면 읽어보는 것이 당연하지 않겠느냐고도 했지. 게다가 그는 기회가 있으면 『코란』도 읽어볼 생각이라고 하더군. 그는 무함마드와 검[18]이라는 말에 큰 흥미를 갖고 있는 것 같았네.

2년째 되는 여름에 그는 고향에서 돌아오라는 재촉을 받고서야 겨우 돌아갔지. 돌아가서도 전공에 대해서는 말하지 않은 것 같았어. 집에서도 그걸 모르는 것 같았지. 자네는 학교 교육을 받은 사람이니까 그런 사정을 잘 알겠지만 세상 사람들은 학교 생활이나 학교의 규칙 같은 것에 놀랄 만큼 무지한 법이거든. 우리에게는 별것도 아닌 일이 외부에는 전혀 알려져 있지 않지. 우리는 또 비교적 내부의 공기만 마시고 있어서 학교 안의 일은 크건 작건 세상에 널리 알려져 있을 거라고 믿는 버릇이 있네. 그런 점에서 K는 나보다 세상 물정을 잘 알고 있었을 거야. K는 태연한 얼굴로 돌아왔네. 고향을 떠날 때는 나와 함께여서 기차에 타자마자 곧장 어떻게 되었느냐고 물었지. K는 아무일도 없었다고 하더군.

3년째 되는 여름은 바로 내가 부모의 묘가 있는 땅을 영원히 떠나려고 결심한 해라네. 나는 그때 K에게 고향으로 돌아가라고 권했지만 그는 응하지 않았지. 매년 그렇게 집으로 돌아가 뭘 하느냐고 하더

18 무함마드는 포교할 때 검과 『코란』을 가지고 다녔다고 한다.

군. 그는 또 도쿄에 머물며 공부할 생각인 것 같았지. 어쩔 수 없이 혼자 도쿄를 떠나기로 했네. 내 고향에서 지낸 그 두 달이 내 운명에 얼마나 파란만장한 영향을 끼쳤는가는 앞에서 말한 대로니 되풀이하지 않겠네. 불평과 우울과 고독의 쓸쓸함을 가슴에 안은 나는 9월이 되어 다시 K를 만났지. 그런데 그의 운명 역시 나와 마찬가지로 변해 있더군. 그는 내가 모르는 사이에 양부모에게 편지를 보내 자신이 거짓말을 했다고 고백해버린 거였네. 처음부터 그럴 각오를 하고 있었다고 하더군. 이제 와서 어쩔 수 없으니 네 좋을 대로 하는 수밖에 없다는 말을 하게 할 심산이었을까? 아무튼 대학에 들어와서까지 양부모를 속일 생각은 없었던 모양이네. 또 속이려고 해도 그리 오래가지는 않을 거라는 걸 깨달았는지도 모르지.

21

K의 편지를 본 양아버지는 격분했다네. 부모를 속인 괘씸한 놈에게 학비를 보낼 수는 없다는 엄중한 답장이 곧 날아들었지. K는 나에게 그 답장을 보여주더군. K는 또 잇따라 생가에서 보내온 편지도 보여주었지. 그것도 앞의 편지에 뒤지지 않을 만큼 준엄하게 힐책하는 내용이었네. 양자로 들어간 집에 면목이 없다는 것도 더해진 것이겠지만, 생가에서도 일절 상관하지 않겠다고 쓰여 있었지. 이 일로 K가 호적을 생가로 돌릴 것인지, 아니면 그 밖에 타협의 길을 강구하여 여전히 양가에 남겨둘 것인지는 앞으로 일어날 문제로 두고, 당장 해결해야 하는 것은 다달이 필요한 학비였네.

나는 그 점에 대해 K에게 무슨 생각이 있느냐고 물었지. K는 야학교 교사라도 할 생각이라더군. 그 무렵은 지금에 비해 세상이 의외로 느슨해서 부업으로 할 만한 일이 자네가 생각하는 만큼 아주 없는 것도 아니었거든. 나는 K가 그것으로 충분히 해나갈 수 있으리라 생각했네. 하지만 내게도 책임이 있었지. K가 양부모의 희망을 저버리고 자신이 가고 싶은 길을 가려고 했을 때 찬성해주었으니까. 그런가, 하며 팔짱을 끼고 있을 수만은 없었지. 나는 그 자리에서 물질적인 도움을 주겠다고 했네. 그러자 K는 즉각 그 제안을 거절하더군. 그의 성격으로 볼 때 자활하는 편이 친구의 보호 아래 있는 것보다 훨씬 기분 좋게 느껴졌을 거야. 그는 대학에 들어간 이상 자기 몸 하나쯤 건사하지 못한다면 남자가 아니라고 하더군. 내 책임을 다하기 위해 K의 감정을 상하게 할 수는 없었지. 그래서 그가 생각하는 대로 하게 내버려두고 나는 손을 뗐네.

머지않아 K는 자신이 바라는 일자리를 찾았네. 하지만 시간을 아까워하는 그에게 그 일이 얼마나 괴로웠을지는 상상하고도 남는 일이었지. 그는 지금까지처럼 공부의 고삐를 조금도 늦추지 않고 새로운 짐을 짊어진 채 돌진했네. 나는 그의 건강을 염려했지. 하지만 강기 있는 그는 웃기만 할 뿐 내 주의에는 전혀 아랑곳하지 않더군.

동시에 그와 양가의 관계는 점점 복잡해졌지. 시간에 여유가 없어진 그는 전처럼 나와 이야기할 기회가 없었기 때문에 나는 결국 그 자초지종을 상세히 듣지 못하고 말았지만 해결이 점점 어려워지고 있다는 것만은 알고 있었네. 누가 중간에 끼어들어 중재를 시도한 일도 알고 있었지. 그 사람은 편지로 K에게 고향으로 내려오라고 재촉했지만 K는 도저히 안 되겠다며 응하지 않았네. K는 학기 중이라 어쩔 수 없다고 했지만 양가에서 보기에는 고집불통 같았겠지. 그것이 사태를 더욱 험악하게 한 것으로 보였네. 양부모의 감정을 상하게 한 것은 물론이고 동시에 생가의 분노까지 사게 되었지. 내가 걱정하여 양쪽을 화해시키기 위해 편지를 썼을 때는 이미 아무런 효과도 없었네. 내 편지는 답장 한마디 받지 못하고 묻히고 말았지. 나도 화가 나더군. 그때까지도 형편상 K를 동정하고 있던 나는 그 이후로 도리에 맞든 안 맞든 간에 K의 편을 들 생각이 들었네.

마지막으로 K는 결국 호적을 되돌리기로 결정했네. 양가에서 보내준 학비는 생가에서 변상하게 되었지. 그 대신 생가에서도 상관하지 않을 테니까 앞으로는 멋대로 하라고 했다더군. 옛날 말로 하면 의절[19]일 거야. 어쩌면 그렇게까지 강한 건 아닐지 모르지만 당사자는 그렇게 해석했다네. K는 어머니가 안 계셨지. 그의 성격 중 일면은 분명히 계모 밑에서 자란 결과로도 볼 수 있을 거네. 만약 친어머니가 살아 계셨다면 어쩌면 그와 생가의 관계가 그렇게까지 벌어지기 전에 해결되었을지도 모르지. 그의 아버지는 말할 것도 없이 승려였네. 하지만 의리에 강하다는 점에서는 오히려 무사에 가까운 점이 있지 않았나 싶네.

22

K의 사건이 일단락된 후 나는 그의 매형으로부터 장문의 편지를

19 에도 시대에는 소행이 나쁜 자식을 관청에 신고하여 집에서 쫓아내는 간도(勘當, 부모 자식의 인연을 끊는 것)라는 제도가 있었지만 메이지 시대에는 그런 제도가 남아 있지 않았다.

받았네. K가 양자로 갔던 집이 매형의 친척이어서 그를 소개할 때도, 그의 호적을 되돌릴 때도 매형의 의견이 중요했다고 K가 내게 말해 주더군.

편지에는 그 후 K가 어떻게 지내는지 알려달라고 쓰여 있었네. 누님이 걱정하고 있으니 되도록 빨리 답장을 받고 싶다는 부탁도 덧붙어 있더군. K는 절을 이어받은 형보다는 시집간 누님을 좋아했네. 그들은 모두 같은 부모에게서 태어난 형제지만 누님과 K는 나이 차가 꽤 났지. 그래서 K가 어렸을 때는 계모보다 누님이 오히려 친어머니 같았을 거야.

나는 K에게 편지를 보여주었네. K는 아무 말도 하지 않았지만 자기에게도 누님으로부터 같은 내용의 편지가 두세 번 왔다는 사실을 털어놓더군. K는 그때마다 걱정할 필요 없다는 답장을 보냈다고 했네. 불운하게도 누님은 생활에 여유가 없는 집으로 시집을 갔기 때문에 아무리 K를 동정한다고 해도 물질적으로 어떻게 해줄 수가 없었던 거지.

나는 K와 같은 답장을 그의 매형에게 보냈네. 만일의 경우에는 내가 어떻게든 할 테니 안심하라는 내용을 강한 말투로 써서 보냈지. 그건 물론 나 혼자만의 생각이었네. K의 앞날을 걱정하는 누님을 안심시키려는 호의도 물론 포함되었지만 나를 경멸했다고밖에 볼 수 없는 그의 생가나 양가에 대한 오기도 있었지.

K가 호적을 되돌린 것은 대학 1학년 때였네. 그때부터 2학년 중반 무렵까지 약 1년 반 동안 그는 혼자 힘으로 자신을 지탱했지. 그런데 그런 과도한 노력이 점차 그의 건강과 정신에 영향을 미친 것처럼 보였네. 물론 거기에는 양가에서 호적을 뺀다, 안 뺀다 하는 시끄러운 문제도 더해졌을 거야. 그가 점점 감상적이 되는 문제도 더해졌겠지.

때에 따라서는 자신만이 혼자 세상의 불행을 짊어지고 서 있다는 듯한 말을 했네. 그리고 그 말을 부정하면 금방 화를 냈지. 자신의 미래에 걸쳐져 있는 광명이 점차 그의 눈에서 멀어져간다는 생각이 들어 초조했던 거야. 학문을 하기 시작했을 때는 누구나 지대한 포부를 갖고 새로운 여행을 떠나는 것이 보통이지만 1년이 지나고 2년이 지나 어느새 졸업이 가까워지면 갑자기 자신의 발걸음이 무뎌지는 것을 깨닫고 대부분 거기서 실망하는 것이 보통이거든. K의 경우도 마찬가지였는데 그가 초조해하는 모습은 일반적인 것에 비해 훨씬 심했지. 나는 결국 그의 기분을 가라앉히는 것이 급선무라고 생각했네.

　나는 그에게 쓸데없는 일을 하는 건 그만두라고 했지. 그리고 당분간 몸을 편히 하고 노는 게 장래를 위해 이득이라고 충고했네. K가 하도 고집불통이라 내 말을 쉽사리 듣지 않을 거라고 미리부터 예상하고 있었지만, 실제로 말을 해보니 생각보다 설득하는 게 힘들어서 난감했지. K는 그저 학문이 자신의 목적은 아니라고 주장하더군. 의지력을 키워 강한 사람이 될 생각이라는 거야. 그렇게 하기 위해서는 가능한 한 어려운 처지에 있어야 한다는 게 그의 결론이었지. 보통 사람의 눈에는 꼭 괴짜로 보였을 거야. 게다가 어려운 처지에 있는 그의 의지는 조금도 강해지지 않았네. 오히려 신경쇠약에 걸렸을 정도였지. 나는 하는 수 없이 그에게 아주 동감하는 듯한 태도를 보였네. 결국에는 나도 그런 인생을 살아갈 생각이었다고 분명히 말했지. (하지만 이건 나에게 아주 공허한 말은 아니었네. K의 주장을 듣고 있으면 점점 그런 말에 빨려들 정도로 그의 말에는 힘이 있었으니까.) 마지막으로 나는 K와 같이 살면서 함께 향상의 길로 나아가고 싶다는 제안을 했지. 나는 그의 고집을 꺾기 위해 굳이 그 앞에 무릎을 꿇는 일까지 했어. 그리고 간신히 내 하숙으로 데려왔다네.

23

내 방에는 대기실 같은 다다미 넉 장짜리 방이 딸려 있었네. 현관을 들어서서 내 방으로 가려면 반드시 그 방을 가로질러야 해서 실용적인 면에서 보면 아주 불편한 방이었지. K를 그 방에 들인 거네. 하지만 처음에는 내 방에 책상을 나란히 놓고 그 방까지 같이 쓸 생각이었는데 K는 비좁아도 혼자 있는 게 낫다며 스스로 그 방을 택했거든.

앞에서도 말한 것처럼 아주머님은 처음에 이런 조치에 반대했네. 하숙이라면 한 사람보다 두 사람이 편하고 두 사람보다 세 사람이 이득이겠지만 장사로 하는 게 아니니 가능하면 그만두는 게 좋겠다는 거였지. 결코 성가신 사람이 아니라 괜찮을 거라고 말하자 성가시지 않아도 속속들이 아는 사람이 아니면 싫다는 거였네. 그럼 지금 신세를 지고 있는 나도 마찬가지 아니냐고 따지자 나에 대해서는 처음부터 속속들이 알았다고 변명하더군. 나는 쓴웃음을 지었지. 그러자 아주머님은 다시 다른 이유를 대더군. 그런 사람을 데려오는 것은 나에게 좋지 않으니 그만두라는 거네. 왜 나에게 좋지 않은지를 묻자 이번에는 아주머님이 쓴웃음을 짓더군.

솔직히 말하면 나도 굳이 K와 함께 있을 필요는 없었네. 하지만 매달 들어가는 비용을 현금으로 내놓으면 돈을 받을 때 주저할 거라고 생각했거든. 그는 그만큼 독립심이 강한 사람이었으니까. 그래서 나는 그를 같은 하숙에 들이고 두 사람분의 식비를 그가 모르는 사이에 슬쩍 아주머님에게 건네려고 한 거였지. 하지만 나는 아주머님에게 K의 경제 사정에 대해 한마디도 털어놓을 생각이 없었네.

나는 그저 K의 건강에 대해서만 이러쿵저러쿵 말했네. 혼자 놔두면 사람이 더욱 비뚤어질 거라고 했지. 거기에 덧붙여 K가 양가와 사이가 안 좋았던 일이나 생가와 의절한 일 등 여러 가지 이야기를 해주었어. 나는 물에 빠진 사람을 건져내 자신의 온기로 상대를 덥힐 각오로 K를 데려오는 거라고 말했다네. 그런 생각으로 따뜻하게 돌봐달라고 아주머님과 아가씨에게 부탁했지. 이렇게 해서 나는 가까스로 아주머님을 설복했다네. 하지만 나에게서 아무 말도 듣지 못한 K는 이런 자초지종을 전혀 모르고 있었지. 나도 오히려 그게 낫다고 여기고, 꾸물꾸물 옮겨온 K를 태연한 얼굴로 맞이했네.

아주머님과 아가씨는 친절하게 그의 짐 정리를 도와주었지. 그 모든 게 나에 대한 호의에서 나온 거라고 해석한 나는 마음속으로 기뻐했네. K가 여전히 뚱해 있는데도 말이지.

K에게 새로운 거처의 느낌이 어떠냐고 물었을 때 그는 한마디로 나쁘지 않다고만 하더군. 내가 보기에는 나쁘지 않은 정도가 아니었지. 그가 지금까지 있던 곳은 북향의 퀴퀴한 냄새가 풀풀 나는 지저분한 방이었으니까. 먹는 것도 그 방에 걸맞게 변변치 않았네. 내가 하숙하는 곳으로 이사 온 그는 깊은 골짜기에서 높은 나무로 옮긴 것[20]만큼이나 다른 분위기를 느꼈을 거야. 그런데도 그다지 그런 기색을 보이지 않은 것은 그의 고집스러운 성격 때문이기도 하지만 그의 주장과도 관련된 거였지. 불교의 가르침 속에서 자란 그는 의식주의 사치

---

20 『시경』에 나오는, 깊은 골짜기에서 나와서 높은 나무로 옮겨간다는 뜻의 '출어유곡 천우교목(出於幽谷遷于喬木)'을 이용한 표현이다.

를 부도덕한 일로 생각했거든. 어설프게 옛 고승이나 성자의 전기를 읽은 그는 툭하면 정신과 육체를 분리하려는 버릇이 있었지. 육체를 단련하면 영혼의 빛이 더해진다고 느끼는 일조차 있었을지도 모르네. 나는 되도록 그의 뜻에 거스르지 않는 방침을 취했지. 얼음을 햇볕에 내놓고 녹일 궁리를 한 거네. 조만간 녹아서 따뜻한 물이 되면 스스로 깨달을 때가 반드시 올 거라고 생각한 거지.

24

나는 아주머님이 그런 식으로 대해줘 점점 쾌활해졌네. 그걸 자각했기 때문에 이번에는 K에게도 같은 방법을 적용해보고자 한 거였지. K와 내가 성격이 많이 다르다는 것은 오랫동안 교제해서 잘 알고 있었지만 이 하숙에 들어오고 나서 내 신경이 다소 느긋해진 것처럼 K도 이곳에 있으면 마음이 가라앉을 거라고 생각한 거야.

K는 나보다 의지가 굳었네. 공부도 나보다 배는 했을 거야. 게다가 타고난 머리도 나보다 훨씬 좋았지. 나중에는 전공이 달랐기 때문에 뭐라고 말할 수 없지만 중학교 때도 고등학교 때도 같은 반에 있을 때는 K가 늘 나보다 성적이 좋았어. 나는 평소 뭘 해도 K에게 미치지 못한다고 자각했을 정도라네. 하지만 억지로 K를 내 하숙으로 데려왔을 때는 내가 더 사리 판단을 잘하고 있다고 믿었지. 내가 보기에 그는 자제와 인내를 구별하지 못하는 것 같았거든. 이 말은 특히 자네를 위해 덧붙이는 거니 잘 들어주게. 육체든 정신이든 우리의 모든 능력은 외부의 자극으로 발달하기도 하고 파괴되기도 하는데, 어느 쪽이

든 자극을 점점 세게 할 필요가 있다는 것은 당연하네. 그렇기 때문에 잘 생각하지 않으면 아주 험악한 방향으로 나아가는데도 자신은 물론이고 옆 사람도 깨닫지 못할 우려가 생기는 거지. 의사의 설명을 듣자니 사람의 위장만큼 태만한 건 없다고 하네. 죽만 먹다 보면 그보다 더 단단한 것을 소화할 힘이 어느새 없어진다는 거야. 그러니 의사는 뭐든지 먹는 연습을 해두라는 거지. 하지만 그건 단순히 익숙해진다는 의미는 아니라고 생각하네. 만약 반대로 위의 힘이 조금씩 약해지면 결과가 어떻게 될지 상상해보면 금방 알 수 있는 일이야. K는 나보다 뛰어난 사람이지만 그걸 전혀 깨닫지 못하고 있었네. 그저 어려움에 익숙해지면 점차 그 어려움이 아무것도 아니게 된다고 혼자 정해놓고 있었던 것 같더군. 어려움을 되풀이하면 되풀이한 만큼의 공덕으로 그 어려움이 신경 쓰이지 않게 되는 시기가 온다고 굳게 믿고 있었던 모양이네.

나는 K를 설득할 때 꼭 그 점을 밝혀주고 싶었지. 하지만 말하면 반항할 게 뻔했네. 또 옛날 사람을 예로 들고나올 게 틀림없다고 생각했지. 그렇게 되면 나도 그 사람들과 K가 다른 점을 분명히 말해야 하네. 그걸 긍정해주면 좋겠지만 K의 성격상 논의가 거기까지 나아가면 쉽게 뒤로 물러서지 않지. 앞으로 더 나아간다네. 그리고 입 밖으로 꺼낸 말대로 행동하려고 하지. 그렇게 되면 그는 무서운 사람이었네. 위대했지. 스스로 자신을 파괴하며 나아가니까. 결과로 보면 그는 그저 자신의 성공을 깨뜨린다는 의미에서 위대한 것에 지나지 않았지만, 그래도 결코 평범하지는 않았네. 그의 기질을 잘 아는 나는 결국 아무 말도 할 수 없었지. 게다가 내가 보기에 그는 앞에서 말한 대로 다소 신경쇠약에 걸린 것 같았네. 설사 내가 그를 설복한다고 해도 그는 반드시 격해질 게 분명했네. 그와 싸움을 하는 건 무섭지 않았지만, 내가 고독감을 견딜 수 없었던 자신의 처지를 돌아보자 친구인 그를 나처럼 고독한 처지에 두는 것은 견딜 수 없는 일이었어. 한발 더 나아가 더욱 고독한 처지에 떨어뜨리는 것은 더더욱 싫었네. 그래서 나는 그를 내 하숙으로 데려오고 나서도 당분간은 비판하는 듯한 말은 하지 않았지. 다만 차분하게 주위가 그에게 미치는 결과를 보기로 했네.

25

나는 아주머님과 아가씨에게 나보다는 되도록 K와 이야기를 나눠 달라고 부탁했네. 지금까지 대화 없이 생활해온 것이 그에게 탈이 되었다고 믿었기 때문이지. 철이 사용하지 않으면 녹스는 것처럼 그의 마음도 녹이 슬었다고밖에 생각할 수 없었던 거야.

아주머님은 말을 붙여볼 생각도 못하게 하는 사람이라며 웃었다네. 아가씨도 일부러 예까지 들어가며 나에게 설명했지. 화로에 불이 있느냐고 물으면 K는 없다고 대답한다네. 그럼 가져오겠다고 하면 필요 없다고 거절한다는 거야. 춥지 않으냐고 물으면 춥지만 필요 없다고만 하며 대응하지 않는다는 거네. 나는 그저 쓴웃음을 짓고 있을 수만은 없었어. 미안한 마음에 무슨 말이라도 해서 그 자리를 얼버무려 넘겨야 했지. 하긴 그때는 봄이었으니까 굳이 불을 쬘 필요는 없었지만, 그래서는 말도 못 붙이겠다는 말을 듣는 것도 무리가 아니라고 생각했네.

그래서 나는 가능한 한 내가 중심이 되어 두 모녀와 K를 연결시키려고 애썼네. K와 내가 이야기하는 자리에 두 모녀를 부른다거나 두 모녀와 내가 한방에서 만나는 자리에 K를 부르는 등 어떻게든 그 자리에 맞는 방식으로 그들을 접근시키려고 했지. 물론 K는 그런 자리를 그다지 좋아하지 않았네. 어떤 때는 갑자기 일어나 방에서 나가버렸지. 또 어떤 때는 아무리 불러도 좀처럼 나오지 않았어. K는 그런 잡담을 나누는 게 뭐가 그리 재미있느냐고 하더군. 나는 그냥 웃고 말았네. 하지만 마음속으로는 K가 그 때문에 나를 경멸하고 있다는 걸 잘 알 수 있었지.

나는 사실 어떤 의미에서 그의 경멸을 받을 만했는지도 모르네. 그의 지향점은 나보다 훨씬 높은 데 있었다고도 할 수 있겠네. 나도 그걸 부정하지 않네. 하지만 눈만 높고 다른 것이 조화를 이루지 못하면 간단히 불구가 되지. 그때 나는 무슨 일이 있어도 그를 사람답게 만드는 것이 급선무라고 생각했네. 그의 머리가 아무리 훌륭한 사람의 이미지로 가득 차 있다고 해도 그 자신이 훌륭해지지 않으면 아무런 도움이 되지 않는다는 사실을 발견한 거지. 그를 사람답게 만드는 첫 번째 수단으로 일단 그를 이성 옆에 앉힐 방법을 강구했네. 그리고 거기서 나오는 분위기에 노출시켜 녹슨 그의 혈액을 새롭게 하려고 시도한 거지.

그 시도는 차츰 성공했네. 처음에는 어울리기 힘들어 보였던 것이 점차 하나로 합쳐지기 시작했지. 그는 자신 이외의 세계가 있다는 것을 조금씩 깨달아가는 것 같았네. 어느 날 그는 나에게 여자란 그렇게 경멸할 만한 존재가 아니라는 말을 하더군. 처음에 K는 여자에게도 나 정도의 지식과 학문을 요구한 모양이네. 그리고 그게 보이지 않으면 금방 경멸하는 마음이 생긴 거지. 지금까지 그는 성에 따라 입장을 바꿀 줄 모르고 모든 남녀를 같은 시선으로 한꺼번에 관찰했던 거야. 나는 그에게 만약 남자인 우리 둘만이 이야기를 나눈다면 영원히 앞으로만 똑바로 나아갈 거라고 말했네. 그는 그럴 거라고 하더군. 나는 그때 아가씨에게 푹 빠져 있던 무렵이라 자연스럽게 그런 말을 했을 거네. 하지만 그런 속사정은 그에게 한마디도 털어놓지 않았지.

지금까지 책으로 성벽을 쌓고 그 안에 틀어박혀 있는 듯한 K의 마음이 점차 누그러지는 것을 보는 일은 무엇보다 유쾌했네. 처음부터 그런 목적으로 시작한 일이니 자신의 성공에 따르는 희열을 느끼지 않을 수 없었지. 나는 K에게 말하는 대신에 아주머님과 아가씨에게 내가 생각한 바를 그대로 이야기했네. 두 사람 다 만족하는 것 같더군.

26

K와 나는 과가 같았지만 전공하는 학문이 달라서 자연히 학교에 가고 돌아오는 시간이 달랐네. 내가 빨리 돌아오면 그냥 그의 빈방을 지날 뿐이지만 늦게 돌아올 때는 간단한 인사를 하고 내 방으로 들어가는 게 보통이었지. K는 늘 책에서 눈을 떼고 장지문을 여는 나를 슬쩍 보았네. 그리고 반드시 이제 오나, 하고 말했네. 나는 아무 말 없이 고개를 끄덕이기만 할 때도 있고 그냥 "응" 하고 대답하며 지나올 때도 있었어.

어느 날 나는 간다에 볼일이 있어 귀가 시간이 평소보다 훨씬 늦어졌다네. 잰걸음으로 대문 앞까지 와서 격자문을 드르륵 열었지. 그와 동시에 나는 아가씨의 목소리를 들었네. 목소리는 분명히 K의 방에서 들리는 것 같았지. 현관에서 곧장 가면 거실, 아가씨의 방이 이어져 있고 거기서 왼쪽으로 꺾으면 K의 방, 내 방이 있는 구조라서 어디서 누구의 목소리가 들린다는 것쯤은 오랫동안 신세를 지고 있던 나로서는 금방 알 수 있었어. 나는 들어와 바로 격자문을 닫았네. 그러자 아가씨의 소리도 금방 그치더군. 나는 그때부터 하이칼라여서 벗는 데 시간이 걸리는 편상화를 신고 있었는데, 내가 허리를 굽히고 구두끈을 푸는 동안 K의 방에서는 아무 소리도 들리지 않더군. 나는 이상하게 생각했지. 어쩌면 내 착각일지도 모른다고 생각했어. 하지만 평소처럼 K의 방을 지나가려고 장지문을 열자 아니나 다를까 거기에 두 사람이 앉아 있더군. K는 여느 때처럼 이제 오나, 라고 말했지. 아가씨도 앉은 채 "오셨어요?" 하고 인사하더군. 그렇게 생각해서인지 그 간단한 인사가 내게는 좀 딱딱하게 들렸네. 내 고막에는 어딘가 부자연스러운 어조로 울렸지. 나는 아가씨에게 아주머님은요, 하고 물었네. 내 질문에는 아무 의미도 없었어. 어쩐지 집 안이 평소보다 조용한 것 같아서 그냥 물어봤을 뿐이었지.

아니나 다를까 아주머님은 나가고 없었네. 하녀도 아주머님과 함께 나갔더군. 그러니까 집에는 K와 아가씨만 남아 있었던 거야. 나는 살짝 고개를 갸웃했네. 지금까지 오랫동안 신세를 지고 있지만 아주머님이 아가씨와 나만 남겨두고 집을 비운 적은 여태껏 한 번도 없었으니까. 나는 무슨 급한 일이라도 생긴 거냐고 아가씨에게 되물었네. 아가씨는 그냥 웃기만 하더군. 나는 그럴 때에 웃는 여자가 싫었네. 젊은 여자들이 다 그렇다고 하면 그뿐일지도 모르지만 아가씨도 시시한 일에 잘 웃는 여자였지. 하지만 아가씨는 내 안색을 보고는 곧 평소의 표정으로 돌아갔네. 급한 일은 아니지만 잠깐 볼일이 있어 나갔다고 진지하게 대답하더군. 하숙인인 나로서는 그 이상 추궁할 권리가 없었지. 나는 입을 다물었네.

내가 옷을 갈아입고 채 자리에 앉기도 전에 아주머님과 하녀가 돌아왔네. 이윽고 저녁 식탁에 모두가 얼굴을 마주하는 시간이 되었지. 이 집에서 하숙을 시작한 무렵에는 모든 게 손님 대접이어서 식사 때마다 하녀가 방으로 밥상을 가져다주었는데 언제부터인지 식사 때 부르면 가서 먹는 게 관례가 되었네. K가 새로 들어왔을 때도 내가 주장하여 그를 나와 똑같이 대해달라고 했지. 그 대신 나는 얇은 판자로 만든, 다리가 접히는 맵시 있는 식탁[21]을 아주머님에게 사드렸네. 지금은 어느 집에서나 쓰고 있는 것 같지만 그 무렵에는 그렇게 식탁에 둘러앉아 밥을 먹는 가족은 거의 없었지. 나는 일부러 오차노미즈(お茶の水)의 가구점에 가서 내가 구상한 대로 만들어달라고 했던 것이네.

나는 식탁에서 아주머님으로부터 그날은 늘 같은 시간에 오던 생선 장수가 오지 않아서 찬거리를 사러 시내까지 가야 했다는 설명을 들었네. 역시 하숙인을 두고 있는 이상 그럴 만하다고 생각했을 때 아가씨는 내 얼굴을 보며 다시 웃더군. 하지만 이번에는 아주머님에게 꾸중을 듣고 바로 그만두었다네.

---

21 에도 시대 이래 식사 때는 각자가 조그만 전용 상을 쓰는 게 보통이었는데 점차 가족 전원이 하나의 식탁에 둘러앉는 형식이 보급되었다. 『마음』에서는 K가 동거하게 된 것을 계기로 '선생님'의 제안으로 그런 변화가 일어난 것이다.

27

일주일쯤 지나 나는 다시 K와 아가씨가 이야기를 나누고 있는 방을 지나갔네. 그때 아가씨는 내 얼굴을 보자마자 웃더군. 나는 곧 뭐가 그리 우습냐고 물어봤으면 되었을 거야. 그런데 그만 잠자코 내 방까지 가버렸네. 그래서 K도 평소처럼 이제 오나, 하고 말을 걸 수 없었지. 아가씨는 곧 장지문을 열고 거실로 간 것 같더군.

저녁 식사 때 아가씨는 나를 이상한 사람이라고 했네. 나는 그때도 왜 이상하다는 거냐고 묻지 못하고 말았지. 다만 아주머님이 아가씨에게 눈을 흘기는 것을 보았을 뿐이네.

나는 식사 후에 산보나 하자며 K를 데리고 나갔네. 우리 둘은 덴즈인 뒤쪽에서 식물원[22] 길을 빙 돌아 다시 도미자카(富坂) 아래쪽으로 나왔지. 산보하기에는 짧은 길이 아니었지만 그사이에 나눈 이야기는 아주 적었네. 성격에서 보면 K는 나보다 말수가 적은 사람이었지. 나도 말이 많은 편은 아니야. 하지만 나는 걸으면서 가능한 한 그에게 말을 걸어보려고 했네. 화제는 주로 우리 둘이 하숙하고 있는 가족에 대해서였지. 나는 아주머님이나 아가씨를 그가 어떻게 보고 있는지 알고 싶었네. 그런데 그는 도무지 알 수 없는 대답만 했어. 게다가 그 대답은 요령부득인 데다 아주 간단했지. 그는 두 모녀보다는 전공 학과에 더 많은 주의를 기울이고 있는 것처럼 보였네. 하긴 그때는 2학년 시험이 목전에 다가온 무렵이라 보통 사람의 입장에서 보면 그가 더 학생다웠다고 할 수 있겠지. 더구나 그는 스베덴보리[23]가 이러쿵저

---

22 도쿄제국대학 이과대학 부속 식물원. 원래는 막부의 약초원(藥草園).

러쿵하며 무지한 나를 놀라게 했어.

우리가 순조롭게 시험을 마쳤을 때 둘 다 이제 1년밖에 안 남았다며 아주머님은 기뻐해주었네. 그런 아주머님의 유일한 자랑으로 보이는 아가씨의 졸업도 얼마 남지 않았지. K는 내게 여자란 아무것도 모르고 학교를 졸업한다고 말했네. K는 아가씨가 학문 이외에 배우고 있는 바느질이며 거문고며 꽃꽂이를 전혀 안중에 두고 있지 않은 것 같았어. 나는 세상 물정에 어두운 그를 비웃었지. 그리고 여자의 가치는 그런 데 있는 게 아니라는 예전의 논의를 그 앞에서 다시 되풀이했네. 그는 별다른 반박도 하지 않았지. 그 대신 아, 그렇군, 하는 모습도 보이지 않았네. 나는 그런 점이 유쾌했지. 거만한 듯한 그의 모습이 여전히 여자를 경멸하는 듯이 보였기 때문이네. 내가 여자의 대표자로서 알고 있는 아가씨를 대수롭지 않게 여기는 듯했기 때문이지. 지금 돌이켜보면 K에 대한 내 질투심은 그때 이미 충분히 싹텄던 거야.

나는 여름방학에 어디론가 가지 않겠느냐고 K에게 의논했네. K는 가고 싶지 않은 듯한 말투였지. 물론 그는 자신의 자유의지로 가고 싶다고 어디로든 갈 수 있는 몸이 아니었지만 내가 같이 가자고 하면 어디로 가든 별 지장이 없는 몸이었네. 나는 왜 가고 싶지 않으냐고 물었지. 그는 아무런 이유가 없다고 하더군. 집에서 책이나 읽는 것이 좋다는 거야. 내가 시원한 피서지에서 공부하는 것이 몸에도 좋을 거라고 주장하자 그렇다면 나 혼자 가는 게 좋을 거라고 하더군. 하지만 나는 K를 혼자 하숙에 남겨두고 갈 생각은 없었네. 그렇지 않아도 K와 하숙집 사람이 점점 친해지는 것을 보는 게 그다지 좋은 기분이 아

---

23 에마누엘 스베덴보리(Emanuel Swedenborg, 1688~1772). 스웨덴의 과학자이자 철학자. 1744년 계시를 받아 신비 사상을 주장하고 심령 연구에 몰두했으며 신예루살렘 교회를 설립했다.

니었으니까. 내가 처음에 바란 대로 되는 것이 왜 기분을 안 좋게 하느냐고 물으면 나도 할 말이 없네. 나는 바보임에 틀림없지. 끝이 안 나는 두 사람의 논쟁을 보다 못한 아주머님이 중재에 나섰지. 우리는 결국 보슈(房州)²⁴로 가게 되었네.

28

K는 여행을 별로 안 다니는 사람이었네. 나도 보슈는 처음이었지.

우리는 아무것도 모르고 배가 제일 먼저 도착한 곳에 내렸다네. 호타(保田)라는 곳이라더군. 지금은 어떻게 변했는지 모르지만 그 무렵에는 형편없는 어촌이었네. 무엇보다 어디를 가나 비린내가 진동했지. 그리고 바다로 들어가면 파도에 밀려 금방 손이나 발이 까졌네. 밀어닥치는 파도에 주먹만 한 돌이 휩쓸려 끊임없이 굴러다녔거든.

나는 금세 싫어졌네. 하지만 K는 좋다고도 싫다고도 하지 않더군. 적어도 표정만은 아무렇지 않아 보였네. 그러면서도 그는 바다에 들어갈 때마다 꼭 어딘가를 다쳐서 나왔지. 나는 결국 그를 설득하여 그곳을 떠나 도미우라(富浦)로 갔네. 도미우라에서 다시 나코(那古)로 옮겼지. 그 연안은 모두 그 시절부터 주로 학생들이 모이는 곳이라 우리에게는 어디든 해수욕장으로서 안성맞춤이었네. K와 나는 해안의 바위 위에 앉아 먼 바다의 색깔이나 가까운 바닷속을 바라보곤 했지.

---

24 현재의 지바 현 남부. 소세키가 제일고등학교에 재학 중이던 1889년 8월 상순부터 3주 남짓 몇몇 친구와 보슈 반도를 여행했는데 여기에는 그때의 체험이 반영되어 있다. 『문』에도 소스케의 동생 고로쿠가 이곳을 여행하는 장면이 나온다.

바위 위에서 내려다보는 물은 유난히 맑더군. 붉은색이나 파란색 등 보통 시장에 나오지 않는 색깔의 작은 물고기가 투명한 파도 속을 이리저리 헤엄치는 것이 손으로 가리킬 수 있을 만큼 선명하게 보였지.

나는 바위 위에 앉아 책을 펼치곤 했네. K는 아무것도 하지 않고 잠자코 있는 일이 많았지. 생각에 잠겨 있는지, 경치에 정신이 팔려 있는지, 아니면 멋대로 상상에 빠져 있는지 전혀 알 수 없었어. 나는 때때로 눈을 들어 K에게 뭘 하고 있느냐고 물었네. K는 아무것도 하지 않는다고 한마디로 대답할 뿐이었지. 나는 내 옆에 이렇게 가만히 앉아 있는 사람이 K가 아니라 아가씨라면 얼마나 좋을까 하고 생각하곤 했다네. 그뿐이라면 그래도 좋겠지만 때로는 문득 K도 나와 같은 바람을 갖고 바위 위에 앉아 있는 게 아닐까 하는 의심이 드는 거야. 그러면 거기서 차분히 책을 펼치고 있는 게 갑자기 싫어지더군. 나는 벌떡 일어났네. 그리고 거리낌 없이 큰 소리로 외쳤지. 제대로 된 시나 노래를 즐겁다는 듯이 읊조리는 미적지근한 일은 할 수 없었네. 그저 야만인처럼 외치는 거지. 어떤 때는 갑자기 그의 목덜미를 뒤에서 움켜잡았네. 그리고 바닷속으로 떠밀면 어떻게 하겠느냐고 K에게 물었지. K는 꼼짝하지 않더군. 그 자세 그대로 마침 잘됐네, 그렇게 해주게, 하고 대답하지 뭔가. 나는 바로 움켜쥔 손을 놓았네.

그때 K의 신경쇠약은 상당히 좋아진 것 같았지. 그것과 반비례로 나는 점점 과민해졌어. 나는 나보다 침착한 K가 부러웠어. 또 밉살스럽기도 했지. 그는 아무래도 나를 상대할 기색을 보이지 않았기 때문이네. 내게는 그게 일종의 자신감처럼 비치더군. 하지만 나는 그의 자신감을 확인하는 것만으로는 결코 만족할 수 없었네. 내 의심은 한발 더 나아가 그 자신감의 성격을 밝히고 싶었지. 그는 학문이든 일이든 앞으로 자신이 나아갈 길의 희망을 되찾은 기분이었을까? 단지 그뿐이라면 K와 나의 이해는 하등 충돌할 리가 없는 거지. 오히려 돌봐준 보람이 있다고 기쁘게 생각해야 할 일이야. 하지만 그의 안심이 만약 아가씨에 대한 것이라면 나는 결코 그를 용서할 수 없게 되겠지. 이상하게도 그는 내가 아가씨를 사랑하고 있는 기색을 전혀 알아채지 못한 것처럼 보였네. 물론 나도 그게 K의 눈에 띄도록 티 나게 행동하지는 않았지. K는 원래 그런 일에 둔한 사람이었거든. 처음부터 나는 K라면 괜찮을 거라고 안심하는 마음이 있어서 일부러 그를 집으로 데려온 거였으니까.

29

나는 큰맘 먹고 내 마음을 K에게 털어놓으려고 했네. 물론 그제야 그럴 마음을 먹은 것이 아니었지. 여행을 떠나오기 전부터 그렇게 할 생각이 있었지만 털어놓을 기회를 잡는 것도, 그 기회를 만들어내는 것도 내 솜씨로는 잘 안 되었던 것이네. 지금 생각하면 그 무렵 내 주변에 있던 사람은 다들 이상했어. 여자에 관해 깊숙한 이야기까지 하는 사람은 한 사람도 없었지. 그중에는 이야깃거리가 없는 사람도 꽤 있었겠지만 설사 있다고 해도 입을 다물고 있는 것이 보통인 것 같았네. 비교적 자유로운 분위기에서 살고 있는 지금의 자네가 보기에는 아마 이상할 거야. 그게 유교의 가르침 같은 것이 남아 있어서였는지, 부끄러워서였는지, 판단은 자네의 해석에 맡기겠네.

K와 나는 뭐든지 이야기할 수 있는 사이였지. 가끔은 사랑이나 연

애라는 문제도 입에 올리지 않은 건 아니었지만 늘 추상적인 이론에 빠질 뿐이었어. 그것도 좀처럼 화제에 오르지 않았지. 대개는 책 이야기나 학문 이야기, 미래의 일과 포부, 수양 이야기 정도였다네. 아무리 친해도 그렇게 딱딱한 이야기를 하는 날에는 갑자기 분위기를 바꿀 수 없는 법이지. 우리 둘은 그저 딱딱한 이야기를 하며 친해질 뿐이었네. 아가씨에 대해 K에게 털어놓을 결심을 하고 나서 몇 번이나 속이 타는 불쾌함에 시달렸는지 모를 거야. 나는 K의 머리 어딘가에 구멍을 뚫고 부드러운 공기를 불어넣어주고 싶은 마음이 들었네.

자네가 보기에는 가소롭기 짝이 없는 일도 그때의 내게는 사실 아주 어려웠네. 나는 여행지에서도 집에 있을 때와 마찬가지로 비겁했지. 계속 기회를 포착할 생각으로 K를 관찰했지만 묘하게 고답적인 그의 태도를 어떻게 해볼 수가 없었어. 내가 보기에 그의 심장 주위는 검은 옻으로 두껍게 칠해진 것이나 마찬가지였지. 내가 쏟아부으려는 피는 한 방울도 그의 심장 안으로 들어가지 않고 모조리 튀어나오고 말았어.

어떤 때는 K의 태도가 너무 거세고 거만해서 나는 오히려 안심한 적도 있네. 그리고 내가 의심한 것을 속으로 후회함과 동시에 K에게 용서를 빌었지. 용서를 빌면서 자신이 굉장히 열등한 인간으로 보여 갑자기 싫은 기분이 들었네. 하지만 시간이 좀 지나자 이전의 의심이 되살아났지. 모든 것이 의심에서 나오는 것이라 내게는 만사가 불리했어. 용모도 여자들은 K를 더 좋아할 것처럼 보였네. 성격도 나처럼 좀스럽지 않아 이성이 마음에 들어 할 것 같았지. 어딘가 얼빠진 구석이 있으면서도 착실하고 남자다운 구석이 있는 점도 나보다는 나아 보였네. 전공은 다르지만 실력이라는 면에서도 나는 K의 적수가 못 된다는 걸 자각하고 있었지. 모든 면에서 상대가 나은 점이 이렇게 한꺼번에 눈앞에 어른거리자 잠시 안심했던 나는 금세 다시 불안해졌네.

K는 차분하지 못한 내 모습을 보고 지겨워졌으면 일단 도쿄로 돌아가도 좋다고 했지만 그런 말을 들으니 갑자기 돌아가고 싶지 않더군. 실은 K가 도쿄로 돌아가는 게 싫었는지도 모르네. 우리 둘은 보슈 반도를 돌아 반대편으로 갔지. 우리는 금방 나온다는 시골 사람들의 말에 속아 뙤약볕 속을 끙끙대며 힘겹게 걸었네. 그렇게 걷는 의미를 도무지 알 수 없었지. 그래서 나는 농담 삼아 K에게 걷는 의미를 모르겠다고 말했네. 그러자 K는 발이 있으니 걷는 거라고 하더군. 그리고 더워지면 바다로 들어가자며 어디든 상관하지 않고 바다에 몸을 던졌네. 그러고 나서 다시 뜨겁게 내리쬐는 햇볕 속을 걸었기 때문에 몸이 나른해지면서 녹초가 되었지.

30

이렇게 걸으면 더위와 피로로 몸은 자연히 이상해지는 법이네. 물론 병과는 다르지. 갑자기 내 영혼이 남의 몸속에 깃든 기분이 되는 거라네. 나는 평소처럼 K와 이야기를 나누면서도 어쩐지 평소와 기분이 달라진 것 같았지. 그에 대한 친밀감도 증오도 여행 중에만 느끼는 특별한 성격을 띠게 된 거야. 다시 말해 우리 둘은 더위, 바다, 그리고 걷는 것 때문에 그때까지와는 다른 새로운 관계로 들어설 수 있었던 거겠지. 그때의 우리는 마치 길동무가 된 행상 같았네. 아무리 이야기를 해도 평소와 달리 머리를 써야 하는 복잡한 문제는 입에 올리지 않았지.

우리는 이런 식으로 결국 조시(銚子)까지 갔는데, 도중에 단 한 번 예외가 있었던 것을 지금도 잊을 수가 없네. 아직 보슈 반도를 떠나기 전에 우리 둘은 고미나토(小湊)라는 곳에서 다이노우라(鯛の浦)[25]를 구경했다네. 벌써 여러 해가 지났고, 게다가 내게는 그다지 흥미로운 일이 아니어서 확실히 기억하고 있지 않지만 아무튼 그곳은 니치렌[26]이 태어난 마을이라고 하더군. 니치렌이 태어난 날 도미 두 마리가 해변으로 밀려왔다는 이야기가 전해지고 있네. 그 이후로 마을 어부들이 지금껏 도미를 잡는 일을 삼갔기 때문에 그 연안에는 도미가 많았지. 우리는 작은 배를 빌려 일부러 도미를 보러 바다로 나갔네.

그때 나는 오로지 파도만 보고 있었지. 그리고 그 파도 속에서 움직이는 살짝 보랏빛이 도는 도미의 색깔을 흥미로운 현상의 하나로서 질리지도 않고 바라보았네. 하지만 K는 나만큼 도미에 흥미를 가질 수 없는 것 같았네. 그는 도미보다는 오히려 머릿속으로 니치렌을 상상하고 있는 것 같았어. 마침 그곳에 단조지(誕生寺)[27]라는 절이 있었지. 니치렌이 태어난 마을이라 단조지라는 이름이 붙었겠지. 훌륭한 가람이었네. K는 그 절에 가서 주지를 만나보겠다고 하더군. 사실 우리 차림새는 무척 이상했네. 특히 K는 바람에 모자가 바다로 날아간 후 삿갓을 사서 쓰고 있었거든. 물론 우리의 옷은 때에 전 데다 땀 냄새가 지독했지. 나는 스님을 만나는 건 그만두자고 했네. K는 고집

25 '도미 해변'이라는 뜻의 지명이다.
26 니치렌종(日蓮宗)의 개조인 니치렌(日蓮, 1222~1282)은 법화경에 대한 신앙을 주장하며 당시 유력했던 정토종 신앙을 부정했다. 니치렌에 대한 K의 관심이 어떤 내용이었는지는 분명하지 않지만 그가 정토진종의 절 출신이라는 점이 흥미롭다.
27 니치렌종의 절로 1276년에 니치렌이 탄생한 곳에 건립되었다.

불통이라 내 말을 듣지 않았지. 싫으면 나만 밖에서 기다리라고 하더군. 어쩔 수 없이 함께 현관에 이르렀는데 마음속으로 분명히 거절당할 거라고 생각했네. 그런데 스님은 의외로 친절한 사람으로 우리를 널찍하고 근사한 방으로 안내하더니 바로 만나주었지. 그 무렵의 나는 K와 생각이 꽤 달라서 스님과 K의 이야기에 그다지 귀를 기울일 생각도 들지 않았어. 하지만 K는 열심히 니치렌에 대해 물어보는 것 같았네. 니치렌은 소니치렌(草日蓮)이라 불릴 만큼 초서를 아주 잘 썼다고 스님이 말했을 때 글씨에 서툰 K가, 뭐야 시시하게, 하는 표정을 지었던 걸 나는 아직도 기억하고 있어. K는 그런 것보다 좀 더 심오한 의미의 니치렌을 알고 싶었겠지. 스님이 그런 점에서 K를 만족시켰는지는 의문이지만 그는 절 경내를 나서자 나에게 자꾸만 니치렌에 대해 말하기 시작하더군. 더위에 녹초가 된 나는 그런 이야기를 듣고 있을 처지가 아니어서 그냥 입으로만 적당히 대꾸했지. 그것도 귀찮아져 결국에는 완전히 입을 다물고 말았네.

아마도 그다음 날 밤이었다고 생각하는데, 숙소에 도착해 밥을 먹고 잠자리에 들기 조금 전에 우리는 갑자기 까다로운 문제를 논하기 시작했지. K는 어제 자신이 니치렌에 대해 이야기한 것을 내가 제대로 상대해주지 않았던 것을 좋지 않게 생각했네. 정신적으로 향상심이 없는 자는 바보라며 어쩐지 나를 무척 경박한 사람인 것처럼 몰아붙이더군. 그런데 내 가슴에는 아가씨 일로 마음에 맺힌 게 있어서 모멸에 가까운 그의 말을 그냥 웃어넘길 수가 없었네. 나는 나대로 변명을 시작했지.

31

그때 나는 자꾸만 인간답다는 말을 사용했네. K는 인간답다는 말 속에 내가 자신의 모든 약점을 숨기고 있다고 하더군. 아니나 다를까 나중에 생각해보니 K가 말한 대로였네. 하지만 인간답지 않다는 말의 의미를 K에게 납득시키기 위해 그 말을 쓰기 시작한 나는 출발점부터 이미 반항적이어서 그것을 반성할 만한 여유가 없었지. 나는 더더욱 내 생각을 주장했네. 그러자 K가 자신의 어디가 인간답지 않은 거냐고 물었지. 나는 그에게 말해주었네. 자네는 인간답다. 어쩌면 너무 인간다운 것인지도 모른다. 하지만 입으로는 인간답지 않은 말을 한다. 또 인간답지 않은 듯이 행동한다.

내가 이렇게 말했을 때 그는 그저 자신이 수양이 부족해서 남에게 그렇게 보였을지도 모른다고 대답할 뿐 전혀 반박하려고 하지 않더군. 나는 맥이 빠졌다기보다는 오히려 안됐다는 생각이 들었네. 나는 곧 거기서 논쟁을 끝냈지. 그의 어조도 점점 가라앉았네. 만약 내가 그가 알고 있는 것처럼 옛날 사람들을 알고 있었다면 그런 공격은 하지 않았을 거라고 초연히 말했지. K가 입에 담은 옛날 사람이란 물론 영웅도 아니고 호걸도 아니네. 영혼을 위해 육체를 혹사하거나 도를 위해 몸을 채찍질했던 이른바 어렵고 고된 수행을 하는 사람을 가리키지. K는 나에게 자신이 그 때문에 얼마나 괴로워하는지 모르는 것이 정말 유감스럽다고 분명히 말하더군.

K와 나는 그 이야기를 끝으로 잠이 들었네. 그리고 그 이튿날부터 다시 보통의 행상 같은 태도로 돌아가 땀을 흘리며 힘겹게 걸었지. 하지만 나는 길을 걸으며 그날 밤의 일을 떠올렸네. 내게는 더없이 좋은

기회가 주어졌는데 왜 모른 척하고 그대로 지나쳤을까 하는 회한이 일었네. 인간답다는 추상적인 말 대신 좀 더 직설적이고 간단한 이야기를 K에게 털어놓았으면 좋았을 거라고 생각한 거지. 사실 내가 그런 말을 만들어낸 것도 아가씨에 대한 감정이 토대가 되었기 때문인데, 사실을 증류시켜 마련한 이론 같은 걸 K의 귀에 불어넣기보다는 원래의 형태 그대로 그의 눈앞에 드러내는 편이 나에게는 훨씬 이익이었을 거야. 내가 그렇게 할 수 없었던 것은 학문상의 교제가 기조를 이루고 있는 우리의 친밀함에 일종의 타성이 저절로 생겨서 과감하게 그것을 깨부술 용기가 없었기 때문이라는 걸 여기서 고백하겠네. 너무 거드름을 피웠다고 해도 허영심에 사로잡혔다고 해도 마찬가지겠지만 내가 말하는 거드름이나 허영심의 의미는 보통 말하는 것과는 좀 다르다네. 자네가 그걸 알아주기만 한다면 나로서는 족하네.

우리는 새까맣게 타서 도쿄로 돌아왔네. 돌아왔을 때 내 기분은 또 달라져 있었지. 인간답다거나 인간답지 않다거나 하는 시답잖은 이론은 거의 머릿속에 남아 있지 않았어. K에게도 종교가 같은 모습은 전혀 보이지 않았지. 아마 그때 그의 마음속 어디에도 영혼이 어떻고 육체가 어떻고 하는 문제는 깃들어 있지 않았겠지. 우리 둘은 다른 인종 같은 얼굴로 바쁘게 돌아가는 듯한 도쿄를 둘러보았네. 그러고 나서 료고쿠(両国)에 가서 무더운 날인데도 닭고기 요리를 먹었네.[28] K는 그 기세로 고이시카와까지 걸어서 돌아가자고 하더군. 체력 면에서 보면 K보다 내가 더 강했기에 곧바로 그러자고 했네.

하숙에 도착하자 아주머님은 우리의 모습을 보고 깜짝 놀라더군.

---

28 에도 시대 이래의 번화가인 료고쿠에는 옛날부터 닭고기 요릿집이 많았다. "무더운 날인데도"라고 한 것은 보통 겨울에 먹는 전골 요리이기 때문이다.

그저 피부만 까맣게 탄 게 아니라 무턱대로 걸어 다니다 보니 둘 다 비쩍 말랐기 때문이지. 아주머님은 그래도 건강해 보인다며 칭찬해주었네. 아가씨는 아주머님의 모순된 말이 우습다며 웃더군. 여행 전에는 그 웃음에 가끔 화가 났던 나도 그때만큼은 유쾌한 기분이었네. 때가 때인 데다 오랜만에 들어서였겠지.

32

그뿐 아니라 나는 아가씨의 태도가 얼마 전과 달라졌다는 것을 깨달았네. 오랜만에 여행에서 돌아온 우리가 평상시와 같은 안정을 찾을 때까지는 모든 면에서 여자의 손이 필요했는데, 보살펴주는 아주머님은 차치하고 아가씨가 모든 점에서 나를 우선시하고 K를 뒷전으로 미루는 것처럼 보였던 거지. 노골적으로 그렇게 했다면 나도 난감했을지도 모르네. 경우에 따라서는 오히려 불쾌감을 줄 수도 있었을 거라고 생각하지만 아가씨의 행동은 그런 점에서 무척 요령 좋은 것이어서 나는 기뻤지. 다시 말해 아가씨는 나만 알 수 있도록 타고난 친절함을 나에게 덤으로 베풀어준 거네. 그래서 K는 특별히 싫은 표정도 짓지 않고 태연했지. 나는 마음속으로 은밀하게 그에 대한 개가를 올렸네.

얼마 후 여름도 지나고 9월 중순 무렵부터 우리는 다시 수업을 들으러 학교에 가야 했네. K와 나는 각자의 시간표에 따라 집을 나가고 들어오는 시간이 달라졌지. 내가 K보다 늦게 돌아오는 날은 일주일에 세 번쯤이었는데 언제 돌아와도 K의 방에서 아가씨를 보는 일은 없었네. K는 나에게 예의 눈을 돌리며 "이제 오나?" 하고 규칙처럼 되풀이했지. 내 인사도 거의 기계처럼 간단하고 또 무의미했네.

아마 10월 중순이었을 거네. 나는 늦잠을 자는 바람에 일본 옷을 입은 채 서둘러 학교에 간 적이 있었지. 신발도 편상화 끈을 묶을 시간이 없어 조리를 끌고 뛰쳐나간 거야. 그날은 시간표상 K보다 내가 먼저 돌아오는 날이었네. 돌아온 나는 그런 줄만 알고 현관 격자문을 드르륵 열었네. 그러자 뜻밖에도 없는 줄 알았던 K의 목소리가 들리더군. 동시에 아가씨의 웃음소리가 내 귀에 울렸네. 나는 여느 때처럼 시간이 걸리는 구두를 신고 있지 않아서 바로 현관으로 올라가 칸막이 장지문을 열었네. 나는 평소처럼 책상에 앉아 있는 K를 보았네. 하지만 아가씨는 이미 거기에 없더군. 마치 K의 방에서 도망치듯이 사라진 뒷모습을 힐끗 봤을 뿐이네. 나는 K에게 어떻게 빨리 돌아왔느냐고 물었지. K는 몸이 안 좋아 쉬었다고 하더군. 내가 방으로 들어가 그대로 앉아 있으니 곧 아가씨가 차를 가져다주었네. 아가씨는 그제야 오셨어요, 하며 인사하더군. 나는 웃으면서 아까는 왜 도망갔느냐고 물을 수 있을 만큼 탁 트인 사람이 아니었네. 그런데도 마음속에서는 어쩐지 그 일이 마음에 걸렸지. 아가씨는 곧 자리에서 일어나 툇마루를 따라 건너편으로 가버렸네. 하지만 K의 방 앞에 멈춰 서서 안과 밖에서 두세 마디 이야기를 나누더군. 그건 조금 전에 나누던 이야기를 이어서 한 것 같았는데, 앞의 이야기를 듣지 못한 나로서는 무슨 말인지 도통 알 수가 없었네.

머지않아 아가씨의 태도가 점점 천연덕스러워졌지. K와 내가 같이 집에 있을 때도 자주 K의 방 툇마루로 와서 그의 이름을 불렀네. 그리고 그 방으로 들어가 느긋하게 있었지. 물론 우편물을 가져오는 일도 있고 세탁물을 두고 가는 일도 있으니 그 정도 교류는 같은 집에 사는 두 사람의 관계에서 볼 때 당연하다고 해야겠지만, 반드시 아가씨를 독점하고 싶은 강렬한 일념에 사로잡혀 있는 나에게는 아무래도 당연한 일 이상으로 보였지. 어떤 때는 아가씨가 일부러 내 방으로 오는 것을 피하고 K의 방에만 가는 것처럼 생각되는 일조차 있었을 정도네. 그렇다면 자네는 왜 K에게 하숙에서 나가달라고 하지 않았느냐고 묻겠지. 하지만 그렇게 하면 내가 K를 억지로 데려온 취지가 사라지지 않은가. 나는 그렇게 할 수 없었네.

33

차가운 비가 내리는 11월의 어느 날이었네. 외투를 적시며 여느 때처럼 곤냐쿠엔마(蒟蒻閻魔)[29]를 지나서 좁은 언덕길을 올라 집으로 돌아왔지. K의 방은 텅 비어 있었지만 화로에는 숯을 갈아 넣은 불이 훈훈하게 타고 있었네. 나도 얼른 벌건 숯에 차가운 손을 쬐려고 서둘러 내 방 장지문을 열었지. 그런데 화로에는 식은 재가 허옇게 남아 있을 뿐 불씨마저 꺼져 있지 뭔가. 나는 벌컥 불쾌해지더군.

그때 내 발소리를 듣고 나온 사람은 아주머님이었네. 아주머님은 잠자코 방 한가운데에 서 있는 나를 보고 미안하다는 듯이 외투를 벗고 일본 옷으로 갈아입는 걸 도와주었지. 그러고 나서 내가 춥다고 하

29 고이시카와(小石川)의 젠카쿠지(源覚寺) 경내에 모셔진 염라대왕상. 옛날 한 노파가 곤약을 잘라 바치고 염라대왕에게 기도했더니 소원이 이루어졌다고 해서 이런 이름이 붙었다. 그 후로 참례자가 곤약을 바치는 풍습이 생겼다.

자 곧바로 옆방에서 K의 화로를 가져다주었네. K는 벌써 돌아왔느냐고 물었더니 돌아왔다가 다시 나갔다고 하더군. 그날도 K는 시간표상 나보다 늦게 돌아오는 날이라서 나는 무슨 일일까 했지. 아주머님은 아마 볼일이라도 생긴 걸 거라고 하더군.

나는 잠시 방에 앉아 책을 보았네. 말소리 하나 들려오지 않는 집안은 쥐 죽은 듯 조용해서 초겨울의 추위와 쓸쓸함이 뼛속까지 파고드는 느낌이었지. 나는 곧 책을 덮고 일어났네. 문득 떠들썩한 곳으로 가고 싶었거든. 비는 이제 그친 것 같았지만 하늘은 아직 차가운 납처럼 무거워 보여서 만약을 위해 우산을 어깨에 메고 포병공창 뒤쪽의 토담을 따라 동쪽으로 언덕을 내려갔지. 그 무렵에는 아직 도로가 제대로 정비되지 않아서 언덕[30]의 경사가 지금보다 훨씬 급했네. 도로 폭도 좁고 지금처럼 곧지도 않았지. 게다가 언덕 아래의 움푹 팬 지대로 내려가면 남쪽이 높은 건물로 막혀 있는 데다 배수 상태가 좋지 못해 길은 온통 질퍽거렸네. 특히 좁은 돌다리를 건너 야나기초(柳町) 거리[31]로 나가는 길이 심했지. 굽이 높은 게다나 장화를 신더라도 함부로 걸을 수 없었네. 누구든 도로 한가운데에 자연스럽게 가늘고 길게 진창이 좌우로 헤쳐진 곳을 아주 조심스럽게 지나야 했지. 그 폭이 불과 30센티미터에서 60센티미터밖에 안 되었기 때문에 어이없게도 길에 깔려 있는 오비를 밟고 지나는 꼴이나 마찬가지였네. 길을 가는 사람은 모두 한 줄로 서서 서서히 빠져나갔지. 나는 그 좁은 띠 위에서 K와 딱 마주쳤네. 발에만 정신이 팔려 있던 나는 그와 마주칠 때까지 그의 존재를 전혀 알아채지 못했지. 느닷없이 내 앞이 가로막혀 무심코 눈을 들었을 때야 비로소 거기에 서 있는 K를 보았다네. 나는 K에게 어디 갔다 오느냐고 물었지. K는 잠깐 근처에, 라고만 말하더군. 그의 대답은 평소와 같은 거만한 말투였네. K와 나는 좁은 띠 위에서 몸을 스치며 지났지. 그러자 K 바로 뒤에 한 젊은 여자가 서 있는 것이 보였네. 근시인 나는 그때까지 알아보지 못했지만 K를 보낸 뒤에 여자의 얼굴을 보니 하숙집 아가씨라서 적잖이 놀랐지. 아가씨는 약간 발그레한 얼굴로 나에게 인사를 하더군. 그때의 속발은 지금과 달리 앞머리를 쑥 내밀게 빗지 않고 머리 한가운데에 뱀처럼 돌돌 말아 올린 모양이었지.[32] 나는 멍하니 아가씨의 머리를 보고 있었는데 다음 순간 어느 한 쪽이 길을 비켜주어야 한다는 사실을 깨달았네. 나는 과감히 진창 속에 한 발을 디뎠지. 그리고 비교적 지나가기 쉬운 곳을 비워주어 아가씨를 지나가게 했네.

그러고 나서 야나기초 거리로 나갔지만 어디로 가야 좋을지 알 수가 없었네. 어디를 가도 재미있을 것 같지 않더군. 흙탕물이 옷에 튀는 것도 상관하지 않고 질퍽거리는 진창길을 무턱대고 저벅저벅 걸었네. 그러고 나서 바로 집으로 돌아왔지.

34

나는 K에게 아가씨와 함께 나간 거냐고 물었네. K는 그렇지 않다

---

32 머리를 하나로 묶는 서양풍의 머리 모양. 메이지 초기부터 행해졌지만 앞머리를 '차양'처럼 강조하여 묶는 모양은 1905년 전후부터 유행했다.

고 하더군. 마사고초(真砂町)³³에서 우연히 만나 같이 돌아온 거라고 했지. 나는 그 이상 캐묻는 걸 삼가지 않을 수 없었네. 하지만 식사 때 아가씨에게 다시 같은 질문을 하고 싶어지더군. 그러자 아가씨는 내가 싫어하는 예의 그 웃음을 지었네. 그러고는 어디에 갔었는지 알아맞혀보라고 하더군. 그 무렵 나는 아직 불뚱이라서 그랬는지 젊은 여자가 그렇게 진지하지 못하게 나오자 화가 치밀었네. 그런데 그것을 눈치챈 사람은 식탁에 앉은 사람 중에서 오로지 아주머님뿐이었지. K는 오히려 태연했네. 아가씨의 태도는 알면서 일부러 그러는 건지, 모르고 순진하게 그러는 건지 확실히 구분이 안 되는 점이 있었네. 젊은 여자인 아가씨는 사려 깊은 편이었지만 그런 젊은 여자에게 공통적인, 내가 싫어하는 부분이 있다고 생각하지 못할 것도 없었지. 그리고 그렇게 싫어하는 점은 K가 이 집으로 오고 나서 비로소 내 눈에 띄기 시작했네. 나는 그것을 K에 대한 나의 질투로 돌려도 좋은 건지, 아니면 나에 대한 아가씨의 기교라고 간주해야 하는 건지 좀 망설여졌지. 나는 지금도 그때의 질투심을 결코 부정할 생각은 없네. 내가 이따금 되풀이한 것처럼 사랑의 이면에 있는 이런 감정의 작용을 분명히 의식하고 있었으니까. 게다가 옆 사람이 보면 거의 하잘것없는 사소한 일에 그런 감정이 꼭 고개를 쳐들려고 했으니까. 이건 여담이지만 그런 질투가 사랑의 다른 일면이 아닐는지. 나는 결혼하고 나서 그 감정이 점점 옅어져가는 것을 자각했네. 그 대신 애정도 결코 처음처럼 맹렬하지 않았지.

나는 그때까지 망설였던 내 마음을 눈 딱 감고 상대의 가슴에 부딪

---

33 야나기초 거리의 바로 동쪽.

처볼까 하는 생각을 했네. 내 상대는 아가씨가 아니었어. 아주머님이었네. 아주머님에게 따님을 달라고 확실하게 담판을 짓자고 생각했던 거지. 하지만 그런 결심을 하고서도 하루하루 결행을 미루고 있었네. 이렇게 말하면 나는 정말 우유부단한 사람으로 보이겠지. 그렇게 보여도 상관없지만 실제로 내가 결행하지 못한 것은 의지력이 부족했기 때문만은 아니었네. K가 들어오기 전에는 남의 손에 놀아나는 게 싫다는 고집이 나를 억눌러 한 발짝도 움직일 수 없었지. K가 들어온 뒤에는 어쩌면 아가씨가 K에게 마음이 있는 게 아닐까 하는 의심이 끊임없이 나를 제지했네. 과연 아가씨의 마음이 나보다 K에게 기울어 있다면 이 사랑은 입 밖에 낼 가치가 없는 거라고 나는 결심했지. 창피를 당하는 것이 괴롭다는 것과는 좀 다른 거였어. 내가 아무리 좋아한다고 해도 상대가 마음속으로 다른 사람에게 사랑의 눈길을 보내고 있다면 나는 그런 여자와 결혼하기는 싫었네. 세상에는 다짜고짜 자신이 좋아하는 여자를 아내로 맞이하고 기뻐하는 사람도 있지만 그것은 우리보다 훨씬 세상에 닳은 남자거나 아니면 사랑의 심리를 제대로 이해하지 못하는 둔한 사람이나 하는 짓이라고 당시의 나는 생각했다네. 일단 결혼을 하고 나면 그럭저럭 안정되는 법이라는 이치를 받아들일 수 없을 정도로 나는 열중해 있었지. 다시 말해 나는 아주 고상한 사랑의 이론가였던 거네. 동시에 가장 에둘러 가는 사랑의 실천가였던 셈이지.

오랫동안 함께 사는 동안 정작 중요한 아가씨에게 직접 내 마음을 털어놓을 기회도 간혹 있었지만 나는 일부러 그걸 피했다네. 일본의 관습에서 볼 때 그런 일은 용납되지 않는다는 자각이 그 무렵 내게는 아주 강하게 있었거든. 하지만 결코 그것만이 나를 속박했다고는 할 수 없네. 일본인, 특히 일본의 젊은 여자는 그런 경우 상대에게 스스럼없이 자신의 생각을 말할 만한 용기가 없다고 봤던 거지.

35

그런 이유로 나는 어느 쪽으로도 나아가지 못하고 그 자리에 못 박혀 있었네. 몸이 안 좋을 때 낮잠을 자다 보면 눈만 뜨이고 주위의 사물이 확실히 보이는데도 도저히 손발을 움직일 수 없는 경우가 있잖은가. 나는 때로 그런 고통을 남몰래 느꼈다네.

머지않아 한 해가 저물고 봄이 찾아왔네. 어느 날 아주머님이 K에게 가루타[34]를 하려고 하니 친구가 있으면 데려오라고 한 적이 있었어. 그러자 K는 바로 친구가 한 사람도 없다고 대답하여 아주머님은 깜짝 놀랐지. 아나나 다를까 K에게는 친구라고 할 만한 사람이 한 명도 없었네. 길거리에서 만나면 인사를 할 정도의 사람은 몇 명 있었지만 그들도 결코 가루타를 할 만한 사이는 아니었지. 아주머님은 그렇다면 내가 아는 사람이라도 부르면 어떻겠느냐고 다시 물었는데 공교롭게도 나 역시 그런 떠들썩한 놀이를 할 마음이 들지 않아서 적당히 건성으로 대답해두고 내버려두었네. 그런데 밤이 되어 K와 나는 결국 아가씨에게 끌려 나가고 말았지. 손님이 아무도 오지 않아 집에 있는 사람들끼리 적은 인원으로 하는 가루타라서 아주 조용했네. 게다가 그런 놀이를 해보지 않은 K는 마치 팔짱을 끼고 있는 거나 마찬가지

---

34 일본 고전 시가가 적힌 카드로 하는 놀이. 앞 시구를 읽으면 뒤 시구가 적힌 카드를 먼저 찾아내는 놀이로, 주로 설에 한다.

였지. 나는 K에게 도대체 햐쿠닌잇슈(百人一首)[35]를 알고나 있느냐고 물었네. K는 잘 모른다고 하더군. 내 말을 들은 아가씨는 아마 내가 K를 경멸한다고 생각한 모양이야. 그러고 나서는 눈에 띄게 K에게 가세하더군. 나중에는 두 사람이 거의 한편이 되어 나를 상대하는 모양새가 되었네. 나는 상대의 태도 여하에 따라서는 싸움을 했을지도 모르네. 다행히 K의 태도는 처음과 전혀 달라지지 않았네. 그가 득의양양한 모습을 전혀 보여주지 않아서 무사히 그 자리를 끝낼 수 있었지.

그로부터 이삼일 지나서의 일일 거야. 아주머님과 아가씨는 아침부터 이치가야에 있는 친척집에 간다며 집을 나섰네. K도 나도 아직 개학하지 않은 때라 집을 보는 사람이나 마찬가지로 남아 있었지. 나는 책을 읽는 것도 산보를 나가는 것도 싫어서 그냥 멍하니 화로 가장자리에 팔을 괴고 가만히 생각에 잠겨 있었네. 옆방에 있는 K도 아무 소리를 내지 않더군. 두 사람 다 있는지 없는지 모를 정도로 조용했지. 물론 두 사람 사이에 그런 일은 별로 드문 일도 아니어서 나는 그다지 신경 쓰지 않았네.

10시쯤 되어 K가 불쑥 칸막이 장지문을 열고 나와 얼굴을 마주 보았네. 그는 문턱 위에 선 채 나에게 무슨 생각을 하느냐고 묻더군. 나는 물론 아무 생각도 안 하고 있었네. 만약 생각하고 있었다면 여느 때처럼 아가씨를 생각하고 있었을지도 모르지. 그런 아가씨에게는 물론 아주머님이 딱 붙어 있었지만, 요즘에는 K가 떼어놓을 수 없는 사람처럼 내 머릿속을 빙빙 돌아 이 문제를 복잡하게 만들고 있었네. K와 얼굴을 마주한 나는 지금까지 어렴풋이 그를 일종의 방해꾼처럼

35 백 명의 가인이 지은 시가 중에서 대표적인 시가를 하나씩 뽑아 모아놓은 것.

의식하고 있으면서도 분명히 그렇다고 대답할 수는 없었지. 나는 여전히 그의 얼굴을 보고 잠자코 있었네. 그러자 K가 거침없이 내 방으로 들어와 내가 쬐고 있는 화로 앞에 앉더군. 나는 곧 화로 가장자리에서 양 팔꿈치를 떼고 화로를 살짝 K 쪽으로 밀어주었네.

K는 평소와는 어울리지 않는 이야기를 하더군. 아주머님과 아가씨는 이치가야 어디에 갔을까, 하고 묻는 거네. 나는 아마 숙모네에 갔을 거라고 대답했지. K는 그 숙모가 누구냐고 또 묻더군. 나는 역시 군인의 아내라고 가르쳐주었네. 그러자 여자들은 대개 보름이 지나서 새해 인사를 다니는데 왜 그렇게 빨리 간 걸까 하고 묻더군. 나는 왜 그런지 모르겠다고 대답할 수밖에 없었네.

36

K는 좀처럼 아주머님과 아가씨 이야기를 그만두지 않았네. 나중에는 나도 대답할 수 없는 아주 사사로운 일까지 묻더군. 나는 귀찮다기보다는 이상한 느낌이 들었네. 전에 내가 두 사람을 화제로 삼아 이야기했을 때의 그를 생각하면 아무래도 그의 모습이 변했다는 걸 느끼지 않을 수 없었거든. 나는 결국 오늘따라 왜 그런 이야기만 하느냐고 그에게 물었네. 그러자 그는 돌연 입을 다물더군. 하지만 나는 굳게 다문 그의 입술이 떨리듯이 움직이는 걸 주시했네. 그는 원래 과묵한 사람이야. 평소에도 무슨 말을 하려고 할 때면 말하기 전에 흔히 입가를 실룩거리는 버릇이 있었지. 그의 입술이 일부러 그의 의지에 반항하듯이 쉽게 열리지 않는 데에는 그의 말이 가진 무게도 담겨 있었겠

지. 일단 목소리가 입을 뚫고 나오면 그 목소리에는 보통 사람보다 두 배나 강한 힘이 있었네.

그의 입가를 슬쩍 바라보았을 때 나는 또 무슨 말이 나올 거라는 걸 금세 알아챘지만 과연 그게 무슨 말을 할 준비인지는 전혀 예상할 수 없었다네. 그래서 놀랐지. 그의 묵직한 입에서 아가씨에 대한 그의 애절한 사랑이 흘러나왔을 때의 나를 상상해보게. 나는 그의 마법 지팡이로 단번에 화석이 된 거나 다름없었지. 내게서는 입술을 우물거리는 움직임조차 사라져버렸네.

그때의 나는 두려움의 덩어리라고 할까, 아니면 고통의 덩어리라고 할까, 아무튼 하나의 덩어리가 되었네. 돌이나 쇠붙이처럼 머리에서 발끝까지 갑자기 굳어버린 거지. 숨을 쉬는 탄력성마저 잃어버렸을 정도로 굳어진 거야. 다행히 그 상태가 오래가지는 않았네. 한순간이 지나고 나는 인간다운 기분을 되찾았지. 그리고 곧바로 아뿔싸, 했네. 선수를 빼앗겼다고 생각했지.

하지만 앞으로 어떻게 하자는 판단은 전혀 서지 않았네. 아마 판단을 내릴 만한 여유가 없었겠지. 나는 겨드랑이 밑으로 흐르는 불쾌한 땀이 속옷에 스며드는 것을 가만히 참으며 꼼짝 않고 있었네. 그사이 K는 평소의 무거운 입을 열고 띄엄띄엄 자신의 마음을 털어놓았지. 나는 고통스러워 견딜 수가 없었네. 그 고통은 아마 커다란 광고문처럼 내 얼굴 위에 또렷한 글자로 새겨졌을 거야. 아무리 K라도 그걸 알아채지 못할 리 없겠지만, 그는 또 자신의 일에 온정신을 집중하고 있어서 내 표정을 주시할 여유가 없었겠지. 그의 고백은 처음부터 끝까지 같은 어조로 이어졌네. 묵직하고 둔한 대신 쉽사리 움직일 수 없을 것 같은 느낌을 주었지. 내 마음은 반쯤 고백을 들으면서 나머지 반쯤은 어떻게 하지, 어떻게 하지, 하는 생각으로 끊임없이 흔들리고 있어서 자세한 이야기는 거의 귀에 들어오지 않는 것이나 마찬가지였네. 그래도 그의 입에서 나오는 말의 어조만은 강하게 가슴에 와 닿았어. 그 때문에 나는 앞에서 말한 고통뿐만 아니라 때로는 일종의 두려움마저 느꼈지. 다시 말해 상대가 나보다 강하다는 공포심이 싹튼 거야.

K의 이야기가 대충 끝났을 때 나는 아무 말도 할 수 없었네. 나도 그에게 같은 의미의 고백을 해야 할까, 아니면 털어놓지 않는 게 나을까, 그런 이해관계를 생각하며 잠자코 있었던 게 아니야. 그냥 아무 말도 할 수 없었네. 또 말할 기분도 들지 않았지.

점심때 K와 나는 자리에 마주 앉았네. 하녀의 시중을 받으며 나는 평소와 달리 맛없는 밥을 먹었지. 우리는 식사 중에도 거의 말을 하지 않았네. 아주머님과 아가씨가 언제 돌아올지는 모르고 있었지.

37

우리는 각자 방으로 들어가 얼굴을 마주하지 않았네. K가 조용한 것은 아침과 같았지. 나도 가만히 생각에 잠겨 있었네.

나는 당연히 K에게 내 마음을 털어놔야 한다고 생각했지. 하지만 그러기에는 이미 늦었다는 생각도 들었네. 왜 조금 전에는 K의 말을 가로막고 역습하지 않았는지, 그게 큰 실수였다는 생각이 들더군. 적어도 K의 말이 끝난 후에 그 자리에서 내가 생각하는 바를 이야기했다면 좋았을 거라는 생각도 들었지. K의 고백이 일단락된 지금 내가 다시 같은 말을 꺼내는 것은 아무리 생각해도 이상했어. 나는 그 부자연스러움을 이겨낼 방법을 몰랐던 거지. 내 머리는 회한에 흔들려 어질어질했네.

K가 다시 한 번 칸막이 장지문을 열고 돌진해와준다면 좋겠다고 생각했지. 조금 전에는 불의의 기습을 당한 것이나 마찬가지였으니까. 나는 K에게 대응할 준비가 전혀 되어 있지 않았거든. 나는 오전에 잃은 것을 이번에 되찾자는 속셈을 갖고 있었네. 그래서 때때로 눈을 들어 장지문을 바라보았지. 하지만 아무리 시간이 지나도 장지문은 열리지 않았네. 그리고 K는 한없이 조용했지.

그러는 동안 그 정적에 내 머리는 점점 혼란스러워졌네. 지금 장지문 너머에서 K는 무슨 생각을 하고 있을까, 하는 마음에 견딜 수가 없었지. 평소에도 이렇게 칸막이 하나를 사이에 두고 잠자코 있는 경우는 늘 있었네. 하지만 K가 조용하면 조용할수록 그의 존재를 잊는 것이 보통이었던 데 비하면 그때의 내 상태는 좋지 않았다고 봐야겠지. 그런데도 나는 먼저 장지문을 열 수가 없었네. 일단 말할 기회를 놓친 나는 다시 그가 뭔가를 하고 나오기를 기다릴 수밖에 없었지.

결국 나는 가만히 있을 수가 없었네. 억지로 가만히 있을수록 K의 방으로 뛰어들고 싶어졌지. 하는 수 없이 일어나 툇마루로 나갔네. 거기서 거실로 나가 아무런 목적도 없이 쇠 주전자의 따뜻한 물을 찻잔에 따라 한 잔 마셨지. 그러고 나서 현관으로 나갔네. 일부러 K의 방을 피하듯이 거리 한복판으로 나왔지. 물론 어디로 가겠다는 목적지도 없었어. 그저 가만히 있을 수 없었을 뿐이지. 그래서 방향이고 뭐고 상관하지 않고 정월의 거리를 무턱대고 걸어 다녔네. 아무리 걸어도 내 머리는 K에 대한 생각으로 가득 차 있었지. K에 대한 생각을 떨쳐버리려고 걸어 다닌 건 아니었네. 오히려 자진하여 그의 모습을 반

추하며 거리를 배회한 거야.

내게는 무엇보다 그가 이해하기 어려운 사람으로 보였네. 왜 갑자기 내게 그런 걸 털어놓았을까, 또 털어놓을 수밖에 없을 만큼 그의 사랑이 커진 걸까, 그리고 평소의 그는 어디로 가버린 것일까, 이 모든 것이 나에게는 풀기 어려운 문제였지. 나는 그가 강하다는 것을 알고 있었네. 또 그가 진실하다는 것도 알고 있었지. 앞으로 내가 취해야 할 태도를 결정하기 전에 그에게 물어보아야 할 것이 많다고 생각했네. 동시에 앞으로 그를 상대해야 하는 일이 이상하게 불쾌해지더군. 나는 정신없이 거리를 걸으면서 자기 방에 가만히 앉아 있을 그의 모습을 내내 눈앞에 그리고 있었네. 하지만 아무리 걸어도 그의 마음을 움직이는 것은 도저히 불가능하다는 목소리가 어딘가에서 들려왔지. 다시 말해 그가 일종의 마물처럼 생각되었기 때문이겠지. 나는 영원히 그에게 저주받은 게 아닐까 하는 생각마저 들었네.

내가 지쳐서 하숙으로 돌아왔을 때 그의 방은 여전히 인기척 하나 없이 조용하더군.

38

내가 하숙으로 들어가자 곧 인력거 소리가 들려왔네. 지금처럼 고무바퀴[36]가 없던 때라 덜커덩거리는 불쾌한 소리가 상당히 멀리서도 들렸지. 인력거는 잠시 후 문 앞에 멈추더군.

36 인력거의 바퀴에 고무타이어를 사용한 것은 1907년경부터인 듯하다. 이것으로 진동이나 소음이 크게 개선되었다.

내가 저녁을 먹으라는 소리를 들은 것은 그로부터 30분쯤 지나서였는데, 아주머님과 아가씨가 아무렇게나 벗어던진 외출복으로 옆방은 여러 가지 색으로 어질러져 있었네. 두 사람은 늦어지면 우리에게 미안하니 식사 준비에 늦지 않도록 서둘러 돌아왔다고 하더군. 하지만 아주머님의 친절은 K와 나에게 거의 효과가 없는 것이나 마찬가지였네. 나는 식탁에 앉아서도 말을 아끼는 사람처럼 쌀쌀맞은 대답만 하고 있었지. K는 나보다 더 말이 없더군. 모처럼 모녀가 함께 외출했던 터라 두 여자의 기분이 평소보다 훨씬 밝아서 우리의 태도는 더욱 눈에 띄었지. 아주머님은 나에게 무슨 일 있었느냐고 묻더군. 나는 몸이 좀 안 좋다고 대답했네. 실제로 나는 몸이 안 좋았어. 그러자 이번에는 아가씨가 K에게 같은 질문을 하더군. K는 나처럼 몸이 안 좋다고 대답하지는 않았네. 다만 말을 하고 싶지 않다고 했지. 아가씨는 왜 말을 하고 싶지 않은 거냐고 캐물었네. 나는 그때 문득 무거운 눈꺼풀을 들어 K의 얼굴을 보았지. 나에게는 K가 뭐라고 대답할까 하는 호기심이 있었던 거네. K의 입술은 여느 때처럼 살짝 떨렸지. 잘 모르는 사람에게는 마치 대답을 망설이는 것처럼 보였겠지. 아가씨는 웃으면서 또 어려운 문제를 생각하는 걸 거라고 말했네. K는 살짝 얼굴을 붉히더군.

그날 밤 나는 평소보다 일찍 잠자리에 들었네. 내가 식사 때 몸이 안 좋다고 해서 걱정되었는지 아주머님이 10시경에 소바유(蕎麦湯)[37]를 가져왔지. 하지만 내 방은 깜깜했네. 아주머님은 아이고 이런, 하며 칸막이 장지문을 빼꼼 열었네. 희미한 남포등 빛이 K의 책상에서 비

---

37 메밀가루를 뜨거운 물에 걸쭉하게 푼 것.

스듬히 내 방으로 들어왔지. K는 아직 자지 않는 것 같았네. 아주머님은 머리맡에 앉아 필시 감기에 걸렸을 테니 몸을 따뜻하게 하는 게 좋다며 잔을 내 얼굴 옆으로 내밀더군. 나는 어쩔 수 없이 걸쭉한 소바유를 아주머님이 보는 앞에서 마셨네.

나는 밤늦게까지 어둠 속에서 생각했지. 물론 한 가지 문제를 이리저리 생각할 뿐이어서 아무 효과도 없었네. 나는 돌연 K가 지금 옆방에서 뭘 하고 있을까 하고 생각했지. 나는 거의 무의식적으로 이보게, 하고 말을 걸었네. 그러자 K도 응, 하고 대답하더군. K도 자지 않고 있었던 거지. 나는 아직 안 자나, 하고 장지문 너머로 물었네. 이제 자야지, 하는 간단한 대답이 돌아오더군. 뭘 하고 있느냐고 다시 물었지. 이번에는 K의 대답이 돌아오지 않았네. 그 대신 5, 6분쯤 지났을 때 벽장을 열고 잠자리를 펴는 소리가 손에 잡힐 듯이 들렸지. 나는 지금 몇 시나 되었느냐고 다시 물었네. K는 1시 20분이라고 하더군. 얼마 후 훅 하고 남포등 끄는 소리가 들리고 온 집 안은 깜깜한 적막으로 빠져들었네.

하지만 내 눈은 그 어둠 속에서 더욱 또렷해지기만 하더군. 나는 다시 거의 무의식적으로 이보게, 하고 K를 불렀네. K도 전과 마찬가지로 응, 하고 대답하더군. 나는 오늘 아침 그에게서 들은 일에 대해 좀 더 자세한 이야기를 하고 싶은데 어떠냐고 물었네. 나는 물론 장지문 너머로 그런 이야기를 나눌 생각은 없었지만 K의 대답만은 그 자리에서 들을 수 있을 거라고 생각했거든. 그런데 K는 이번에는 조금 전부터 두 번 이보게, 하고 불렀을 때 두 번 다 응, 하고 대답했던 것처럼 순순히 응하지 않았네. 글쎄, 하고 나지막한 목소리로 주저하더군. 나는 다시 한 번 덜컥했네.

39

건성으로 대답하는 K의 태도는 다음 날도, 그다음 날도 뚜렷하게 드러났네. 그는 자진하여 그 문제를 언급하려는 기색을 결코 보이지 않았지. 물론 기회도 없었네. 아주머님과 아가씨가 한꺼번에 집을 하루 비우지 않는다면 우리는 차분하게 그런 이야기를 할 수도 없을 테니까. 나는 그걸 잘 알고 있었네. 알고 있으면서도 이상하게 초조해지더군. 그 결과 처음에는 K가 말해오길 기다릴 생각으로 은근히 준비하고 있던 나는 기회만 있으면 말을 꺼내기로 결심한 거지.

동시에 나는 잠자코 모녀의 모습을 관찰해보았네. 하지만 아주머님의 태도에도, 아가씨의 행동에도 특별히 평소와 다른 점은 안 보이더군. K의 고백 이전과 이후 그들의 거동에 이렇다 할 차이가 없다면 그는 오직 나에게만 고백한 것이고 정작 중요한 당사자에게도, 또 그녀의 보호자인 아주머님에게도 아직 하지 않은 게 분명했네. 그렇게 생각했을 때는 좀 안심이 되더군. 그래서 억지로 기회를 만들어 부자연스럽게 이야기를 꺼내기보다는 자연스럽게 찾아오는 기회를 놓치지 않는 것이 좋겠다고 생각하고 그 문제는 당분간 건드리지 않고 내버려두기로 했네.

이렇게 말하면 아주 간단하게 들리겠지만 그런 마음의 과정에는 밀물과 썰물처럼 여러 가지로 크고 작은 일들이 있었다네. 나는 K가 움직이지 않는 모습을 보고 거기에 이런저런 의미를 부여했지. 아주머님과 아가씨의 언동을 관찰하고 두 사람의 마음이 과연 그 언동에 나타난 대로일까 하고 의심해보기도 했네. 그리고 인간의 가슴속에 장치된 복잡한 기계가 시곗바늘처럼 명료하게 거짓 없이 시계판 위의

숫자를 가리킬 수 있을까 하고 생각했지. 요컨대 같은 문제를 이렇게 도 생각하고 저렇게도 생각한 끝에 결국 그런 결론에 이른 것이라고 생각해주게. 좀 더 어렵게 말하자면, 결론에 이르렀다는 말은 결코 그 럴 때 써서는 안 되는 것인지도 모르지.

그럭저럭하는 사이에 학교 수업이 시작되었네. 우리는 수업 시간이 같은 날은 함께 집을 나섰지. 사정이 허락하면 돌아올 때도 함께였네. 겉으로 보기에 K와 나는 전과 다르지 않게 친했을 거야. 하지만 마음 속에서는 틀림없이 각자 멋대로 생각을 하고 있었겠지. 어느 날 나는 길거리에서 K에게 불쑥 캐물었네. 내가 제일 먼저 물었던 건 저번의 고백을 나에게만 한 것인가, 아니면 아주머님이나 아가씨에게도 한 것인가 하는 점이었네. 내가 앞으로 취할 태도는 그 물음에 대한 그의 대답에 따라 정해져야 한다고 생각한 거지. 그러자 그는 아직 다른 사 람에게는 털어놓지 않았다고 분명히 말했네. 나는 상황이 내가 짐작 한 대로여서 내심 기뻤지. 나는 K가 나보다 뻔뻔하다는 것은 잘 알고 있었네. 그의 배짱에도 못 당한다는 자각이 있었지. 하지만 한편으로 는 묘하게 그를 믿고 있었네. 그가 학비 문제로 양가를 3년이나 속였 지만 그에 대한 나의 신뢰는 조금도 손상되지 않았지. 나는 그 때문에 오히려 그를 신뢰했을 정도네. 그래서 아무리 의심이 많은 나도 분명 한 그의 대답을 마음속으로 부정할 생각은 들지 않았던 거야.

나는 또 그에게 그의 사랑을 어떻게 할 생각이냐고 물었네. 그게 단 순한 고백에 지나지 않은 건지, 아니면 그 고백에 대해 실제적인 효과 도 거둘 생각인지를 물은 거였지. 그런데 그는 거기에 이르자 아무 대 답도 하지 않았네. 잠자코 고개를 숙이고 걷더군. 나는 그에게 숨기려 고 하지 말고 생각하고 있는 걸 다 이야기해달라고 부탁했지. 그는 나에게 숨길 필요가 하나도 없다고 분명히 말하더군. 하지만 내가 알려는 점에 대해서는 한마디도 대답하지 않았지. 나도 길거리라서 일부러 걸음을 멈추고 그런 것까지 추궁할 수는 없었네. 결국 그것으로 끝나고 말았지.

40

어느 날 나는 오랜만에 학교 도서관[38]에 들어갔네. 널찍한 책상 한 구석에서 창으로 들어오는 햇빛을 상반신으로 받으며 새로 들어온 외국 잡지를 뒤적이고 있었지. 지도 교수로부터 전공 학과에 관한 어떤 사항을 다음 주까지 조사해오라는 말을 들었기 때문이었네. 하지만 나에게 필요한 사항이 좀처럼 발견되지 않아 나는 두세 번이나 다른 잡지를 빌려야 했지. 마지막에 겨우 필요한 논문을 찾아내 열심히 읽고 있었네. 그러자 갑자기 폭이 넓은 책상 맞은편에서 조그만 소리로 내 이름을 부르는 사람이 있었지. 나는 문득 눈을 들어 거기 서 있는 K를 보았네. K는 상반신을 책상 위로 구부리고 얼굴을 나에게 가까이 들이대더군. 알다시피 도서관에서는 다른 사람에게 방해가 될 만큼 큰 소리로 이야기할 수가 없기 때문에 K의 그런 동작은 누구나 하는 평범한 것이었지만 그때만은 유독 이상한 마음이 들었네.

K는 낮은 목소리로 공부하나, 하고 묻더군. 나는 좀 조사할 게 있다고 대답했네. 그래도 K는 아직 그 얼굴을 내게서 떼지 않았지. 여전

---

38 도쿄제국대학 도서관. 소세키도 자주 이용했는데 『산시로』나, 대학생이나 졸업생이 등장하는 그 밖의 작품에도 자주 등장한다.

히 나지막한 어조로 산보나 가지 않겠느냐고 하더군. 나는 잠깐만 기다리면 가겠다고 대답했네. 그는 기다리겠다고 말하고는 바로 내 앞의 빈자리에 앉았지. 그러자 나는 정신이 산만해져 도무지 잡지를 읽을 수가 없었네. 어쩐지 K의 마음에 무슨 속셈이 있어 담판이라도 하러 온 것 같다는 생각을 떨칠 수가 없었지. 하는 수 없이 읽고 있던 잡지를 덮고 일어서려고 했네. K는 태연자약하게 벌써 다 읽었나, 하고 묻더군. 아무래도 상관없다고 대답한 나는 잡지를 반납하고 K와 함께 도서관을 나왔네.

우리는 특별히 갈 곳도 없어서 다쓰오카초(竜岡町)에서 이케노하타(池の端)로 나가 우에노 공원[39]으로 들어갔네. 그때 그는 예의 그 일에 대해 돌연 입을 열더군. 앞뒤 상황을 종합해서 생각해보면 K는 그 때문에 일부러 산보나 가자고 나를 끌어낸 모양이었네. 하지만 그의 태도는 아직 실제적인 방면으로 조금도 나아가지 않았지. 그는 나에게 그저 막연하게 어떻게 생각하느냐고 묻더군. 어떻게 생각하느냐는 것은 그런 사랑에 빠진 그를 내가 어떤 눈으로 보느냐는 질문이었네. 한마디로 말하면 현재의 자신에 대해 내 평을 듣고 싶다는 거였지. 그런 점에서 나는 평소와 다른 점을 확인할 수 있다고 생각했지. 자꾸만 되풀이하는 것 같지만 그의 천성은 남의 생각을 거리낄 만큼 약하게 생겨먹지 않았네. 옳다고 믿으면 혼자 척척 해나갈 만큼의 배짱도 있고 용기도 있는 사람이었지. 양가 사건으로 그 특성을 가슴속에 굳게 새겨둔 내가 이건 상황이 좀 다르다고 분명히 의식한 것은 당연한 결과라네.

---

39 1873년 개설된 일본 최초의 공원. 1876년 이후 제실박물관(현재의 도쿄국립박물관) 소속의 공원이 되었다. 두 사람은 도쿄제국대학에서 시노바즈 연못을 지나 우에노 공원으로 향한 것이다.

내가 K에게 지금 왜 내 평이 필요하냐고 묻자 그는 평소와 달리 풀죽은 어조로 자신이 약한 인간이라는 것이 사실 부끄럽다고 하더군. 그리고 어떻게 해야 좋을지 망설이고 있고 자신도 자신을 알 수 없으니 나에게 공정한 평을 해달라고 부탁하는 수밖에 없다고 했네. 나는 즉각 망설인다는 의미가 뭐냐고 캐물었지. 그는 나아가야 할지 물러서야 할지 망설이고 있는 거라고 하더군. 나는 바로 한발 앞으로 나아갔지. 그래서 물러서야 한다고 생각하면 정말 물러설 수 있느냐고 물었네. 그러자 그의 말이 거기서 갑자기 막히더군. 그는 그저 괴롭다고 할 뿐이었네. 실제로 그의 표정에는 괴로워하는 모습이 역력하게 드러나더군. 만약 상대가 아가씨가 아니었다면 나는 그에게 안성맞춤인 대답을 그 메마른 얼굴에 단비처럼 내려주었을지도 모르네. 나는 그 정도의 아름다운 동정심을 갖고 태어난 사람이라고 스스로도 믿고 있지. 하지만 그때의 나는 달랐네.

41

나는 다른 유파 사람과 무술 시합이라도 하는 것처럼 K를 주의해서 살폈네. 나는 내 눈, 내 마음, 내 몸, 나라는 이름이 붙은 모든 것에 약간의 빈틈도 없도록 준비하여 K에게 맞섰지. 죄 없는 K는 구멍투성이라기보다는 차라리 열어두었다고 평하는 것이 적당할 정도로 허술한 상태였네. 나는 그의 손에서 그가 보관하고 있는 요새의 지도를 받아 그의 눈앞에서 천천히 그것을 바라볼 수 있는 거나 마찬가지였지.

K가 이상과 현실 사이에서 방황하며 비틀거리는 것을 발견한 나는

단지 일격에 그를 넘어뜨릴 수 있을 거라는 점에만 주목했네. 그리고 바로 그의 허점을 파고들었지. 나는 그에게 돌연 엄숙하고 격식을 차린 태도를 보였네. 물론 계략에서 나온 것인데, 그 태도에 상응할 정도의 긴장된 기분도 있었기 때문에 자신에게 우스꽝스러움이나 수치심을 느낄 여유는 없었지. 나는 먼저 "정신적으로 향상심이 없는 자는 바보라네"라고 말했네. 이는 둘이서 보슈를 여행할 때 K가 나에게 한 말이야. 나는 그가 쓴 대로, 그와 똑같은 어조로 다시 그에게 돌려주었지. 하지만 결코 복수가 아니었어. 복수 이상으로 잔혹한 의미를 담고 있었다는 것을 고백하네. 나는 그 한마디로 K 앞에 놓인 사랑의 앞길을 막으려고 한 거였다네.

K는 정토진종의 절에서 태어났네. 하지만 그의 성향은 중학교 때부터 결코 생가의 종지(宗旨)에 가까운 것이 아니었지.[40] 교의상의 구별을 잘 모르는 내가 이런 말을 할 자격이 없다는 것은 알지만, 나는 그저 남녀에 관계된 점에 대해서만 그렇게 알고 있었네. K는 옛날부터 정진이라는 말을 좋아했지. 나는 그 말에 금욕이라는 의미도 포함되어 있을 거라고 해석했네. 하지만 나중에 사실을 들어보니 그보다 엄중한 의미가 포함되어 있어서 나는 깜짝 놀랐지. 도를 위해서는 모든 걸 희생해야 한다는 것이 그의 첫 번째 신조라서 절욕(節慾)이나 금욕은 물론이고, 설령 욕망을 떠난 사랑 자체라도 도에는 방해가 되는 거네. K가 혼자 힘으로 생활하고 있을 때 나는 그로부터 자주 그의 이런 주장을 들었지. 그 무렵부터 아가씨를 좋아했던 나는 자연히 그에게 반대하지 않을 수 없었어. 내가 반대하면 그는 늘 딱하다는 표정을 지

---

40 정토진종에서는 승려의 대처(帶妻)를 인정하기 때문에 '선생님'의 눈에는 K의 '수양'이나 '금욕'이 '생가의 종지'와 일치하지 않는 것으로 비쳤다.

었네. 거기에는 동정보다는 모멸이 더 많이 드러났지.

우리가 이런 과거를 지나왔기에 정신적으로 향상심이 없는 자는 바보라는 말은 틀림없이 K에게 뼈아팠을 거야. 하지만 앞에서도 말한 것처럼 나는 이 한마디로 그가 애써 쌓아온 과거를 걷어차버렸다고 생각하지는 않네. 오히려 지금까지처럼 과거를 쌓아나가려고 한 거지. 그게 도에 이르든 하늘에 이르든 상관없네. 나는 K가 갑자기 생활의 방향을 전환하여 내 이해와 충돌하는 것을 두려워한 거야. 요컨대 내 말은 단순한 이기심의 발현이었지.

"정신적으로 향상심이 없는 자는 바보야."

나는 두 번 같은 말을 되풀이했네. 그리고 그 말이 K에게 어떤 영향을 미칠지 바라보고 있었지.

"바보지." 잠시 후 K가 대답했네. "나는 바보야."

K는 그 자리에 뚝 멈춘 채 꼼짝하지 않았네. 그는 땅바닥을 바라보고 있었지. 나는 순간 흠칫했네. 내게는 K가 그 순간 강도로 돌변한 것처럼 느껴지더군. 하지만 그러기에는 그의 목소리가 너무 힘이 없다는 것을 깨달았지. 나는 그의 눈빛을 참고하고 싶었으나 그는 마지막까지 내 얼굴을 보지 않더군. 그러고는 다시 천천히 걷기 시작했네.

42

나는 K와 나란히 걸으면서 그의 입에서 나올 다음 말을 속으로 은근히 기다렸네. 어쩌면 몰래 기다리고 있었다고 하는 게 맞을지도 모르지. 그때의 나는 설령 K를 속여서 공격해도 상관없다고까지 생각했어. 하지만 나도 교육을 받은 만큼의 양심이 있어서 만약 누군가 내 옆으로 와서 비겁하다는 한마디만 속삭여줬더라면 그 순간 깜짝 놀라 제정신을 차렸을지도 모르네. 만약 그 사람이 K였다면 나는 아마 K 앞에서 얼굴이 빨개졌을 거야. 다만 K는 나를 나무라기에는 너무나 정직했네. 너무나 단순했지. 너무나 인격이 선량했어. 사랑에 눈이 먼 나는 거기에 경의를 표하는 걸 잊고 오히려 그걸 이용하여 그를 때려 눕히려 한 거지.

K는 잠시 후 내 이름을 부르며 나를 보았네. 이번에는 자연스럽게 내가 발을 멈췄지. 그러자 K도 멈추더군. 나는 그때 겨우 K의 눈을 똑바로 쳐다볼 수 있었네. K는 나보다 키가 커서 나는 자연히 그의 얼굴을 올려다봐야 했지. 나는 그런 자세로 죄 없는 양에게 늑대 같은 마음을 들이댄 거야.

"그 이야기는 이제 그만하세." 그가 말했네. 그의 눈에도, 그의 말에도 이상하게 비통한 구석이 있었지. 나는 잠깐 대답할 수가 없었네. 그러자 K는 "그만 좀 하게" 하고 이번에는 부탁하듯이 말하더군. 나는 그때 그에게 잔혹한 대답을 했네. 늑대가 틈을 보아 양의 목덜미를 덥석 물듯이.

"그만하라고? 내가 꺼낸 이야기가 아니네. 원래 자네가 꺼낸 이야기 아닌가? 하지만 자네가 그만하고 싶으면 그래도 좋아. 그렇지만 입으로만 그만둔들 무슨 소용 있겠나? 자네가 진심으로 그걸 그만둘 만한 각오가 없다면 말이야. 대체 자네는 평소의 주장을 어떻게 할 생각인가?"

내가 이렇게 말했을 때 키가 큰 그는 내 앞에서 저절로 위축되어 작아진 느낌이었네. 그는 늘 말해온 대로 굉장히 고집이 셌지만 한편으로는 남보다 배는 정직한 사람이어서 자신의 모순이 심하게 비난당할 때는 결코 태연하게 있을 수 없는 성격이었거든. 나는 그의 모습을 보고 겨우 안심했네. 그러자 그는 돌연 "각오?" 하고 묻더군. 그리고 내가 아직 뭐라고 대답하기도 전에 "각오, 각오라면 없지도 않지" 하고 덧붙였네. 그의 어조는 혼잣말 같았지. 또 꿈속에서 하는 말 같기도 했네.

우리는 그것으로 이야기를 끝내고 고이시카와의 하숙으로 발길을 돌렸네. 비교적 바람이 없는 따뜻한 날이었지만, 그래도 겨울이라 공원 안은 스산하더군. 특히 서리를 맞아 푸른빛을 잃은 삼나무 숲이 거무스름한 하늘로 다갈색 우듬지를 나란히 뻗으며 우뚝 솟아 있는 것을 돌아보았을 때는 등줄기에 한기가 들러붙는 느낌이었네. 우리는 해 질 녘의 혼고다이를 성큼성큼 빠른 걸음으로 빠져나가 다시 건너편 언덕으로 오르기 위해 고이시카와의 움푹 팬 지대로 내려갔지. 나는 그때가 되어서야 겨우 외투 속으로 체온을 느꼈을 정도였어.

서두른 탓도 있었겠지만 돌아가는 길에 우리는 거의 입을 열지 않았네. 하숙으로 돌아가 식탁에 앉았을 때 아주머님은 왜 늦었느냐고 물었지. 나는 K가 가자고 해서 우에노에 갔다 왔다고 대답했네. 아주머님은 이렇게 추운데, 하며 놀라는 모습이었지. 아가씨는 우에노에 뭐가 있느냐고 물어보고 싶어 하더군. 나는 아무것도 없지만 그냥 산보한 거라고만 대답해두었네. 평소에도 말이 없는 K는 평소보다 더 말이 없더군. 아주머님이 말을 걸어도, 아가씨가 웃어도 제대로 대꾸조차 하지 않았지. 그리고 밥을 쓸어 넣듯이 급히 먹고는 내가 자리에서 일어나기도 전에 자기 방으로 물러갔네.

43

그 무렵은 각성이나 새로운 생활이라는 단어가 아직 없던 시절이었네. 하지만 K가 낡은 자신을 훌훌 벗어던지고 오로지 새로운 방향으로 달려나가지 못한 것은 그에게 현대인의 사고가 부족했기 때문이 아닐세. 벗어던질 수 없을 만큼 소중한 과거가 있었기 때문이지. 그는 그것을 위해 지금까지 살아왔다고 해도 좋을 정도야. 그러니 K가 사랑의 대상을 향해 일직선으로 돌진하지 않는다고 해서 결코 그 사랑이 미지근하다는 증거가 될 수는 없는 거네. 아무리 열렬한 감정이 불탄다고 해도 그는 함부로 움직일 수 없는 거지. 앞뒤를 가리지 못할 만큼의 충동이 일어나지 않는 한 K는 아무래도 잠깐 멈춰서 자신의 과거를 돌아보아야 했던 거네. 그러면 지금까지 그랬던 것처럼 과거가 가리키는 길을 걸어가야 하는 거지. 게다가 그에게는 현대인이 갖지 못한 고집과 인내가 있었어. 나는 그 두 가지 점에서 그의 마음을 정확히 꿰뚫어보고 있었다고 생각하네.

우에노에서 돌아온 날 밤은 나에게 비교적 안정된 밤이었지. 나는 방으로 들어가는 K를 뒤따라가 그의 책상 옆에 앉았네. 그리고 일부러 종잡을 수 없는 잡담을 늘어놓았지. 그는 귀찮은 눈치였네. 내 눈에는 약간 승리의 빛이 반짝였을 거야. 그리고 내 목소리에는 분명히 득의양양한 울림이 있었지. 나는 잠시 K와 한 화로에 손을 쬔 뒤 내 방으로 들어갔네. 무슨 일을 하든 그에게 미치지 못했던 나도 그때만큼은 두려워할 필요가 없다는 자각을 하고 있었지.

나는 곧 편안하게 잠들었네. 하지만 느닷없이 내 이름을 부르는 소리에 눈을 떴지. 일어나 보니 칸막이 장지문이 60센티미터쯤 열려 있고 거기에 K의 검은 그림자가 서 있더군. 그리고 그의 방에는 저녁때 그대로 아직 등불이 켜져 있었네. 갑자기 세계가 바뀐 나는 잠깐 말도 할 수 없어 멍하니 그 광경을 바라보고 있었지.

그때 K는 벌써 자나, 하고 물었네. K는 늘 늦게까지 안 잤지. 나는 검은 그림자 같은 K에게 무슨 볼일이라도 있느냐고 되물었네. K는 별일 아니다, 그냥 벌써 잠들었나, 아직 깨어 있나 싶어 변소에 갔다 오는 김에 물어본 것뿐이라고 대답하더군. K는 남포등 불빛을 등지고 있어서 그의 안색이나 눈빛은 전혀 알 수 없었지. 하지만 목소리는 평소보다 되레 차분할 정도였네.

K는 곧 장지문을 꼭 닫았네. 내 방은 원래의 어둠 속으로 돌아갔지. 나는 그 어둠 속에서 조용한 꿈을 꾸려고 다시 눈을 감았네. 나는 그것 말고는 아무것도 몰랐지. 하지만 다음 날 아침이 되어 어젯밤 일을 생각해보니 어쩐지 이상하더군. 어쩌면 모든 게 꿈이 아닐까 하는 생각이 들었네. 그래서 밥을 먹을 때 K에게 물었지. K는 분명히 장지문을 열고 내 이름을 불렀다고 하더군. 무슨 일로 그런 거였느냐고 물으니 별로 이렇다 할 대답도 하지 않았네. 맥이 풀릴 즈음 요즘 잠은 잘 자느냐고 오히려 내게 묻지 뭔가. 나는 좀 이상한 느낌이 들더군.

그날은 마침 같은 시간에 수업이 시작되는 날이라 우리는 곧 함께 집을 나섰네. 아침부터 어젯밤 일이 마음에 걸려 도중에 다시 K를 추궁했지. 하지만 K는 역시 나를 만족시킬 만한 대답을 하지 않더군. 나는 그 일에 대해 뭔가 이야기할 생각은 없느냐고 다시 확인해보았네. K는 강한 어조로 그렇지 않다고 잘라 말하더군. 어제 우에노에서 '그 이야기는 이제 그만하세'라고 하지 않았느냐고 주의를 주는 것처럼 들리기도 했지. K는 그런 점에서 아주 예민한 자존심을 가졌거든. 문득 거기에 생각이 미친 나는 돌연 그가 쓴 '각오'라는 단어를 생각해 냈지. 그러자 지금까지 전혀 마음에 걸리지 않았던 그 두 글자가 묘한 힘으로 내 머리를 짓누르기 시작했네.

44

K가 과단성 있는 성격이라는 건 나도 잘 알고 있었지. 그가 유독 이번 일에서만 우유부단한 이유도 충분히 이해하고 있었네. 다시 말해 나는 일반적인 상황을 충분히 이해한 상태에서 예외적인 경우를 확실히 파악했다는 생각으로 자신만만했던 거지. 그런데 '각오'라는 그의 말을 머릿속으로 몇 번이나 되새기는 사이에 내 자신감은 점점 빛을 잃더니 결국 흔들리기 시작했네. 나는 이 경우도 어쩌면 그에게 예외적인 상황일지도 모른다는 생각이 들더군. 모든 의혹, 번민, 오뇌를 한꺼번에 해결할 최후의 수단을 그는 가슴속에 접어두고 있는 게 아닐까 하는 의심이 들기 시작한 거지. 그런 새로운 빛으로 각오라는 두 글자를 다시 바라본 나는 깜짝 놀랐네. 그때 내가 만약 그 놀람으로 다시 한번 그가 입에 담은 각오라는 단어의 의미를 이리저리 공평하게 생각해보았다면 그래도 괜찮았을지 모르지. 슬프게도 나는 애꾸눈이었네. 나는 그 단어를 그저 K가 아가씨에게 다가가겠다는 의미로 해석한 거야. 과단성 있는 그의 성격이 사랑이라는 방면에서 발휘되는 것이 곧 그의 각오일 거라고만 외골수로 생각하고 만 거지.

나는 나에게도 최후의 결단이 필요하다는 마음의 목소리를 들었네. 나는 곧 그 목소리에 응해 용기를 냈지. K보다 먼저, 게다가 K가 모르는 사이에 일을 진행시켜야 한다고 각오한 거야. 나는 잠자코 기회를 엿보았네. 하지만 이틀이 지나도, 사흘이 지나도 그 기회를 포착할 수가 없었지. 나는 K가 없을 때, 또한 아가씨가 집에 없는 틈을 타 아주머님과 담판을 지으려고 생각한 거네. 하지만 한쪽이 없으면 다른 한쪽이 방해를 하는 식의 날이 이어져 도저히 '지금이다' 싶은 절호의 기회가 찾아오지 않더군. 나는 초조했네.

일주일 후 결국 견디지 못하고 꾀병을 부렸네. 아주머님으로부터도 아가씨로부터도 K로부터도 일어나라는 재촉을 받은 나는 건성으로만 대답하고 10시경까지 이불을 뒤집어쓰고 누워 있었지. 나는 K와 아가씨가 나가고 집 안이 조용해지자 잠자리에서 나왔네. 내 얼굴을 본 아주머님은 바로 어디 아프냐고 묻더군. 식사는 머리맡으로 가져올 테니 좀 더 누워 있으라는 말도 해주었네. 몸에 이상이 없는 나는 도저히 누워 있을 기분이 아니었네. 세수를 하고 평소대로 거실에서 밥을 먹었지. 그때 아주머님은 직사각형의 목제 화로 건너편에서 식사 시중을 들어주었네. 나는 아침인지 점심인지 알 수 없는 밥그릇을 손에 든 채 어떤 식으로 말을 꺼내야 좋을까 하는 것에만 신경을 쓰고 있어서 겉으로 보기에는 실제로 몸이 안 좋은 병자처럼 보였을 거야.

나는 밥을 다 먹고 담배를 피웠네. 내가 자리에서 일어나지 않자 아주머님도 화로 옆을 떠날 수가 없었지. 하녀를 불러 상을 물리게 한 다음 쇠 주전자에 물을 붓거나 화롯가를 닦으며 나에게 보조를 맞춰주었어. 나는 아주머님에게 특별한 용무라도 있느냐고 물었네. 아주머님은 아니라고 대답하고는 왜 그런 걸 묻느냐고 되묻더군. 나는 사실 할 이야기가 좀 있다고 말했네. 아주머님은 무슨 이야기냐며 내 얼굴을 쳐다보았지. 아주머님의 태도는 전혀 내 기분에 비집고 들어올 수 없는 가벼운 것이어서 나는 다음에 꺼낼 말을 잠깐 망설였네.

나는 어쩔 수 없이 말을 이리저리 돌린 끝에 K가 요즘 무슨 말을 하지 않았느냐고 물어보았지. 아주머님은 뜻밖이라는 듯이 "무슨 말을?" 하고 되묻더군. 그리고 내가 대답하기도 전에 "학생한테는 무슨 말을 하던가?" 하고 오히려 내게 물었네.

45

K로부터 들은 고백을 아주머님에게 전할 생각이 없었던 나는 "아뇨"라고 말한 후 곧바로 거짓말을 한 자신이 불쾌하게 느껴졌네. 하는 수 없이 특별히 부탁받은 건 아니었기에 K에 관한 용건이 아니라고 고쳐 말했지. 아주머님은 "그런가?" 하며 다음 말을 기다리더군. 나는 어떻게든 말을 꺼내지 않을 수 없었네. 나는 불쑥 "아주머님, 따님을 저한테 주십시오" 하고 말했어. 아주머님은 내가 예상한 것만큼은 놀라는 모습을 보이지 않았지만 그래도 얼마 동안은 대답을 할 수 없었는지 잠자코 내 얼굴을 바라보더군. 한번 말을 꺼낸 나는 아무리 내 얼굴을 쳐다봐도 거기에 신경 쓰고 있을 수는 없었지. "저한테 주십시오, 꼭 저한테 주십시오" 하고 말했네. "꼭 제 아내로 주십시오" 하고 말한 거야. 아주머님은 나이를 먹은 만큼 나보다 훨씬 침착했지. "줘도 좋지만 너무 갑작스러운 거 아닌가?" 하고 묻더군. 내가 "갑자기 아내로 삼고 싶어졌습니다"라고 바로 대답했더니 웃더군. 그러고는 "깊이 생각한 건가?" 하고 확인했지. 나는 말은 갑작스럽게 꺼냈어도 생각은 갑작스러운 게 아니라고 강한 어조로 설명했네.

그러고 나서 두세 번 문답이 오갔지만 나는 그 내용을 잊어버렸네. 남자처럼 시원시원한 구석이 있는 아주머님은 보통 여자와 달리 이런 경우에는 굉장히 기분 좋게 이야기할 수 있는 사람이었지. "좋아, 자네한테 주겠네" 하고 말했거든. "내가 빼기면서 주겠다고 말할 처지는 못 되네. 아무쪼록 데려가게. 알다시피 아비 없이 자란 가엾은 아이네" 하고 나중에는 자신이 부탁하더군.

이야기는 간단명료하게 정리되었네. 처음부터 끝까지 대략 15분도 걸리지 않았을 거야. 아주머님은 아무런 조건도 내걸지 않았어. 친척들과 의논할 필요도 없고 나중에 알리기만 하면 된다고 말했네. 당사자의 의향조차 확인할 필요가 없다고 단언하더군. 그런 점에서는 학문을 한 내가 오히려 형식에 사로잡혀 있는 것처럼 느껴졌지. 친척은 그렇다 해도 당사자에게는 미리 이야기하고 승낙을 얻는 것이 순서일 것 같다고 이야기하자 아주머님은 "괜찮네. 본인이 싫다는 사람한테 내가 그 아이를 줄 것 같은가?" 하고 말했네.

내 방으로 돌아온 나는 일이 너무 쉽게 진행된 것을 생각하자 오히려 이상한 기분이 들더군. 머리 한구석에서는 과연 괜찮을까 하는 의심마저 고개를 쳐들 정도였지. 하지만 대체로 내 미래의 운명이 이것으로 정해졌다는 생각이 내 모든 것을 새롭게 했네.

나는 점심때쯤 다시 거실로 나가 아주머님에게 오늘 아침의 이야기를 아가씨에게 언제 할 생각이냐고 물었지. 아주머님은 자신만 알고 있으면 언제 이야기해도 상관없을 거라고 하더군. 이렇게 되면 어쩐지 나보다 아주머님이 더 남자다운 것 같아서 나는 그냥 일어서려고 했네. 그러자 아주머님은 나를 불러 세우고 만약 빨리 전하기를 바란다면 오늘이라도 좋다, 강습에서 돌아오면 바로 이야기하겠다고 하더군. 나는 그렇게 하는 편이 좋을 것 같다고 대답하고 다시 내 방으로 돌아왔네. 하지만 잠자코 내 책상에 앉아서 모녀가 소곤소곤 이야기 하는 것을 멀리서 듣고 있는 나를 상상해보니 어쩐지 차분히 앉아 있을 수 없을 것 같은 기분도 들더군. 결국 모자를 쓰고 바깥으로 나갔네. 그리고 언덕 아래서 또 아가씨와 마주쳤지. 아무것도 모르는 아가씨는 나를 보고 놀란 것 같았어. 내가 모자를 벗고 "이제 오세요?" 하고 묻자 아가씨도 아픈 데는 다 나았느냐고 이상하다는 듯이 묻더군. 나는 "예, 다 나았어요. 다 나았습니다"라고 대답하고 성큼성큼 스이도(水道) 다리[41] 쪽으로 돌아갔네.

46

나는 사루가쿠초(猿楽町)에서 진보초(神保町) 거리로 나가 오가와마치(小川町) 쪽으로 돌아갔네.[42] 내가 그 부근을 걸을 때는 늘 헌책방을 기웃거리는 것이 목적이었는데 그날은 손때 묻은 책을 볼 생각이 전혀 일지 않더군. 나는 길을 걸으며 끊임없이 하숙집 일을 생각했네. 나에게는 조금 전의 아주머님에 대한 기억이 있었지. 그리고 아가씨가 집으로 돌아가고 나서의 일에 대한 상상이 있었네. 다시 말해 나는 그 두 가지 생각에 사로잡혀 걷고 있는 것이나 다름없었지. 게다가 나

41 간다(神田) 강에 걸쳐 있는 다리로 남쪽의 간다 구(현재의 지요다 구)와 북쪽의 고이시카와 구(현재의 분쿄 구)를 잇는다.
42 고이시카와 쪽에서 스이도 다리를 건너 남쪽으로 똑바로 나아가면 사루가쿠초, 진보초를 차례로 지나고 현재의 진보초 교차로에서 동쪽으로 꺾으면 오가와마치에 이른다.

는 때때로 거리 한복판에서 나도 모르게 걸음을 멈췄네. 그리고 지금쯤 아주머님이 아가씨에게 그 이야기를 하고 있겠지, 하고 생각했지. 또 어떨 때는 이미 그 이야기를 끝냈을 무렵이라고도 생각했네.

나는 결국 만세(万世) 다리[43]를 건너 묘진(明神) 언덕을 올라가서 혼고다이로 왔고 거기서 다시 기쿠자카(菊坂)를 내려와 끝내는 고이시카와의 움푹 팬 지대로 내려갔네. 내가 걸은 거리는 세 구(區)[44]에 걸쳐 타원형을 그렸다고 할 수 있는데, 나는 이 긴 산보를 하는 중에 K에 대해서는 거의 생각하지 않았어. 지금 그때의 나를 돌이켜보고 왜일까 하고 자신에게 물어봐도 전혀 모르겠네. 그저 신기할 따름이지. 내가 K를 잊을 수 있을 만큼 무척 긴장했다고 하면 그뿐이지만 내 양심이 또 그걸 용서할 리 없었으니까.

K에 대한 내 양심이 부활한 것은 내가 하숙의 격자문을 열고 현관에서 방으로 지나갈 때, 즉 평소처럼 그의 방을 지나려는 순간이었네. 그는 여느 때처럼 책상에 앉아 책을 보고 있었지. 그는 평소처럼 책에서 눈을 들어 나를 쳐다보았네. 하지만 평소처럼 이제 오나, 하는 말은 하지 않더군. 그는 "아픈 데는 다 나았나, 병원에라도 간 건가?" 하고 물었지. 나는 그 순간 K 앞에 손을 짚고 용서를 빌고 싶었네. 게다가 내가 받은 그때의 충동은 결코 약한 게 아니었어. 만약 K와 내가

---

43 간다 강에 걸쳐 있는 다리. 궁성 쪽의 우치칸다(內神田)와 혼고로 이어지는 소토칸다(外神田)를 잇는다. '선생님'은 우치칸다 쪽에서 만세 다리를 건너 간다 신사(간다 구)나 유시마세이도(湯島聖堂, 혼고 구)로 이어지는 '묘진 언덕'을 지나 혼고다이를 오르고 거기서 '기쿠자카'를 내려가 다시 고이시카와로 향했다. 앞 절의 마지막에서 '스이도 다리'를 건너고 나서 간다 구, 혼고 구를 지나 '고이시카와의 움푹 팬 지대'로 돌아온다.

44 구(舊)고이시카와 구, 간다 구, 혼고 구를 말한다. 혼고 구의 서쪽이 고이시카와 구, 두 구의 남쪽이 간다 구다.

단둘이 광야 한복판에라도 서 있었다면 나는 아마 양심의 명령에 따라 그 자리에서 그에게 사죄했을 거네. 하지만 안에는 사람이 있었지. 나의 자연스러운 감정은 거기서 가로막히고 말았네. 그리고 슬프게도 영원히 부활하지 않았지.

저녁 식사 때 K와 나는 다시 얼굴을 마주했네. 아무것도 모르는 K는 그저 침울해 있을 뿐 나에게 조금도 의혹의 눈길을 보내지 않았지. 아무것도 모르는 아주머님은 평소보다 즐거워 보였네. 나만이 모든 걸 알고 있었던 거지. 나는 납 같은 밥을 먹었네. 그때 아가씨는 여느 때처럼 모두와 같은 식탁에 앉지 않았지. 아주머님이 재촉하자 옆방에서 금방 오겠다는 대답만 할 뿐이더군. K는 그걸 이상하다는 듯이 듣고 있었네. 나중에는 무슨 일이냐고 아주머님에게 물었지. 아주머님은 아마 쑥스러워서 그럴 거라며 힐끗 내 얼굴을 보았네. K는 더욱 이상하다는 듯이 왜 쑥스러워하느냐고 따지고 들었지. 아주머님은 웃으면서 다시 내 얼굴을 쳐다보았어.

나는 식탁에 앉을 때부터 아주머님의 표정으로 일의 결과를 대충 짐작하고 있었네. 하지만 아주머님이 K에게 설명해주기 위해 내 앞에서 모든 걸 이야기해서는 견딜 재간이 없다고 생각했지. 아주머님은 또 그 정도의 일쯤 아무렇지 않게 할 수 있는 사람이라 나는 조마조마했네. 다행히 K는 다시 원래의 침묵으로 돌아가더군. 평소보다 다소 기분이 좋았던 아주머님도 결국 내가 두려워했던 것까지는 이야기하지 않았지. 나는 안도의 한숨을 내쉬고 방으로 돌아갔네. 하지만 앞으로 K에게 어떤 태도를 취해야 할지 생각하지 않을 수 없었지. 속으로 여러 가지 변명을 생각해보았네. 하지만 어떤 변명도 K의 얼굴을 마주하기에는 부족했어. 비겁한 나는 결국 스스로 K에게 설명하는 것이 싫어졌네.

47

나는 그대로 이삼일을 보냈네. 그 이삼일 동안 K에 대한 불안이 끊임없이 내 가슴을 무겁게 한 것은 말할 것도 없었지. 그렇지 않아도 나는 어떻게든 하지 않으면 그에게 미안하다고 생각했네. 게다가 아주머님이나 아가씨의 태도가 내내 나를 찌르듯이 자극해서 나는 더욱 괴로웠지. 어딘가 남자다운 기질이 있는 아주머님이 언제 식탁에서 K에게 폭로할지 알 수 없었네. 그 이후로 나를 대하는 아가씨의 거동이 눈에 띄게 달라진 것도 K의 마음을 어둡게 하는 의심의 불씨가 되지 말란 법도 없었지. 나는 어떻게든 나와 이 가족 사이에 성립된 새로운 관계를 K에게 알려야 하는 위치에 있었네. 하지만 윤리적으로 약점을 갖고 있다는 걸 스스로 인정하고 있는 내게는 그게 또 무척 어려운 일로 느껴졌지.

어쩔 수 없이 나는 아주머님에게 부탁하여 K에게 정식으로 말해달라고 해볼까도 싶었네. 물론 내가 없을 때여야겠지. 하지만 있는 그대로 말한다면 직접과 간접의 차이가 있을 뿐이지 면목이 없기는 마찬가지네. 그렇다고 이야기를 꾸며서 해달라고 하면 아주머님이 그 이유를 물을 게 뻔하지. 만약 아주머님에게 모든 사정을 털어놓고 부탁한다면, 나는 기꺼이 자신의 약점을 사랑하는 사람과 그녀의 어머니 앞에 드러내야만 하네. 진지했던 나는 그게 훗날 나의 신용에 영향을 미칠 거라고 생각했지. 결혼하기 전부터 사랑하는 사람의 신용을 잃는 것은 설령 아주 조금이라도 내게는 견딜 수 없는 불행처럼 여겨졌네.

요컨대 나는 정직한 길을 걷는다는 것이 그만 발을 헛디디고 만 바보였던 거네. 그렇지 않다면 교활한 사람이었거나. 그리고 그때 그걸 알고 있는 건 오로지 하늘과 내 마음뿐이었네. 하지만 다시 일어나 한 발 더 앞으로 내딛기 위해서는 헛디딘 것을 반드시 주변 사람들에게 알려야 하는 곤경에 처한 거지. 나는 끝까지 헛디딘 사실을 숨기고 싶었네. 동시에 어떻게든 앞으로 나아가지 않을 수 없었지. 나는 그 사이에 끼여 옴짝달싹 못했네.

오륙일이 지난 후 아주머님은 돌연 나에게 그 일을 K에게 말했느냐고 묻더군. 나는 아직 말하지 않았다고 대답했네. 그러자 아주머님은 왜 말하지 않느냐고 나를 힐책하더군. 나는 그 물음 앞에 몸이 굳어졌지. 그때 아주머님이 나를 놀라게 한 말을 나는 지금도 잊지 못하고 있네.

"어쩐지 내가 이야기하니까 이상한 표정을 짓더라니. 학생도 그러면 안 되지. 평소에 그렇게 친한 사이인데 잠자코 모른 체하고 있는 건."

나는 K가 그때 무슨 말을 하지 않더냐고 아주머님에게 물었네. 아주머님은 별다른 말은 없었다고 대답하더군. 하지만 나는 좀 더 자세한 내용을 묻지 않을 수 없었지. 물론 아주머님은 아무것도 숨길 이유가 없었네. 특별한 이야기는 없었지만, 하면서 K의 태도를 하나하나 말해주었지.

아주머님의 말을 종합하여 생각해보면 K는 그 최후의 타격을 놀라워하면서도 아주 차분하게 받아들인 모양이야. K는 아가씨와 나 사이에 맺어진 새로운 관계에 대해 처음에는 그렇습니까, 하는 한마디를 했을 뿐이라고 하네. 하지만 아주머님이 "학생도 기뻐해주게" 하고 말했을 때 그는 비로소 아주머님의 얼굴을 보고 웃음을 지으며 "축하합니다" 하고는 자리에서 일어났다는 거야. 그리고 거실 장지문을 열기 전에 다시 아주머님을 돌아보며 "결혼식은 언제입니까?" 하고 묻더라네. 그러고는 "뭔가 축하 선물을 하고 싶지만 저는 돈이 없어서 드릴 수가 없네요"라고 말했다는군. 아주머님 앞에 앉아 있던 나는 그 이야기를 듣고 가슴이 꽉 막히는 듯한 고통을 느꼈네.

48

헤아려보니 아주머님이 K에게 이야기한 지 벌써 이틀 남짓 되었네. 그사이 K는 조금도 다른 모습을 보이지 않아서 나는 그것을 전혀 모르고 있었지. 그의 초연한 태도는 설령 표면적인 것이라고 해도 탄복할 만한 것이라고 나는 생각했네. 머릿속으로 그와 나를 비교해보면 그가 훨씬 훌륭해 보였지. '난 책략으로는 이겼어도 인간으로서는 졌다'는 느낌이 가슴속에서 소용돌이쳤네. 나는 그때 K가 필시 경멸하고 있을 거라는 생각에 혼자 얼굴을 붉혔지. 하지만 이제 와서 K 앞에 나가 창피를 당하는 것은 내 자존심에도 커다란 고통이었네.

내가 앞으로 나아갈지 그만둘지를 생각하다가 아무튼 다음 날까지 기다려보자고 결심한 것은 토요일 밤이었지. 그런데 그날 밤 K가 자살해버렸네. 나는 지금도 그 광경을 떠올리면 오싹해. 늘 머리를 동쪽으로 향하고 자는 내가 그날 밤만은 우연히 머리를 서쪽으로 향하게 잠자리를 깐 것도 무슨 관계가 있었는지 모르지. 나는 머리맡으로 들어오는 차가운 바람에 문득 눈을 떴네. 늘 닫혀 있는 K와 내 방의 칸막이 장지문이 일전의 밤과 비슷한 정도로 열려 있더군. 하지만 그때처럼 K의 검은 그림자는 거기에 서 있지 않았네. 나는 암시를 받은 사람처럼 잠자리에서 팔꿈치를 짚고 일어나며 K의 방을 들여다보았지. 남포등이 어둑하게 켜져 있었네. 그리고 잠자리도 깔려 있었지. 하지만 덮는 이불은 뒤집힌 것처럼 아래쪽에 겹쳐 있었네. 그리고 K는 반대쪽을 향해 엎드려 있었지.

나는 이보게, 하고 말을 걸었네. 하지만 아무런 대답이 없었지. 이보게, 무슨 일 있나, 하고 다시 K를 불렀네. 그래도 K의 몸은 꼼짝도 하지 않았지. 곧장 일어나 문지방 앞까지 갔네. 거기서 어둑한 남포등 빛으로 그의 방을 둘러보았지.

그때 내가 받은 첫 번째 느낌은 K로부터 돌연 사랑 고백을 들었을 때와 거의 같았네. 내 눈은 그의 방 안을 한번 둘러보자마자 마치 유리로 만든 의안처럼 움직이는 능력을 상실했지. 그 자리에 못 박히고 말았네. 그런 상태가 질풍처럼 나를 통과한 뒤 나는 다시 아, 큰일 났다, 하고 생각했지. 다시는 돌이킬 수 없는 검은빛이 내 미래를 관통하고 한순간에 내 앞에 놓인 전 생애를 무섭게 비추었네. 그리고 나는 덜덜 떨기 시작했지.

그래도 나는 끝내 나를 잃을 수 없었네. 나는 곧 책상 위에 놓여 있는 편지를 보았지. 예상대로 나에게 쓴 편지였어. 정신없이 봉투를 뜯었네. 하지만 안에는 내가 예상한 내용은 아무것도 쓰여 있지 않더군. 거기에는 나에게 얼마나 쓰라린 문구가 쓰여 있을까 하고 예상했거든. 그리고 만약 그것이 아주머님이나 아가씨의 눈에 띈다면 경멸당할지도 모른다는 공포도 있었네. 나는 잠깐 훑어만 보고 우선 다행이라고 생각했지. (물론 세상의 이목이라는 면에서는 다행이었는데, 이 경우에는 세상의 이목이 나에게 굉장히 중대한 사건으로 보였던 거네.)

편지 내용은 간단했네. 오히려 추상적이었지. 자신은 의지가 박약하고 결단성이 없어서 도저히 앞날의 희망이 없으니 자살한다는 것뿐이었네. 그리고 지금까지 나에게 신세를 진 데 대한 감사의 말이 아주 간단한 문구로 그 뒤에 덧붙어 있었지. 신세를 진 김에 사후 처리도 부탁한다는 말도 있었네. 아주머님에게 폐를 끼쳐 죄송하니까 대신 사죄를 해달라는 말도 있었지. 고향에는 나에게 알려달라는 부탁도 있었네. 필요한 일은 모두 한마디씩 쓰여 있는 가운데 아가씨의 이름만은 어디에도 보이지 않았지. 나는 끝까지 읽고 바로 K가 일부러 피한 거라는 걸 알았네. 하지만 내가 가장 통절하게 느낀 것은 마지막에 먹으로 덧붙인 듯이 보이는, 좀 더 빨리 죽었어야 했는데 왜 지금까지 살았을까 하는 의미의 문구였어.

나는 떨리는 손으로 편지를 접어 다시 봉투 안에 넣었네. 일부러 모두의 눈에 띄도록 원래대로 책상 위에 놓았지. 그리고 뒤를 돌아보고 나서야 비로소 장지문에 내뿜어진 핏자국을 보았네.

49

나는 돌연 K의 머리를 안듯이 두 손으로 살짝 들어 올렸네. 죽은 K의 얼굴을 한번 보고 싶었지. 하지만 엎드린 그의 얼굴을 아래쪽에서 들여다보았을 때 바로 손을 놓고 말았네. 오싹했기 때문만은 아니야. 그의 머리가 굉장히 무겁게 느껴졌던 거네. 위에서 방금 만진 귀와 평소와 다름없이 짧게 깎은 짙은 머리카락을 잠시 바라보았지. 전혀 눈물이 나지 않았네. 그저 무서웠지. 그리고 그 무서움은 눈앞의 광경이 감각을 자극하여 일어나는 단조로운 공포만이 아니었어. 갑자기 차가워진 친구에 의해 암시된 운명의 공포를 깊이 느꼈던 거네.

나는 아무 생각도 없이 다시 내 방으로 돌아왔어. 그리고 다다미 여덟 장이 깔린 방 안을 빙빙 돌기 시작했지. 내 머리는 무의미하더라도 당분간 그렇게 움직이고 있으라고 나에게 명령했던 거네. 어떻게든 하지 않으면 안 된다고 생각했지. 동시에 어떻게도 할 수 없다고 생각했네. 방 안을 빙빙 돌지 않을 수 없었지. 우리 안에 갇힌 곰처럼.

나는 때때로 안으로 가서 아주머님을 깨우자는 생각을 했네. 하지만 여자에게 이런 끔찍한 꼴을 보여서는 안 된다는 마음이 곧바로 나를 막아섰지. 아주머님은 그렇다 치더라도 아가씨를 놀라게 하는 일은 도저히 할 수 없다는 강한 의지가 나를 억눌렀네. 나는 다시 빙빙 돌기 시작했지.

나는 그사이에 내 방의 남포등을 켰네. 그러고는 이따금 시계를 봤지. 그때의 시계만큼 더디 가는 것은 없었네. 내가 일어난 시간은 정확히 모르지만 이미 새벽에 가까운 시각이었던 것만은 확실했지. 빙빙 돌면서 새벽을 애타게 기다린 나는 영원히 어두운 밤이 계속되는 게 아닐까 하는 생각에 시달렸네.

우리는 보통 7시 전에 일어났네. 학교 강의가 8시에 시작하는 일이 많아서였는데 그때 일어나지 않으면 강의 시간에 맞출 수 없었지. 그래서 하녀는 6시경에 일어나야 했네. 하지만 그날 내가 하녀를 깨우러 간 것은 아직 6시가 되기 전이었어. 그러자 아주머님이 오늘은 일요일이라고 알려주었네. 아주머님은 내 발소리에 잠에서 깬 거였지.

나는 아주머님에게 일어났으면 잠깐 내 방으로 와달라고 부탁했네.
아주머님은 잠옷 위에 평상복인 하오리를 걸치고 내 뒤를 따라왔지.
나는 방으로 들어가자마자 지금까지 열려 있던 칸막이 장지문을 바로
닫았네. 그리고 아주머님에게 작은 목소리로 큰일이 났다고 알렸지.
아주머님은 무슨 일이냐고 묻더군. 나는 턱으로 옆방을 가리키며 "놀
라시면 안 됩니다" 하고 말했네. 아주머님은 얼굴이 파랗게 질렸지.
"아주머님, K가 자살을 했습니다" 하고 내가 다시 말했네. 아주머님
은 그 자리에 못 박힌 듯이 내 얼굴을 잠자코 보고 있었지. 그때 나는
돌연 아주머님 앞에 무릎을 꿇고 머리를 조아렸네. "죄송합니다. 제가
잘못했습니다. 아주머님께도 아가씨한테도 죄송하게 되었습니다" 하
고 사죄했지. 나는 아주머님과 마주할 때까지 그런 말을 할 생각이 전
혀 없었네. 하지만 아주머님의 얼굴을 본 순간 갑자기 나도 모르게 그
렇게 말한 거야. K에게 용서를 빌 수 없게 된 내가 이렇게 아주머님과
아가씨에게 사죄할 수밖에 없게 된 거라고 생각해주게. 다시 말해 나
의 본성이 평소의 나를 물리치고 얼떨결에 참회의 말을 하게 한 거야.
아주머님이 그런 깊은 의미로 내 말을 해석하지 않았던 것은 나에게
다행스러운 일이었네. 파랗게 질린 얼굴로 "뜻밖의 일이라면 어쩔 수
없지 않은가?" 하고 위로하듯 말해주었지. 하지만 그 얼굴은 경악과
공포가 새겨진 것처럼 딱딱하게 굳어 있었네.

50

아주머님에게는 가엾은 일이지만 나는 다시 일어나 조금 전에 닫은

장지문을 열었네. 그때 K의 남포등 기름이 다 떨어졌는지 방 안은 거의 깜깜하더군. 나는 돌아가 내 방의 남포등을 손에 들고 입구에 서서 아주머님을 보았네. 아주머님은 내 뒤에 숨듯이 다다미 넉 장이 깔린 방 안을 들여다보았지. 하지만 들어가려고는 하지 않았어. 그곳은 그대로 두고 덧문을 열어달라고 말하더군.

그 이후 아주머님은 군인의 부인이었던 만큼 아주 능숙하게 일을 처리했네. 나는 의사에게 갔고 또 경찰서에도 갔지. 하지만 모두 아주머님이 시켜서 간 것이네. 아주머님은 그런 절차가 다 끝날 때까지 아무도 K의 방에 들어가지 못하게 했어.

K는 작은 나이프로 경동맥을 끊고 단숨에 죽고 말았네. 그 밖에 상처 같은 것은 아무것도 없었지. 내가 꿈처럼 어둑한 불빛으로 본 장지문의 핏자국은 그의 목덜미에서 한꺼번에 뿜어져 나온 것으로 밝혀졌네. 나는 환한 햇빛 아래서 분명히 그 흔적을 다시 보았지. 그리고 사람의 피가 그렇게 세차게 뿜어져 나온다는 것에 놀랐네.

아주머님과 나는 가능한 모든 수단과 방법을 동원하여 K의 방을 청소했지. 다행히 그의 피가 대부분 이불에 흡수된 바람에 그다지 다다미를 적시지 않아 뒤처리는 그래도 간단한 편이었네. 아주머님과 나는 시체를 내 방으로 옮기고 평소에 자는 것처럼 눕혔지. 그러고 나서 나는 그의 생가에 전보를 치러 나갔네.

내가 돌아왔을 때는 K의 머리맡에 이미 향이 피워져 있었지. 방으로 들어가자 바로 절 냄새가 나는 연기가 코를 찔렀고 모녀가 그 연기 속에 앉아 있었네. 내가 아가씨의 얼굴을 본 것은 어젯밤 이래 그때가 처음이었지. 아가씨는 울고 있었네. 아주머님도 눈이 벌겠지. 사건이 일어나고 나서 그때까지 우는 것을 잊고 있던 나는 그제야 비로소 슬

픈 기분에 휩싸일 수 있었어. 내 가슴은 그 슬픔 때문에 얼마나 편해
졌는지 모르네. 고통과 공포에 사로잡힌 내 마음을 한 방울의 물로 적
셔준 것은 그때의 슬픔이었지.

나는 잠자코 두 사람 옆에 앉아 있었네. 아주머님은 나에게도 향을
올리라고 하더군. 나는 향을 올리고 다시 말없이 앉아 있었어. 아가씨
는 나에게 아무 말도 하지 않았네. 가끔 아주머님과 한두 마디 주고받
는 일은 있었으나 당장의 용건에 대한 이야기뿐이었지. 아가씨에게는
아직 생전의 K에 대해 이야기할 만큼의 여유가 없었던 거네. 나는 그
래도 어젯밤의 끔찍한 모습을 보게 하지 않아 다행이라고 속으로 생
각했지. 젊고 아름다운 사람에게 끔찍한 것을 보이면 그 때문에 귀중
한 아름다움이 파괴되고 말 것만 같아 두려웠던 거야. 두려움이 머리
카락 끄트머리에까지 이르렀을 때조차 나는 그 생각을 도외시할 수
없었네. 그 두려움에는 죄 없는 아름다운 꽃을 함부로 채찍질하는 것
과도 같은 불쾌감이 있었거든.

K의 고향에서 그의 아버지와 형이 왔을 때 나는 K의 유골을 어디
에 묻을지에 대해 내 의견을 말했네. 나는 생전의 그와 조시가야 근처
를 같이 산보한 적이 있었어. K는 그곳을 무척 마음에 들어 했네. 그
래서 나는 농담 삼아 그렇게 좋으면 여기에 묻어주겠다고 약속한 기
억이 있어. 지금 그 약속대로 K를 조시가야에 묻어준들 얼마나 공덕
이 되겠는가 하는 생각도 했지. 하지만 나는 내가 살아 있는 한 K의
묘 앞에 무릎을 꿇고 매달 참회를 새로이 하고 싶었네. 지금까지 마음
을 쓰지 못했던 K를 내가 모든 면에서 돌봐온 것에 대한 도리도 있어
서인지 K의 아버지와 형은 내 의견을 받아들여 주었지.

51

K의 장례식을 마치고 집으로 돌아오는 길에 나는 K의 한 친구로부터 그가 왜 자살했을까 하는 질문을 받았네. 사건이 있고 난 후 나는 몇 번이나 그 질문에 시달렸지. 아주머님도, 아가씨도, 고향에서 올라온 K의 아버지와 형도, 연락을 받고 온 지인도, 그와는 아무런 연고도 없는 신문기자까지도 반드시 나에게 똑같은 질문을 던졌으니까. 내 양심은 그때마다 콕콕 찔린 듯이 아팠네. 그리고 나는 그 질문 뒤에 얼른 네가 죽었다고 고백하라는 목소리를 들었지.

내 대답은 누구에게나 같았네. 나는 그저 그가 나에게 남긴 편지의 문면을 되풀이할 뿐 다른 말은 한마디도 덧붙이지 않았지. 장례식을 마치고 돌아오는 길에 똑같은 질문을 하고 똑같은 대답을 들은 K의 친구는 품에서 신문을 한 장 꺼내 보여주더군. 나는 걸으면서 그 친구가 가리킨 부분을 읽었네. 거기에는 K가 부모 형제로부터 의절을 당한 뒤 염세적인 생각을 갖게 되어 자살했다고 쓰여 있었지. 나는 아무 말도 하지 않고 신문을 접어 친구의 손에 돌려주었네. 친구는 그 외에도 K가 미쳐서 자살했다고 쓴 신문도 있다고 가르쳐주더군. 바빠서 거의 신문을 읽을 틈이 없던 나는 그런 방면에 지식이 전혀 없었으나 속으로는 내내 신경을 쓰고 있었네. 무엇보다 하숙에 폐가 되는 기사가 나오지 않을까 우려했지. 특히 이름뿐이라 하더라도 아가씨가 연루되어 나오면 견딜 수 없을 것 같았네. 나는 친구에게 그 밖에 뭐라고 쓴 것은 없느냐고 물었지. 친구는 자신의 눈에 띈 것은 그 두 가지뿐이라고 대답했네.

내가 지금 사는 집으로 이사한 것은 그로부터 얼마 지나지 않아서였지. 아주머님도 아가씨도 전에 살던 곳에 있는 걸 싫어했고, 나도 그날 밤의 기억을 밤마다 되풀이하는 게 고통스러워 의논 끝에 이사 하기로 한 것이네.

이사하고 두 달쯤 지나 나는 무사히 대학을 졸업했지. 졸업하고 반 년도 지나지 않아 나는 드디어 아가씨와 결혼했네. 남들이 보면 모든 게 예상대로 진행되었으니 경사스러운 일이라고 해야겠지. 아주머님 도 아가씨도 무척 행복한 듯 보였네. 나도 행복했지. 하지만 내 행복 에는 검은 그림자가 따라다녔어. 나는 이 행복이 결국 나를 슬픈 운명 으로 데려갈 도화선이 아닐까 생각했네.

결혼을 했으니 이제 아가씨가 아니라 아내라고 하겠네. 결혼할 때 아내가 무슨 생각을 했는지 둘이서 K의 묘에 다녀오자는 말을 꺼내더 군. 나는 까닭도 없이 그저 가슴이 철렁했네. 왜 갑자기 그런 생각이 든 거냐고 물었지. 아내는 둘이서 묘를 찾아가면 K가 무척 기뻐할 거 라고 하더군. 나는 아무것도 모르는 아내의 얼굴을 찬찬히 바라보았 는데 왜 그런 얼굴을 하느냐는 아내의 말을 듣고서야 정신을 차렸지.

아내가 바란 대로 둘이서 조시가야에 갔네. 나는 K의 새 묘석에 물 을 끼얹어 깨끗하게 씻어주었지. 아내는 묘 앞에 향을 피우고 꽃을 꽂 았지. 우리는 머리를 숙이고 합장을 했네. 아내는 필시 나와 결혼한 전말을 알리면 K가 기뻐할 거라고 생각했겠지. 나는 속으로 그저 내 가 잘못했다고 되풀이할 뿐이었네.

그때 아내는 K의 묘를 어루만지며 훌륭하다고 평하더군. 그 묘는 대단한 게 아니었지만 내가 직접 묘석을 만드는 집에 가서 고른 인연 이 있어서 아내는 특별히 그렇게 말하고 싶었던 거겠지. 나는 새로운 묘와 새로운 아내, 그리고 땅속에 묻힌 K의 새로운 백골을 떠올리며 운명의 냉혹한 저주를 느끼지 않을 수 없었어. 나는 그날 이후 결코 아내와 함께 K의 묘를 찾지 않기로 했네.

52

죽은 친구에 대한 그런 느낌은 언제까지고 계속되었네. 실은 처음부터 그걸 두려워했지. 몇 해 전부터의 희망이었던 결혼조차 불안 속에서 식을 올렸다고 할 수도 있을 거야. 하지만 자신의 앞날이 보이지 않는 사람의 일이라 어쩌면 그것이 내 마음을 일변시켜 새로운 생애로 들어가는 실마리가 될지도 모른다고 생각했네. 그런데 마침내 남편으로서 아침저녁으로 아내와 얼굴을 마주하고 보니 나의 덧없는 희망은 준엄한 현실 때문에 맥없이 깨지고 말았지. 나는 아내와 얼굴을 마주하는 가운데 돌연 K에게 위협을 당한 거야. 즉 아내가 중간에 서서 K와 나를 한없이 이어놓고는 떨어뜨리지 않으려고 한 거지. 어떤 점에서도 아내에게 불만을 갖지 않던 나는 오로지 그 한 점에서만은 그녀를 멀리하려고 했네. 그러자 여자의 가슴에는 바로 그것이 비친 거지. 비쳐도 이유는 알 수 없었을 거야. 나는 때때로 아내로부터 왜 그렇게 생각하느냐, 뭔가 마음에 들지 않는 일이라도 있느냐는 힐문을 당했네. 웃어넘길 수 있을 때는 그래도 별 지장이 없었지만, 경우에 따라서는 아내의 신경도 날카로워졌지. 결국에는 "당신은 나를 싫어하죠?"라든가 "아무래도 저한테 숨기는 게 있는 게 틀림없어요"라고 원망하는 말도 들었네. 나는 그때마다 괴로웠지.

나는 차라리 큰맘 먹고 아내에게 있는 그대로 털어놓으려고 한 일이 몇 번이나 있었네. 하지만 막상 털어놓으려고 하면 갑자기 나 이외의 어떤 힘이 나를 제지했지. 자네는 나를 이해해주니 설명할 필요도 없을 것 같지만, 그래도 이야기해야 할 일이니 말해두겠네. 그때의 나는 아내에게 자신을 꾸밀 생각은 전혀 없었어. 만약 내가 죽은 친구에 대한 마음과 똑같은 선량한 마음으로 아내 앞에 참회의 말을 늘어놓는다면 아내는 기쁜 눈물을 흘리며 틀림없이 내 죄를 용서해주었겠지. 그런데도 굳이 그렇게 하지 않는 나에게 이해타산이 있을 리는 없을 거야. 나는 그저 아내의 기억에 어두운 한 점을 새겨 넣는 것이 견딜 수 없어서 털어놓지 않았던 거네. 순백의 사람에게 한 방울의 잉크라도 가차 없이 끼얹는 것은 나에게 큰 고통이었다는 걸 이해해주게.

1년이 지나도 K를 잊을 수 없었던 나는 늘 마음이 불안했네. 그 불안을 떨쳐버리기 위해 책에 몰두하려고 애썼지. 나는 맹렬한 기세로 공부했네. 그리고 그 결과를 세상에 발표할 날이 오기를 기다렸지. 하지만 무리하게 목적을 만들어놓고, 또 무리하게 그 목적이 달성되는 날을 기다리는 것은 옳지 않은 일이어서 기분이 좋지 않았네. 나는 도저히 책 속에서 마음을 채울 수 없게 되었지. 다시 팔짱을 끼고 세상을 바라보기 시작한 거네.

아내는 그런 나를 보며 현재의 생활에 어려움을 느끼지 않으니 마음이 해이해진 거라고 생각한 모양이네. 아내의 집에도 모녀 두 사람 정도는 그럭저럭 살아갈 수 있는 재산이 있는 데다 나 역시 직장을 구하지 않아도 별 지장이 없는 상황이라 그렇게 생각하는 것도 무리는 아니었지. 나에게도 얼마간 망가진 기미가 있었을 거야. 하지만 내가 일하지 않게 된 주된 원인은 전혀 거기에 있지 않았네. 숙부에게 속았던 당시의 나는 사람들을 믿을 수 없는 존재라고 뼈저리게 느꼈지만,

사람들을 나쁘게 생각했을 뿐이지 그래도 자신은 믿을 수 있다는 생각을 했네. 세상 사람들이 어떻든 나만은 훌륭한 인간이라는 신념이 어딘가 있었던 거지. 그런데 K 때문에 그 신념이 보기 좋게 무너지고 나도 숙부와 똑같은 인간이라는 자각을 하자 갑자기 아찔한 느낌이 들더군. 사람들에게 질린 나는 자신에게도 질려 어떤 일도 할 수 없게 되었네.

53

책 속에 자신을 파묻을 수 없었던 나는 술에 영혼을 흠뻑 적시고 자신을 잊으려고 한 시기도 있었네. 나는 술을 좋아하는 게 아니네. 하지만 얼마든지 마실 수 있는 체질이라 그저 많이 마셔 정신을 잃게 하려고 애썼지. 그런 천박한 방법은 곧 나를 더욱 염세적으로 만들었네. 나는 고주망태가 된 상태에서 문득 자신의 위치를 깨달았지. 일부러 이런 짓을 해서 자신을 속이고 있는 어리석은 사람이라는 걸 깨달은 거야. 그러자 몸이 떨리면서 눈도 마음도 깨어났네. 때로는 아무리 마셔도 그런 위장 상태에조차 빠지지 못하고 무턱대고 침울해지는 경우도 있었네. 게다가 그런 기교로 유쾌함을 얻은 뒤에는 그 반동으로 반드시 침울해졌지. 나는 가장 사랑하는 아내와 그녀의 어머니에게 늘 그런 모습을 보일 수밖에 없었네. 그런데도 그들은 그들에게 자연스러운 입장에서 나를 해석하려고 했지.

장모님은 때때로 아내에게 나에 대해 듣기 싫은 소리를 하는 모양이었네. 아내는 나에게 그걸 숨기고 있었지. 하지만 아내는 아내대로 혼자 나를 나무라지 않을 수 없었던 모양이야. 나무란다고 해도 결코 심한 말은 아니었네. 아내에게 무슨 말을 들었다고 내 감정이 격해진 적은 거의 없었으니까. 아내는 종종 어디가 마음에 안 드는지 꺼리지 말고 이야기해달라고 부탁하더군. 그리고 내 미래를 위해 술을 끊으라고 충고했네. 어떤 때는 울면서 "당신은 요즘 너무 달라졌어요"라고 말했지. 그뿐이라면 그래도 괜찮지만 "K씨가 살아 있었다면 당신도 이렇게 되지 않았을 거예요"라고도 했네. 나는 그럴지도 모른다고 대답한 적이 있는데, 내가 대답한 의미와 아내가 이해한 의미가 전혀 달랐기에 속으로 아주 슬펐지. 그래도 나는 아내에게 어떤 것도 설명할 마음이 들지 않았네.

나는 가끔 아내에게 사과했지. 대개는 술에 취해 늦게 돌아온 다음 날 아침이었네. 아내는 웃었지. 또는 잠자코 있었네. 가끔은 눈물을 뚝뚝 흘린 적도 있었어. 어쨌든 나는 자신이 불쾌해서 견딜 수가 없었지. 그래서 내가 아내에게 사과하는 것은 자신에게 사과하는 것과 같은 일이 된 거야. 결국 나는 술을 끊었네. 아내의 충고로 끊었다기보다는 스스로 싫어져서 끊었다고 하는 게 맞을 거야.

술은 끊었지만 아무것도 할 마음이 일지 않았네. 어쩔 수 없으니 책을 읽었지. 하지만 그냥 읽기만 하고 내팽개쳤어. 아내가 나에게 종종 무엇 때문에 공부를 하느냐고 물었네. 나는 그저 쓴웃음만 지었지. 하지만 마음속 깊은 곳에서는 세상에서 내가 가장 믿고 사랑하는 단 한 사람조차 나를 이해하지 못하는구나 싶어 슬펐네. 이해시킬 수단이 있는데도 이해시킬 용기가 나지 않는 거라고 생각하니 더욱 슬퍼지더군. 나는 적막했네. 어떤 곳으로부터도 떨어져 세상에 홀로 살고 있는 듯한 느낌이 들 때도 자주 있었지.

동시에 나는 K의 사인을 생각하고 또 생각했네. 그 당시에는 머리가 단지 사랑이라는 두 글자에 지배된 탓도 있겠지만 내 관찰은 오히려 간단하고도 직선적이었어. K는 바로 실연 때문에 죽은 거라고 단정해버린 거지. 하지만 차츰 차분한 마음으로 그 일을 생각해보니 그리 쉽게 결론지을 수 없을 것 같다는 생각이 들더군. 현실과 이상의 충돌, 그래도 아직 불충분했지. 나는 결국 K가 나처럼 혼자 외로움을 견디다 못해 갑자기 결심한 것이 아닐까 하고 의심했지. 다시 오싹하더군. 나도 K가 걸어간 길을, K와 똑같이 가고 있는 거라는 예감이 때때로 바람처럼 가슴을 가로질렀기 때문이네.

54

그러는 사이에 장모님이 병으로 드러누웠네. 의사에게 진찰을 받았더니 도저히 나을 수 없는 병이라는 진단이었지. 나는 힘이 닿는 한 정성껏 간호했네. 그건 병자를 위한 것이기도 하고 또 사랑하는 아내를 위한 것이기도 했는데, 좀 더 큰 의미에서 말하자면 결국 인간을 위해서였지. 나는 그때까지도 뭔가 하지 않고는 견딜 수 없었지만 아무것도 할 수 없었기에 어쩔 수 없이 그냥 팔짱만 끼고 있는 것이나 다름없었네. 세상 사람들로부터 격리된 내가 처음으로 스스로 손을 내밀어 얼마간이라도 좋은 일을 했다고 자각할 수 있었던 것은 그때였지. 나는 일종의 속죄라는 이름을 붙여야 하는 기분에 지배되고 있었던 거네.

장모님은 돌아가셨네. 나와 아내는 단둘이 되었어. 아내는 나에게 앞으로 세상에서 의지할 사람은 한 사람밖에 없다고 말했지. 자기 자신조차 믿을 수 없는 나는 아내의 얼굴을 보고 나도 모르게 눈물을 지었네. 그리고 아내를 불행한 여자라고 생각했지. 그리고 불행한 여자라고 소리 내어 말하기도 했네. 아내는 왜냐고 묻더군. 아내는 내 말의 의미를 알 수 없었지. 나도 설명해줄 수가 없었네. 아내는 울더군. 내가 평소부터 비뚤어진 생각으로 그녀를 보기 때문에 그런 말을 하는 거라며 원망한 거야.

장모님이 돌아가신 후 나는 되도록 아내를 다정하게 대했네. 단지 아내를 사랑해서만은 아니었어. 내가 다정하게 대해준 데는 개인을 떠나 좀 더 넓은 배경이 있었던 것 같네. 마치 장모님을 간호한 것과 같은 의미에서 내 마음이 움직인 모양이네. 아내는 만족스러워하는 것처럼 보였지. 하지만 그 만족에는 나를 이해할 수 없기 때문에 생기는 어렴풋하고 흐릿한 것이 어딘가에 포함되어 있는 것 같았네. 하지만 아내가 나를 이해했다고 해본들 어딘가 미흡한 구석은 늘면 늘었지 줄어들 기미는 없었지. 여자에게는 커다란 인도적 입장에서 나오는 애정보다는 다소 도리를 벗어나더라도 자신에게만 집중하는 친절을 기뻐하는 성질이 남자보다 강한 것처럼 생각되었기 때문이네.

어느 날 아내는 남자의 마음과 여자의 마음은 도저히 하나가 될 수 없는 걸까요, 하고 물었네. 나는 그저 젊을 때라면 될 수도 있을 거라고 애매한 대답을 해두었지. 아내는 자신의 과거를 돌이켜보는 것 같았는데 곧 희미하게 한숨을 내쉬더군.

내 가슴에는 그때부터 가끔 두려운 그림자가 번득였네. 처음에는 우연히 외부에서 엄습해왔지. 나는 깜짝 놀랐어. 오싹했지. 하지만 그러는 사이에 내 마음이 무시무시한 번득임을 받아들이게 되더군. 나중에는 외부에서 오지 않아도 태어날 때부터 내 가슴속에 숨어 있었던 것처럼 생각되기 시작했지. 나는 그런 생각이 들 때마다 내 머리가 어떻게 된 건 아닐까 하고 의심했어. 하지만 의사나 그 누구에게도 진찰을 받아볼 마음은 들지 않았지.

나는 그저 인간의 죄라는 걸 깊이 느꼈네. 그 느낌이 나를 매달 K의 묘에 가게 하는 거야. 그 느낌이 나에게 장모님을 간호하게 한 거지. 그리고 그 느낌이 아내에게 다정하게 하라고 명령하지. 나는 그 느낌 때문에 길 가는 모르는 사람에게 채찍질당하고 싶다는 생각까지 한 적이 있네. 그런 단계를 하나하나 지나면서 남에게 채찍질당하기보다는 자신이 스스로를 채찍질해야 한다는 생각을 했지. 자신이 스스로를 채찍질하기보다는 자신이 스스로를 죽여야 한다는 생각을 했어. 하는 수 없이 나는 죽었다 생각하고 살아가기로 결심한 거지.

내가 그렇게 결심하고 나서 지금까지 몇 년이나 되었을까? 나와 아내는 원래처럼 사이좋게 지내왔네. 나와 아내는 결코 불행하지 않았어. 행복했지. 하지만 내가 갖고 있는 한 점, 나에게 쉽지 않은 그 한 점이 아내에게는 늘 암흑으로 보였던 모양이야. 그 생각을 하면 나는 아내에게 무척 미안한 마음이네.

55

죽었다 생각하고 살아가려고 결심한 내 마음은 때때로 외계의 자극에 펄쩍 뛰어올랐지. 하지만 내가 어떤 방면으로 나아가려고 생각하자마자 어딘가에서 엄청난 힘이 나와서 내 마음을 꽉 쥐고 전혀 움직일 수 없게 하네. 그리고 그 힘이 나에게 너는 뭔가를 할 자격이 없는 놈이라며 억누르듯이 말하지. 그러면 나는 그 한마디에 곧 위축되고 마네. 얼마쯤 지나 다시 일어나려고 하면 다시 단단히 죄어오지. 나는 이를 악물고 왜 남을 방해하는 거냐고 호통을 친다네. 불가사의한 힘은 차가운 목소리로 웃지. 네가 잘 알 텐데, 하는 거야. 나는 다시 축 늘어지고 마네.

파란도 곡절도 없는 단조로운 생활을 해온 내 내면에는 늘 이런 고통스러운 전쟁이 계속되었다고 생각해주게. 아내가 날 보며 속이 타기 이전에 나 자신이 몇 배나 더 속이 탔는지 모를 정도지. 내가 그 감옥 안에 도저히 가만히 있을 수 없게 되었을 때, 또 그 감옥을 도저히 부술 수 없게 되었을 때 결국 내가 가장 손쉬운 노력으로 수행할 수 있는 것은 자살밖에 없다고 생각했네. 자네는 왜냐며 눈을 동그랗게 뜰지도 모르겠지만 늘 내 마음을 죄어오는 불가사의하고 끔찍한 그 힘은 내 활동을 모든 방면에서 막아내면서 나를 위해 죽음의 길만을 자유롭게 열어두고 있네. 움직이지 않고 있으려면 모를까 조금이라도 움직이려고 한다면 내가 나아갈 수 있는 길은 그 길밖에 없는 거지.

나는 지금까지 이미 두세 번 운명이 이끌어가는 가장 손쉬운 방향으로 나아가려고 한 적이 있네. 하지만 그때마다 아내가 마음에 걸렸네. 그렇다고 아내를 함께 데려갈 용기도 물론 없었지. 아내에게 털어놓을 수도 없는 나였기에 내 운명의 희생물로 아내의 목숨을 빼앗으려는 무모한 행동은 생각하는 것조차 무서웠네. 나에게 내 숙명이 있는 것처럼 아내에게는 아내의 운명이 있겠지. 두 사람을 한 묶음으로 해놓고 불을 지피는 것은 무리라는 점에서 봐도 참혹한 극단이라고밖에 생각되지 않았네.

동시에 나만 없어진 후의 아내를 상상하면 너무나도 가여웠네. 장모님이 돌아가셨을 때 이제 세상에서 의지할 사람은 나밖에 없다고 했던 아내의 술회를 나는 창자에 새긴 듯이 기억하고 있었거든. 나는 늘 주저했네. 아내의 얼굴을 보고 그만두길 잘했다고 생각한 적도 있었지. 그리고 또 가만히 움츠리고 있는 거네. 그러면 아내는 때때로 어딘가 불만스러운 눈으로 바라보지.

기억해주게. 나는 이런 식으로 살아온 거네. 가마쿠라에서 처음 자네를 만났을 때도, 자네와 함께 교외를 산보했을 때도 내 마음에 큰 변화는 없었네. 내 뒤에는 늘 검은 그림자가 따라다녔지. 나는 아내를 위해 목숨을 질질 끌며 세상을 걸어온 것이나 다름없어. 자네가 졸업하고 고향으로 돌아갈 때도 마찬가지였네. 9월이 되면 또 만나자고 약속한 나는 거짓말을 한 게 아니야. 정말 만날 생각이었네. 가을이 지나고 겨울이 오고 그 겨울이 다 지나면 꼭 만날 생각이었지.

그런데 여름 더위가 한창 기승을 부릴 때 메이지 천황이 서거했네. 그때 나는 메이지의 정신이 천황으로 시작되어 천황으로 끝났다는 생각이 들더군. 메이지의 영향을 가장 강하게 받은 우리가 그 후에 살아남는 건 결국 시대에 뒤처진 것이라는 느낌이 강렬하게 내 가슴을 쳤네. 나는 분명히 아내에게 이렇게 말했지. 아내는 웃으며 상대해주지 않았지만 무슨 생각을 한 건지 갑자기 나에게 그럼 순사[45]라도 하면 되지 않겠느냐고 놀리더군.

---

45 주군 등의 죽음을 애도하며 뒤를 따라 자살하는 행위. 그런 예는 고대부터 있었지만 에도 시대에 들어와 4대 쇼군 도쿠가와 이에쓰나(德川家綱)가 금지하고 나서 거의 사라졌다.

56

나는 순사라는 말을 거의 잊고 있었네. 평소에는 사용할 필요도 없는 말이니까 기억의 밑바닥에 가라앉은 채 썩어가고 있었던 것으로 보이네. 아내의 농담을 듣고 비로소 그걸 떠올렸을 때 나는 아내에게 만약 내가 순사한다면 메이지의 정신에 순사하는 거라고 대답했지. 물론 내 대답도 농담에 지나지 않았지만 나는 그때 어쩐지 낡고 불필요한 말에 새로운 의미를 담을 수 있었다는 기분이 들었네.

그러고 나서 한 달쯤 지났지. 천황의 장례식이 치러진 날 밤 나는 여느 때처럼 서재에 앉아 예포 소리[46]를 들었네. 나에게는 그것이 메이지 시대가 영원히 사라졌음을 알리는 소리로 들렸지. 나중에 생각하니 노기 대장이 영원히 떠난 것을 알리는 소리이기도 했네. 나는 호외를 들고 무심코 아내에게 순사다, 순사다, 하고 말했지.

나는 신문에서 노기 대장이 죽기 전에 써서 남긴 글[47]을 읽었네. 세이난(西南) 전쟁 때 적에게 깃발을 빼앗긴 이래[48] 사죄하기 위해 죽자, 죽자, 하면서도 지금까지 살아왔다는 의미의 구절을 보았을 때 나는 무심코 손가락을 꼽아 노기 씨가 죽을 각오로 살아온 세월을 헤아려보았지. 세이난 전쟁은 1877년에 일어났으니 1912년까지 35년의 거

46 메이지 천황의 운구차가 궁성을 나가 아오야마의 장례식장으로 향한 것을 알리는 예포 소리. 당시의 신문은, 노기는 그 포성과 함께 자살했다고 보도했다.
47 노기는 몇 통의 유서를 남겼고 그중 한 부는 자살 직전에 촬영한 사진과 함께 신문에 게재되었다.
48 정한론 문제로 참의를 사직한 사이고 다카모리가 1877년 고향인 가고시마에서 일으킨 메이지 정부에 대한 반란으로서, 불평 사족에 의한 최후의 반란이었다. 2월부터 9월까지 계속된 반란 때 노기는 정부군 연대장이었는데 연대 기수가 전사해 사이고 반란군에 군기를 빼앗겼다.

리가 있네. 노기 씨는 그 35년간 죽자, 죽자, 하면서 죽을 기회를 기다리고 있었던 모양이야. 나는 그런 사람에게 그때까지 살아온 35년이 고통스러울지, 아니면 칼로 배를 찌른 한순간이 더 고통스러울지를 생각했네.

그러고 나서 이삼일 지나 나는 결국 자살하기로 결심했네. 내가 노기 씨가 죽은 이유를 잘 알 수 없는 것처럼 자네도 내가 자살하는 이유가 명확히 이해되지 않을지도 모르지만, 만약 그렇다면 그건 시대의 변화에서 오는 사람의 차이니 어쩔 수 없는 일이지. 어쩌면 개인이 갖고 태어난 성격의 차이라고 하는 편이 정확할지도 몰라. 나는 내가 할 수 있는 한 이 불가사의한 나라는 인간을 자네가 이해할 수 있도록 지금까지 쓴 글에서 최선을 다했다고 생각하네.

나는 아내를 남겨두고 가네. 내가 없어져도 아내가 먹고사는 데 지장이 없다는 것은 다행스러운 일이지. 아내에게 참혹한 공포를 주기 싫네. 아내에게 피를 보이지 않고 죽을 생각이야. 아내가 모르는 사이에 슬쩍 이 세상을 떠나려고 하네. 내가 죽은 후에 아내가 갑작스러운 죽음이었다고 생각하기를 바라거든. 정신이 이상해졌다고 생각해도 좋네.

내가 죽을 결심을 한 지도 벌써 열흘이 넘었는데 그 대부분은 자네에게 긴 자서전을 써서 남기는 데 쓰였다고 생각해주게. 처음에는 자네를 만나 이야기할 생각이었으나 이렇게 쓰고 보니 글로 쓴 것이 오히려 자신을 확실히 그려낼 수 있었던 것 같아 기쁘네. 나는 술김에 쓰는 게 아니야. 나를 낳은 내 과거는 인간 경험의 한 부분으로서 나 이외에 누구도 말할 수 없는 것이니 그것을 거짓 없이 써서 남기는 내 노력은 자네에게도, 다른 사람에게도 인간을 아는 일에 헛수고는 아닐 거라고 생각하네. 와타나베 가잔[49]이 〈한단(邯鄲)〉이라는 그림[50]을 그리기 위해 죽음을 일주일 연기했다는 이야기를 바로 얼마 전에 들었지. 남이 보면 쓸데없는 일 같겠지만 당사자에게는 그 사람 나름의 요구가 마음속에 있는 거니 어쩔 수 없는 일이라고 할 수 있을 거야. 내 노력도 단지 자네에게 한 약속을 지키기 위한 것만은 아니네. 절반 이상은 내 자신의 요구에 따른 결과지.

하지만 나는 지금 그 요구를 다 이루었네. 이제 할 일이 아무것도 없어. 이 편지가 자네 손에 닿을 무렵이면 나는 이미 이 세상에 없을 걸세. 진작 죽었겠지. 아내는 열흘쯤 전에 이치가야의 숙모 집에 갔네. 숙모가 병이 들어 일손이 부족하다고 해서 내가 권해 보냈지. 나는 아내가 집에 없는 사이에 이 긴 편지 대부분을 썼네. 이따금 아내가 돌아오면 나는 재빨리 감추었지.

나는 내 과거의 선과 악 모두를 사람들이 참고할 수 있도록 제공할 생각이네. 하지만 아내만은 단 한 사람의 예외라고 생각해주게. 나는 아내에게 아무것도 알리고 싶지 않아. 아내가 내 과거에 대해 가진 기억을 되도록 순백의 상태로 있게 해주고 싶은 것이 나의 유일한 바람이니 내가 죽은 뒤에도 아내가 살아 있는 이상은 자네에게만 털어놓은 내 비밀로서 모든 것을 가슴에 묻어두게.

---

49 渡辺華山(1793~1841). 화가이자 양학자(洋學者)로서 뛰어난 재능을 보였지만 반샤노고쿠(蛮社の獄, 1839년 5월에 일어난 언론 탄압 사건. 막부의 쇄국 정책을 비판했다는 이유)로 칩거를 명령받았고 그 2년 후에 자살했다.

50 가잔이 죽기 직전에 그렸다는 〈한단수몽도(邯鄲睡夢圖)〉. 중국 한단이라는 곳에서 출세를 바라는 노생(盧生)이라는 젊은이가 잠깐 낮잠을 자는 동안 일생 동안의 영고성쇠를 꿈에서 보고 인생의 덧없음을 깨달았다는 중국의 고사를 소재로 한 작품이다.

마음은 어디에 있는 것일까?

강유정(문학 평론가)

세상에 대해 조금씩 알아가기 시작하면서 누구나 한 번쯤 갖게 되는 의문이 있다. 과연, 마음은 어디에 있는 것일까? 머릿속에 있는 기억의 일부일까 아니면 고통으로 느껴지는 부위로 추측하자면 심장 부근 어디에 있는 것일까. 나쓰메 소세키의 소설 『마음』에는 사실 마음이라는 단어가 등장하지 않는다. 소설은 〈선생님과 나〉, 〈부모님과 나〉, 〈선생님의 유서〉의 세 이야기로 이루어져 있다. 그런데 이야기를 다 읽고 나면 왜 소설의 제목이 『마음』이어야 하는지 저절로 이해하게 된다. 『마음』이 『마음』일 수밖에 없는 까닭, 그게 바로 나쓰메 소세키의 소설 『마음』을 읽는 첫 번째 매력이라고 할 수 있다.

독자의 눈길을 사로잡다.

『마음』은 1914년에 처음 발간되었다. 1914년 4월 20일부터 8월 11일까지 《아사히 신문》에 연재되었고, 9월에 이와나미쇼텐에서 처음 출간되었다. 100년도 전에 출간된 책이지만 『마음』은 100년 이후의 독자를 사로잡는 데도 부족함이 없다. 그 첫 번째 매혹은 철저히 관찰하는 화자의 눈에 제한된 서술의 기법, 그것이 만들어내는 호기심이다.

첫 번째 에피소드에서 주인공인 '나'는 가마쿠라에 해수욕을 갔다가 눈길을 끄는 한 중년 남성을 발견하게 된다. 그 남자는 일정한 시간에 해수욕을 나왔다가 들어가기를 반복한다. 외국인과 함께 해수욕을 하는 남자, 게다가 당시로서는 너무나 이채롭게 맨 몸을 거의 다 드러낸 외국인과 이야기를 나누고 있는 남자는 단번에 나의 눈길을 끈다. 남자를 관찰하던 나는 그를 '선생님'이라 부르기로 마음먹고 가까이 다가간다.

나와 선생님의 만남은 철저히 나의 호기심에서 비롯된다. 두 사람이 우연히 부딪힌다거나 어떤 사건에 연루되는 것과 같은 억지스러운 사건이 아니라 그저 나는 새로운 세계를 탐구하는 한 사람이었고 우연히 눈에 띈 그에게 관심을 갖고 가까이 다가가게 된 것이다. 그가 선생님이라는 호칭을 얻게 되는 것은 처음엔 그저 관습적인 행동이었지만, 이후 점점 그는 나의 선생님이 되어간다. 적어도 나에게 그 남자는 호기심의 대상이자 배움의 대상이었던 것이다.

첫 번째 이야기인 〈선생님과 나〉는 나의 시각에서 선생님을 그려나간다는 점에서 현대 소설 장르의 미스터리와 무척 닮아 있다. 물론 범죄나 살인과 같은 심각한 일이 등장하는 것은 아니지만 독자는 내가 던져주는 제한된 정보에 기대어 선생님이라는 존재를 그려나가고 받아들일 수밖에 없다. 선생님은 나에게만 미스터리한 인물이 아니라 독자들에게도 추리력을 동원해 파악해야 하는 대상이다. 이러한 서술

기법은 독자와 나의 연대감을 높여주는 한편 선생님에 대한 강한 집
중력을 선사한다. 화자인 내가 갖는 호기심과 애정의 강렬한 크기만
큼 독자들의 애정과 호기심도 증폭되는 것이다.

　그도 그럴 것이, 나의 눈에 비친 선생님의 생활공간은 평범한 삶의
궤도와는 멀어 보인다. 거의 아무것도 하지 않으려는 것도 그렇고 어
디서부터 비롯되었는지 알기 어려운 무력감과 우울감도 그렇다. 그것
은 무엇이든지 열심히 해서, 반드시 출세를 하겠다는 당시 주변 사람
들의 삶과는 동떨어진 것이기에, 역설적으로 그만큼 고상하고 우아한
태도이기도 하다. 말하자면 선생님은 매우 고독한 사람인 것이다. 선
생님은 그 고독을 자발적으로 선택해서 즐기고 있는 것처럼 보인다.

　그의 눈에 비친 선생님은 "일정한 시간에 초연히 나왔다가 다시 초
연히 돌아갔다. 주위가 아무리 시끌벅적해도 거기에는 거의 주의를
기울이는 것 같지 않았다. 선생님은 늘 혼자"인 사람이다. 선생님의
비사교적인 태도는 방학이 끝나 학교로 돌아가는 친구들과 달리 무엇
인가 아무것도 하지 않음으로써 오히려 비일상적인 어떤 것을 얻고
싶었던 나에게 강한 암시로 받아들여진다.

　선생님은 존경할 만한 태도를 보인다기보다, 탐구 대상이 될 만한
독특한 면모들을 거듭 보여준다. 가령 매달 같은 날 찾아가는 조시가
야 묘지도 그렇다. 선생님의 부인이 그가 묘지에 간 것을 알려줘 화자
가 그곳으로 선생님을 찾아가자, 선생님은 매우 민감한 비밀이 발각
되기라도 한 듯 난감해한다. 심지어 아내가 왜 그를 묘지로 보냈는가
에 대해 기이한 추궁을 하기도 한다. 도대체 무슨 일 때문일까?

　말하자면, 선생님은 이상하고도 매력적인 사람이다. 화자인 '나'는
그가 지닌 아이러니와 역설을 파악하고자 애쓰고, 그 애쓰는 과정 자

체가 인간 탐구의 여정이기도 하다. 이 가운데서 인간이란 간단히 이해되거나 파악될 수 없는 하나의 세계이자 우주임이 드러난다. 선생님이 절대로 그에게 말해주지 않는 어떤 것, 그것이 선생님을 이해할 수 있는 핵심이라는 것을 짐작할 수는 있지만 누구나 함부로 그 중심까지 다가갈 수는 없는 것이다. 설사 살을 맞대고 살아가는 아내라고 할지언정.

자아와 성장

무척 매혹적인 인물이지만 선생님은 남에게 쉽게 곁을 내주는 사람이 아니다. 이 까다로움은 나를 더욱 매료시키고 이는 독자의 입장에서도 마찬가지이다. 그도 그럴 것이 선생님은 "남을 경멸하기 전에 먼저 자신을 경멸하는 것 같"아 보인다. 학교에서의 수업이 그저 생의 수단이라면, 선생님의 자기 멸시와 비사교적 태도는 전혀 다른 삶을 짐작케 한다. 그것은 바로 '마음'이라고 불러 마땅한 어떤 심리적인 결정체이다. 자기 세계, 자아라고 바꿔 부를 수도 있는 어떤 것, 내가 나를 반성적인 거리 너머에서 보았을 때 비로소 발견할 수 있는 자아의 핵심. 선생님의 매혹은 그가 반성적인 인물이라는 데서 비롯된다고 할 수 있다.

선생님은 여러 번 스스로를 "외로운 사람"이라고 칭한다. 그런데 생각해보면, 현대인은 누구나 다 일정 정도 외롭다. 화자인 나 역시 외롭다. 내가 극심한 외로움을 체감하는 곳은 다름이 아니라 고향의 부모님 댁이다. 동경의 대학을 졸업한 그에게 부모가 기대하는 내용들은 실상 나의 바람과 어긋나는 것이기에, 그 자체가 그를 외롭게 한다. 가장 익숙하고 평안해야 할 가족이란 공간이 그를 더욱 쓸쓸하게 만들고, 가장 편안해야 할 고향이 그를 초라하게 만든다.

그와 선생님이 외로움을 느끼는 까닭은 이를테면 본연적인 '자아'라고 할 만한 것과 세상이 요구하는 자기상이 꼭 일치하지는 않기 때문이다. 이렇듯 진정한 자아와 겉으로 드러나는 나 사이의 갈등이야말로 우리가 말하는 근대적 갈등의 핵심이다. 우리가 대개 자아정체성이라고 번역하는 아이덴티티(identity)를 일본어에서는 주로 자기동일성으로 번역한다. 즉, 자신이 진실이라고 믿고 있는 자아 이미지와 세상에 드러나는 자아 이미지가 동일한 것, 그것이 바로 아이덴티티인 셈이다.

나쓰메 소세키의 문학을 이야기할 때, 메이지 시대를 말할 수밖에 없는 이유도 여기에 있다. 나쓰메 소세키는 일찍이 영국 유학을 경험하고 일본으로 돌아왔다. 그런데 그는 영국 유학 당시 심각한 신경증을 앓았다. 누군가 자신을 감시하고 있다는 불안에 시달리는 한편 일본과는 완전히 달랐던 영국, 유럽을 배워 내재화해야 한다는 부담감에 시달렸던 것이다. 나쓰메 소세키가 유럽에서 배운 것은 어떤 의미에서는 열등감이라고 말할 수 있다. 새로운 문명이 유아기적인 나르시시즘적 만족을 깨뜨리고, 마치 거울을 통해 자신의 실제 얼굴을 처음 본 듯한 생경한 충격을 전해준 셈이다. 당시 일본 지식인의 맨 얼굴을, 영국이라는 타자를 통해 발견하게 된 나쓰메 소세키는 그래서 진짜 자기 그리고 이상적 자기에 대한 고민에 빠져든다.

자아라는 것, 우리의 마음속 어딘가에 자리 잡고 있는 자기의 본질은 발견했을 때 만족감을 주기가 어렵다. 그런데 이는 비단 나쓰메 소세키나 선생님만의 문제는 아니다. 인간은 누구나 자신의 본질과 현상의 이원성을 발견하기 마련이고, 그 발견은 의외로 자아를 초라하게 만든다. 발견된 자아는 대단한 것이 아니라 쓸쓸하고 외로운 것이다.

선생님의 외로움과 고독, 쓸쓸함이 나 그리고 독자에게 공감을 주는 이유도 여기에 있다. 나의 본연을 발견하고 마주한다는 것은 필연적이지만 매우 쓸쓸한 경험임이 분명하다. 이 쓸쓸한 경험을 매우 섬세하고 솔직하게 재구성하고 있는 작품이 바로 『마음』이다. 자아를 발견하자마자 괴로움에 빠져드는 선생님의 고독에 깊은 공감을 갖게 되는 것, 그것은 그 자아라는 문제에 시달릴 수밖에 없는 현대인에게 『마음』의 세계가 호소력을 가질 수밖에 없는 이유이기도 하다.

고백의 매혹

무엇보다 눈길을 끄는 것은 이 발견된 자아를 드러내는 방식으로 나쓰메 소세키가 '고백'이라는 서사 양식을 제안했다는 점이다. 소설의 3부 〈선생님과 유서〉는 곧 1부, 2부에서는 이해하기 어려웠던, 선생님의 내면, 즉 마음을 이해할 수 있는 단서가 된다. 선생님은 유서를 통해 자신이 왜 그토록 쓸쓸하고, 고독하게 살아가게 되었는지 그 이유를 말해준다. 중요한 것은 그 말의 방식이 바로 '고백'이라는 사실이다. 게다가 유서라니, 죽음을 앞둔 자의 고백, 그것은 곧 진정한 고백의 다른 말이 아니겠는가?

고백의 내용을 살펴보자면, 선생님이 느끼는 죄책감과 불편함은 매우 염결한 잣대에서 비롯된 자기반성이라고 할 수 있다. 선생님은 진정 잘못을 저질렀다기보다는 스스로에게 너무나 엄격하고 염결하기 때문에 죄인이 되었다. 법의 관점에서 보자면 선생님은 아무런 죄를 짓지 않았다. 선생님을 죄인으로 만들고, 삶 자체를 유예이자 유폐로 만든 것은 다름 아닌 선생님 자신이다. 심지어 그 원인의 한가운데에 서 있는 선생님의 아내조차 그 이유를 짐작할 수 없을 정도이다. 그의 마음속 깊숙이 들어가 있는 자아, 그 자아가 바로 선생님의 삶을 결정하고 고독한 상태로 내모는 것이다.

그 자아는 우리가 내면이라고 부르기도 하는, 고백의 대상이자 주체가 되는 마음이다. 우리의 육체로 체험하고 느끼는 어떤 감각의 세계가 아니라 양심이라고 부르는, 세상이 요구하는 잣대와 나 스스로 세워 놓은 잣대 사이에서 발생하는 긴장감, 그 긴장감이 선생님이 고집했던 고독의 실체이다. 마음, 마음이란 발견하지 못한 자에게는 아무것도 아니지만 한번 들여다본 이상 나에게 무겁고도 준열한 질문을 던지는 윤리의 맨 얼굴이다.

나쓰메 소세키는 그 '마음'이 어떻게 형성되고 어떤 방식으로 체감되며 어떤 형식으로 드러나는지 그 마음의 서사를 발명해냈다. 그를 일컬어 일본 근대 소설의 시작이자 그 핵심의 정서라고 말하는 까닭이 바로 여기에 있다. 세상과 어울리지 못하고 불화하는 개인 그리고 그 불화 가운데서 뜨겁고도 분명한 '진실'의 기미를 전달해주는 갈등, 그 갈등 가운데서 또렷해지는 어떤 개인, 이것이야말로 우리가 소설에서 찾고자 하는 무엇이다. 밀란 쿤데라가 말하듯, 덫이 된 세상에 던지는 질문, 그 질문이 바로 소설이라면 말이다.

나쓰메 소세키의 『마음』은 우리가 소설에서 기대하는 그 무엇의 전부가 담겨 있는 소설이다. 자아가 있고, 세계가 있으며, 갈등이 있고 그 가운데서 오롯이 솟아오르는 내면이 있다. 이 내면적인 자아를 통해 우리는 세상 속에 섞여 구분하기 힘든 현실적인 '나'에게 은닉된, 진짜 자아를 찾아보게 된다. 무릇 좋은 소설이란 돈을 벌고 잠을 자고 사랑을 나누는 몸의 주인이 아니라 어디에 있는지 모르나 분명히 감지되는 마음의 주인인 자아와 만나는 허구적 공간 아니었던가? 소설 본연의 매혹과 위엄을 지닌 우아한 소설, 그것이 바로 나쓰메 소세키의 『마음』이다.

나쓰메 소세키 연보

1867년 0세

2월 9일(음력 1월 5일) 현재의 도쿄 신주쿠(구 에도(江戶) 우시고메바바시타(牛込馬場下))에서 출생. 나쓰메 나오카쓰(夏目直克)와 후처 나쓰메 지에(夏目千枝) 사이에서 5남 3녀 중 막내로 태어남. 본명은 나쓰메 긴노스케(夏目金之助). 태어나자마자 요쓰야(四谷)의 만물상에 양자로 보내졌다가 곧 돌아옴.

1868년 1세

11월, 요쓰야의 시오바라 쇼노스케(鹽原昌之助)와 시오바라 야스(鹽原やす) 부부에게 다시 입양됨.

1870년 3세

천연두에 걸려 얼굴에 흉터가 약간 생김. 흉터는 평생 고민거리가 됨.

1872년 5세

시오바라가의 장남으로 호적에 오름.

1874년 7세

4월, 양부모의 불화로 양모와 함께 잠시 친가로 감.

11월, 아사쿠사(淺草)의 도다 소학교에 입학.

1876년 9세

양아버지가 아사쿠사의 동장에서 면직되어, 소세키는 시오바라가에 적을 둔 채 생가로 돌아옴.

5월, 이치가야(市ヶ谷) 소학교로 전학.

1878년 11세

2월, 친구들과 만든 잡지에 「마사시게론(正成論)」을 발표.

4월, 이치가야 소학교 졸업. 긴카(錦華) 학교 소학심상과(小學尋常科)로 전학하고 11월에 졸업.

1879년 12세

3월, 간다(神田)의 도쿄 부립 제1중학교에 입학.

1881년 14세

1월 21일, 생모 나쓰메 지에 사망.

봄에 도쿄 부립 제1중학교 중퇴.

4월경, 한학을 전문으로 가르치는 니쇼(二松) 학사로 전학.

1882년 15세

봄에 니쇼 학사 중퇴.

1883년 16세

봄에 도쿄 대학 예비문(현재의 도쿄 대학 전신 중 하나) 시험 준비를 위해
세이리쓰(成立) 학사에 입학.

1884년 17세

9월, 도쿄 대학 예비문 예과에 입학. 입학 직후 맹장염을 앓음.

1885년 18세

9월, 도쿄 대학 예비문 예과 3급으로 진급.

1886년 19세

7월, 복막염 때문에 학년 말 시험을 치르지 못하고 낙제.
9월, 에토(江東) 의숙 교사가 되어 의숙 기숙사에서 제1고등중학교(도
   쿄 대학 예비문의 후신)에 다님.

1887년 20세

3월에 맏형이, 6월에 둘째 형이 폐결핵으로 사망.
9월, 제1고등중학교 예과에 진급. 이 시기에 과민성 결막염을 앓음.

1888년 21세

1월, 성을 시오바라에서 나쓰메로 복적.

9월, 제1고등중학교 본과에 진학해서 영문학을 전공.

1889년 22세

1월부터 마사오카 시키(正岡子規)와 친해짐.

5월, 시키의 한시 문집인『나나쿠사슈(七草集)』에 대해 한문으로 평을 씀. 9편의 칠언절구를 덧붙이면서 처음으로 '소세키'라는 호를 사용.

9월, 한문체의 기행문집『보쿠세쓰로쿠(木屑錄)』탈고.

1890년 23세

7월, 제1고등중학교 본과 졸업.

9월, 도쿄제국대학 영문학과 입학. 문부성 대비생(貸費生)이 됨.

1891년 24세

7월, 문부성 특대생이 됨. 셋째 형의 부인 도세(登世)가 입덧 때문에 죽자 큰 충격을 받음. 딕슨 교수의 부탁으로『호조키(方丈記)』를 영역.

1892년 25세

4월 5일, 병역을 피할 목적으로 친가로부터 분가하여 본적을 홋카이도(北海道)로 옮김.

5월, 도쿄 전문학교(현재의 와세다 대학)의 강사가 됨.

8월, 마사오카 시키가 그의 고향인 시코쿠(四國) 마쓰야마(松山)에서 요양 중일 때 방문하여 다카하마 교시(高浜虛子)를 처음 만남.

1893년 26세

7월, 도쿄제국대학을 졸업하고 대학원에 진학.

10월, 도쿄 고등사범학교의 영어 촉탁 교사가 됨.

1894년 27세

12월 말~1895년 1월, 폐결핵에 걸려 가마쿠라(鎌倉)의 엔카쿠지(園覺 寺)에서 참선을 하며 치료에 임함. 일본인이 영문학을 한다는 것에 위화감을 느끼며 이즈음 신경쇠약 증세가 심해짐.

1895년 28세

4월, 시코쿠 에히메(愛媛) 현에 있는 보통중학교에 부임(월급 80엔).

8월~10월, 시키가 마쓰야마로 돌아와 소세키의 하숙집에서 함께 생활. 하이쿠에 열중하며 많은 가작(佳作)을 남김. 이곳에서의 경험은 『도련님(坊っちゃん)』의 소재가 됨.

12월, 귀족원 서기관장(현재의 참의원 사무총장) 나카네 시게카즈(中根 重一)의 장녀 나카네 교코(中根鏡子)와 맞선을 보고 약혼.

1896년 29세

4월, 구마모토(熊本)의 제5고등학교 강사로 부임(월급 100엔).

6월 9일, 나카네 교코와 결혼. 구마모토에서 신혼 생활을 시작.

7월, 제5고등학교의 교수가 됨.

1897년 30세

4월, 교사를 그만두고 문학에 전념하고 싶다는 뜻을 시키에게 편지로 알림.

6월 29일, 아버지 나쓰메 나오카쓰 사망.

7월, 교코와 함께 도쿄로 감. 구마모토에서 도쿄까지의 장거리 여행이 원인이 되어 교코가 유산.

12월, 오아마(小天) 온천을 여행하며 『풀베개(草枕)』의 소재를 얻음.

1898년 31세

6월, 제5고등학교 학생으로 문하생이 된 데라다 도라히코(寺田寅彦) 등에게 하이쿠를 지도. 도라히코는 『나는 고양이로소이다(吾輩は猫である)』에 나오는 이학사 간게쓰의 모델로 알려짐.

7월, 교코가 히스테리 증세를 보이며 구마모토 현의 자택 가까이에 흐르는 시라카와(白川)의 이가와부치(井川淵) 하천에 뛰어들어 자살을 기도했지만 근처에 있던 어부가 구함.

1899년 32세

5월, 맏딸 후데코(筆子)가 태어남.

6월, 영어과 주임이 됨.

9월, 구마모토 주위에 있는 아소(阿蘇) 산을 여행하며 『이백십일(二百十日)』의 소재를 얻음.

1900년 33세

6월, 문부성으로부터 영문학 연구를 위해 2년 동안 영국 유학을 다녀오라는 명을 받음(유학비 연 1,800엔).

9월 8일, 요코하마에서 출항.

10월 28일, 런던 도착.

1901년 34세

1월 26일, 둘째 딸 쓰네코(恒子)가 태어남.

5~6월 화학자 이케다 기쿠나에(池田菊苗)가 런던을 방문해서 함께 하숙. 이케다의 영향으로『문학론』구상을 결심하고 귀국할 때까지 저술에 몰두.

7월, 신경쇠약 재발.

1902년 35세

3월, 장인 나카네 시게카즈에게 편지를 보내 영일동맹 체결에 들뜬 일본인들을 비판하고 대규모 저술 구상을 언급.

9월, 신경쇠약이 극도로 악화되고, 일본에도 나쓰메 소세키의 증세가 전해짐. 문부성은 독일 유학생 후지시로 데이스케(藤代禎輔)에게 소세키를 데리고 귀국하도록 지시.

11월, 마사오카 시키가 7년 동안 앓던 결핵으로 사망했다는 소식을 다카하마 교시의 편지를 받고 알게 됨.

12월 5일, 일본 우편선에 승선해서 귀국길에 오름.

1903년 36세

1월 24일, 도쿄 도착.

3월, 도쿄 혼고(本郷) 구(현재의 분쿄 구) 센다기(千駄木)로 이사.

4월, 제1고등학교 강사가 됨(연봉 700엔). 또한 도쿄제국대학 영문과 교수를 겸함(연봉 800엔).

9월, 제1고등학교의 제자인 후지무라 미사오(藤村操)가 게곤(華嚴) 폭포에 몸을 던져 자살하는 사건이 발생. 다시 신경쇠약이 악화됨. 교코와 불화가 심해져 임신 중인 부인을 친정으로 보내고 별거.

10월, 셋째 딸 에이코(榮子)가 태어남.

1904년 37세

2월, 러일전쟁 발발.

7월, 어린 고양이 한 마리가 집에 들어오고, 교코가 귀여워함.

9월, 메이지(明治) 대학 고등예과 강사를 겸함(월급 30엔).

12월, 당시 《호토토기스(ホトトギス)》를 주재하고 있던 다카하마 교시
로부터 작품 집필을 권유받고, 『나는 고양이로소이다』 1장을 문학
모임에서 낭독.

1905년 38세

1월~1906년 8월, 『나는 고양이로소이다』를 《호토토기스》에 발표.
1회분으로 끝날 예정이었지만 호평을 받아 11회에 걸쳐 장편으로
연재. 이때부터 작가로 살아갈 뜻을 굳힘.

1월, 「런던탑(倫敦塔)」을 《데이코쿠분가쿠(帝國文學)》에, 「칼라일 박
물관(カーライル博物館)」을 《가쿠토(學燈)》에 발표.

4월, 「환영의 방패(幻影の盾)」를 《호토토기스》에 발표.

5월, 「고토노소라네(琴のそら音)」를 《시치닌(七人)》에 발표.

9월, 「하룻밤(一夜)」을 《주오코론(中央公論)》에 발표.

11월, 「해로행(薤露行)」을 《주오코론》에 발표.

12월 14일, 넷째 딸 아이코(愛子)가 태어남.

1906년 39세

1월, 「취미의 유전(趣味の遺伝)」을 《데이코쿠분가쿠》에 발표.

4월, 『도련님』을 《호토토기스》에 발표.

9월, 『풀베개』를 《신쇼세쓰(新小說)》에 발표.

10월, 『이백십일』을 《주오코론》에 발표. 평소에 그의 자택에 출입이 잦은 문하생들의 방문을 매주 목요일 오후 3시 이후로 정해서 '목요회'라고 불리게 됨.

11월, 요미우리(讀賣) 신문사에서 입사 의뢰가 왔으나 거절.

1907년 40세

1월, 『태풍(野分)』을 《호토토기스》에 발표.

4월, 제1고등학교와 도쿄제국대학 강사를 사직. 아사히(朝日) 신문사에 소설을 쓰는 전속작가로 입사.

5월, 『문학론』(大倉書店) 출간.

6월 5일, 장남 준이치(純一)가 태어남.

9월, 도쿄 우시고메 구 와세다미나미초(早稻田南町)로 이사. 이후 죽을 때까지 소세키 산방(漱石山房)이라고 불린 이 집에서 거주.

6~10월, 『우미인초(虞美人草)』를 《아사히 신문》에 연재.

1908년 41세

1~4월, 『갱부(坑夫)』 연재.

6월, 「문조(文鳥)」 연재(오사카 《아사히 신문》).

7~8월, 「열흘 밤의 꿈(夢十夜)」 발표.

9~12월, 『산시로(三四郞)』 연재.

12월 16일, 차남 신로쿠(伸六)가 태어남.

1909년 42세

1~3월, 「긴 봄날의 소품(永日小品)」 연재.

3월, 『문학평론』(春陽堂) 출간.

6~10월, 『그 후(それから)』 연재.

9월, 남만주철도주식회사 총재인 친구 나카무라 제코의 초대로 만주
와 한국을 여행. 이때 신의주, 평양, 서울, 인천, 부산을 방문함.

10~12월, 기행문 『만한 이곳저곳(滿韓ところどころ)』 연재.

11월, '아사히 문예란'을 새로 만들고 주재함. 위경련으로 고통받음.

1910년 43세

3월 2일, 다섯째 딸 히나코(ひな子)가 태어남.

3~6월, 『문(門)』 연재.

6~7월, 위궤양 때문에 나가요(長与) 위장병원에 입원.

8월, 슈젠지(修善寺) 온천에서 다량의 피를 토하고 위독한 상태에 빠
짐. 이를 '슈젠지의 대환'이라 부름.

10월~1911년 3월, 슈젠지의 체험을 바탕으로 『생각나는 일들(思い出
す事など)』을 32회에 걸쳐 연재.

1911년 44세

2월, 위궤양으로 입원 중에 문부성으로부터 문학박사 학위 수여를 통
지받지만 거절함.

8월, 오사카 《아사히 신문》의 의뢰로 간사이(關西) 지방에서 순회 강
연을 함.

10월, '아사히 문예란'이 폐지됨. 아사히 신문사에 사표를 내지만 반

려됨. 다섯째 딸 히나코가 급사함.

1912년 45세

1~4월, 『춘분 지나고까지(彼岸過迄)』 연재. 신경쇠약과 위궤양이 재발
  하여 고통받음.

7월, 메이지 천황 사망. 연호가 다이쇼(大正)로 바뀜.

10월경, 남화풍의 그림을 그림.

12월, 자택에 전화가 들어옴.

12월~1913년 11월, 『행인(行人)』 연재.

1913년 46세

4월, 위궤양이 재발하고 신경쇠약이 심해져 『행인』 연재 중단(9월부터
  재개).

1914년 47세

4~8월, 『마음(こころ)』 연재.

11월, '나의 개인주의'라는 주제로 가쿠슈인(學習院)에서 강연함.

1915년 48세

1월, 제자 데라다 도라히코에게 보낸 연하장에 금년에 죽을지도 모른
  다고 씀.

1~2월, 『유리문 안에서(硝子戸の中)』 연재.

3~4월, 교토(京都) 여행. 위통으로 쓰러짐.

6~9월, 『한눈팔기(道草)』 연재.

12월, 아쿠타가와 류노스케(芥川龍之介), 구메 마사오(久米正雄)가 처음으로 목요회에 참가. 이들은 마지막 문하생이 됨.

1916년 49세

1월, 「점두록(點頭錄)」 연재.

2월, 아쿠타가와 류노스케에게 보낸 편지에서 그의 작품 『코(鼻)』를 격찬함.

4월, 당뇨병 진단을 받고 치료에 들어감.

5~12월, 『명암(明暗)』 연재.

8월, 오전에는 소설을 쓰고 오후에는 한시를 쓰고 그림을 그림.

11월 초, 목요회에서 만년의 사상으로 알려진 칙천거사(則天去私)에 대해 처음 언급함.

11월 16일, 마지막 목요회가 열리고 모리타 소헤이, 아베 요시시게, 아쿠타가와 류노스케, 구메 마사오 등이 출석함.

11월 21일, 위궤양 악화로 쓰러짐.

12월 2일, 내출혈로 다시 위독한 상태에 빠짐.

12월 9일 오후 6시 45분 사망.

12월 14일, 도쿄 《아사히 신문》에 연재되던 『명암』이 제188회를 마지막으로 연재 중단됨.

장례식 접수는 아쿠타가와 류노스케가 담당했으며 모리 오가이를 비롯한 많은 명사들이 조문함.

12월 28일, 도쿄 도시마(豊島) 구에 있는 조시가야(雜司ヶ谷) 묘원에 안장됨. 조시가야 묘원은 『마음』의 주인공 K가 자살 후 묻힌 장소임.

선생님은 왜 K를 자신의 하숙으로 끌어들였을까. 그를 구제하기 위해
서였을까, 아니면 그를 자신의 위치로 끌어내리기 위해서였을까. K가
사모님에 대한 사랑을 고백하기 전에도 선생님은 그녀를 사랑했을까.
사모님은, 선생님이 K를 이기기 위한 도구로 사용되고 만 게 아닐까.
K가 자살하자 선생님은 영원히 자신의 승리를 확인할 수 없게 되었
고, 사모님이 옆에 있는 한 선생님의 마음은 K에게서 벗어날 수 없게
된 것이 아닐까. 그렇다고 선생님은 사모님을 버릴 수도 없다. 그녀를
사랑했기 때문에 K를 속이면서까지 결혼했다는 자신의 정당성까지
버려야 할 테니까.
K에게 감정이입하여 읽으면 선생님의 또 다른 마음이 보인다.

옮긴이 송태욱
연세대학교 국문과를 졸업하고 같은 대학 대학원에서 문학박사 학위를 받았
다. 도쿄외국어대학원 연구원을 지냈으며, 현재 대학에서 강의하며 전문번역
가로 활동하고 있다.
지은 책으로 『르네상스인 김승옥』(공저)이 있고, 옮긴 책으로 『사랑의 갈증』,
『세설』, 『만년』, 『환상의 빛』, 『형태의 탄생』, 『책으로 찾아가는 유토피아』, 『일
본 정신의 기원』, 『트랜스크리틱』, 『소리의 자본주의』, 『포스트콜로니얼』, 『천천
히 읽기를 권함』, 『번역과 번역가들』, 『연애의 불가능성에 대하여』, 『매혹의 인
문학 사전』, 『안도 다다오』, 『빈곤론』, 『해적판 스캔들』, 『오늘의 일본 문학』, 『문
명개화와 일본 근대 문학』, 『유럽 근대 문학의 태동』, 『현대 일본 사상』, 『십자
군 이야기』(전3권), 『잘라라, 기도하는 그 손을』 등 다수가 있다. 현암사에서 기
획한 나쓰메 소세키 소설 전집 번역으로 한국출판문화상 번역상을 수상했다.